임준후 新무협 장편소설

Fantastic Oriental Heroes

철혈 무정로

철현무정로 3

임준후 新무협 판타지 소설

초판 1쇄 찍은 날 § 2006년 6월 26일
초판 1쇄 펴낸 날 § 2006년 7월 3일

지은이 § 임준후
펴낸이 § 서경석

편집장 § 문혜영
편집책임 § 이재권
편집 § 서지현

펴낸곳 § 도서출판 청어람
등록번호 § 제1081-1-89호
등록일자 § 1999. 5. 31
어람번호 § 제2-0945호

주소 § 경기도 부천시 원미구 심곡1동 350-1 남성B/D 3F (우) 420-011
전화 § 032-656-4452 팩스 § 032-656-4453
http://www.chungeoram.com
E-mail § eoram99@chollian.net

© 임준후, 2006

ISBN 89-251-0144-0 04810
ISBN 89-251-0141-6 (세트)

임준후 新무협 장편소설
Fantastic Oriental Heroes
철혈 무정로 3
도서출판 청어람

목
차

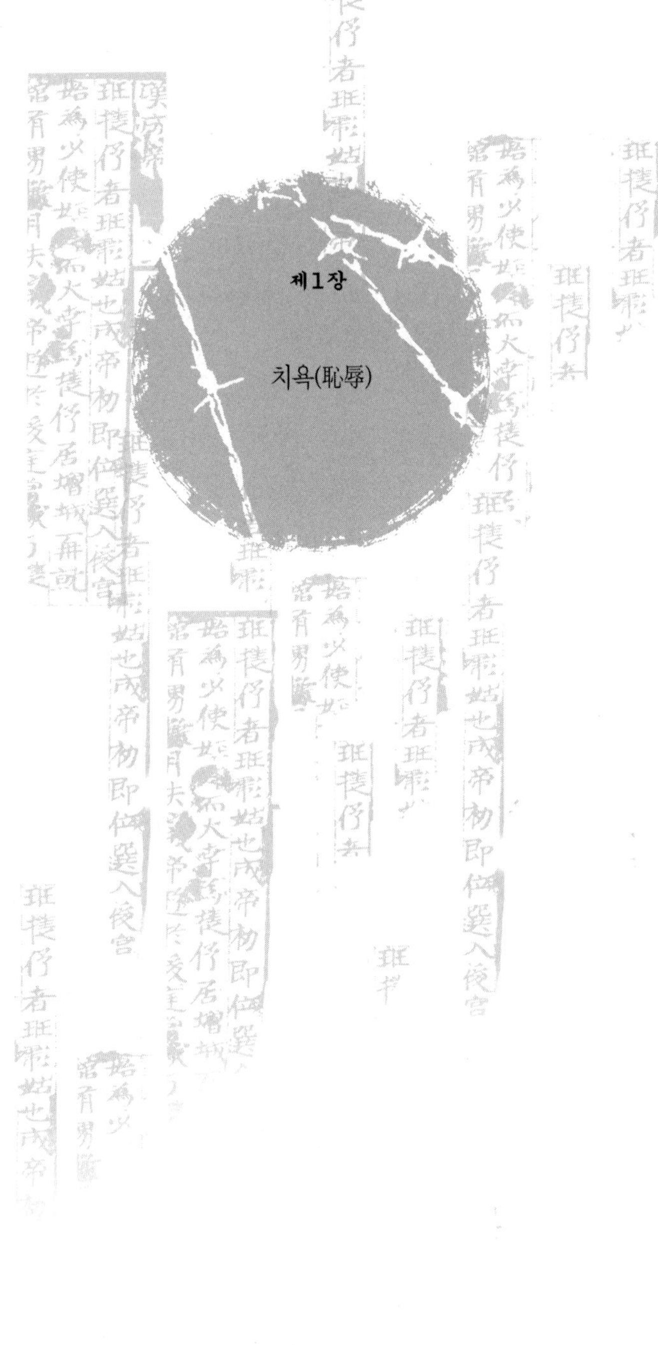

제1장

치욕(恥辱)

鐵
血
無
情
路

"**웬**놈이냐!"

천태세는 관산호를 쳐가던 손을 거두며 노해 소리쳤다. 소롯길 양편의 나무들이 그의 음성에 담긴 막강한 내력을 견디지 못하고 괴로운 듯 가지를 부르르 떨었다.

나뭇잎이 태풍에 휩쓸린 것처럼 어지럽게 휘날리며 천태세의 신형이 바람처럼 뒤로 일 장을 물러났다.

쐐애액!

그와 동시에 귀를 찢는 파공성이 울리며 천태세가 있던 자리를 검은 섬광 몇 줄기가 유성처럼 가로질렀다.

"허허허, 몇 해 보지 못한 사이에 말이 많이 거칠어졌소이다, 천 선배!"

너털웃음 소리의 여운이 사라지기 전 환영처럼 천태세의 자리에 녹삼을 입은 노문사의 모습이 나타났다.

회색의 머리카락과 가늘고 찢어진 눈, 얇은 입술에 코까지 매부리코라서 어딘지 음침한 느낌을 주는 녹삼문사를 본 천태세의 미간에 굵은 내 천(川) 자가 그려졌다. 녹삼문사가 차지한 자리는 그와 관산호의 가운데였다. 결국 그가 관산호에게 손을 쓰기 위해서는 녹삼문사를 거칠 수밖에 없게 되었다.

의외라는 기색이 역력한 얼굴로 그가 말문을 열었다.

"천수마줄 당호? 네가 여긴 웬일이냐?"

한껏 심사가 뒤틀렸음을 누구라도 알 수 있는 퉁명스러운 어조였다.

정파의 인물로는 유일하게 별호에 마(魔) 자가 들어가 있을 만큼 손속이 잔인하고 불의를 보면 결코 참지 않는다는 사천 당가의 원로, 천수마군(千手魔君) 당호(唐號)의 얼굴에도 음산한 미소가 떠올랐다.

그의 신분으로 어디에서 이런 막말을 들어보았겠는가.

천태세의 말을 받는 그의 음성도 자연히 곱지 않았다.

"선배 대접 해줄 때 받으시구려."

천태세는 그보다 무림의 배분이 한 배분 높다. 그리고 정마로 나뉘어 서로 가는 길이 다른 사람들이라 해도 모두 무림이라는 하나의 바다에서 노를 저어가는 사공의 입장이긴 매한 가지. 칼을 맞대는 경우가 아니라면 정마를 불문하고 상대의 배분을 존중하는 것이 무림의 묵시적 전통이다.

하지만 마도와는 달리 정도는 사도와 그런 존중 관계가 없다. 그렇게 된 이면에는 사도의 인물들이 갖는 특성이 크게 작용했다.

사도든 마도든 의(義)와 협(俠)이 아닌 이익을 최고 가치로 삼고 행동하는 것은 동일하지만 사도의 인물들이 협잡과 권모술수를 비롯 수단 방법을 가리지 않는다면 마도의 인물들은 오직 힘, 패(覇)라는 한 단어로 압축할 수 있는 형태로 만사를 처리한다.

그래서 정도의 인물들은 사도인들을 경멸한다. 하지만 사도인들과는 달리, 마도인들을 경원하기는 해도 경멸하지는 않기에 대립 관계가 아닐 때는 마도인들에게 선배나 후배의 대우를 하는 전통이 생긴 것이다.

최고의 가치에 대한 견해 차이와 특정한 사안에 대한 접근과 해결 방식이 정사마를 갈라놓은 것이지, 사도나 마도를 걷는 인물들이라고 삼두육비의 괴물일 리는 없는 것이다.

당호의 말에 어이가 없는 듯 천태세는 고개를 젖히며 광소를 터뜨렸다.

"우하하하하, 못 본 사이에 네 간도 많이 커졌구나. 감히 내 행사를 방해한 것도 어이없는 일인데 협박까지 해! 숨어 있는 쥐새끼들을 믿고 그런 거냐? 어디 네 솜씨도 말만큼 나아졌는지 한번 보자. 쥐새끼들도 튀어나오게 말이야!"

당호에 의해 관산호의 숨을 끊어놓을 수 있는 기회를 방해당한 천태세는 대노한 상태였다.

그는 한 걸음 앞으로 나서며 양손을 들어올렸다. 그 손에서 무시무시한 열기가 다시 피어올랐다.

당호의 얼굴이 미미하게 굳어졌다.

천태세는 당대 최고 고수 중의 한 명이다.

당호가 독공과 암기술에 관한 한 무림에서 세 손가락 안에 드는 고수라고는 해도 단독으로 상대하기에 천태세는 분명 부담스러운 상대였다.

그들 사이에 일촉즉발의 긴장이 흘렀다.

그 순간,

"우리는 선배와 싸우러 온 것이 아니오."

창노한 음성과 함께 숲에서 십여 명에 이르는 사람들이 걸어나와 당호와 어깨를 나란히 했다.

관산호는 흐려지는 정신의 끝자락을 붙잡으려고 전력을 다했다. 하지만 뒤틀린 전신경락을 미친 듯이 치닫고 있는 기혈은 그의 정신을 혼미로 이끌었다.

그는 팔이 끊어지는 듯한 통증을 이를 악물고 견디며 자신의 가슴 위에 엎드린 채 기절해 있는 유향의 등을 끌어안았다. 그는 그녀가 왜 목숨을 던져 자신을 막아섰는지 알지 못했다. 하지만 그녀가 그를 살린 것만은 분명히 알고 있었다.

유향의 어깨를 가슴에 품은 그는 시선을 들었다. 그리고 자신의 앞을 막아선 사람들 중 낯익은 모습이 있다는 것을 알았다.

뒷모습이 아름다운 여인, 서문하경이었다.

그것이 그가 본 마지막 장면이었다.

정신을 잃은 그의 몸이 힘없이 늘어졌다.

모습을 드러낸 목소리의 주인공이 누구인지 알아본 천태세는 굵은 눈썹을 꿈틀거리며 손을 내렸다. 폭발할 것처럼 무섭게 치솟던 그의 기세가 천천히 가라앉았다.

숲에 여러 사람이 있다는 것은 이미 알고 있었지만 숲에서 나온 사람 중에는 그가 예상치 못했던 사람도 섞여 있었다.

그가 음성의 주인을 보며 말문을 열었다.

"서문세가에서 한운야학처럼 지낸다는 말을 들었는데 잘못 들은 건가? 그대까지 이런 외진 곳까지 오다니 놀랄 일이로군."

"대산의 심처에서 복잡한 무림사를 잊고 산다던 선배도 이곳에 오셨는데 제가 온 것이 무에 그리 놀랄 일이겠소."

여유있는 걸음으로 당호의 옆에 선 노인은 담담한 음성으로 천태세의 말을 받았다.

왼손에 평범한 청강 장검 한 자루를 든 백발에 백염, 홍안의 노인은 당호보다 십여 살 연상으로 보였는데 한 마리 학처럼 고고한 분위기를 갖고 있었다.

노인을 향한 천태세의 눈에는 곤혹스러워하는 빛이 떠올라 있었다.

노인의 배분은 그보다 반 배가 낮았다. 그러나 그는 노인을 경시하지 못했다.

물론 노인 한 명뿐이었다면 그가 이처럼 곤혹스러워 하지는 않았을 것이다. 하지만 노인과 당호가 연수한다면 그도 그들을 상대하는 것이 쉽지 않았다. 그만큼 노인의 존재는 무거웠다.

신검기사(神劍奇士) 서문종(西門宗).

노인은 팔대세가의 수장이자 중원제일가로 숭앙받는 서문세가 내에서도 십대고수의 일인에 속할 만큼 강한 고수로, 그가 펼치는 소요만상검법은 강호상에 적수가 드물다는 절세의 검객이었다.

천태세의 시선이 관산호를 향해 움직이려는 것을 본 서문종이 한 발 움직여 관산호의 앞을 막아섰다.

천태세는 눈썹을 찡그렸다.

일이 꼬이고 있었다.

"선배, 무련은 이 젊은이에게 볼일이 있소이다."

서문세가는 중원무련의 공동창설문파 중 하나이자 이대에 걸쳐 무련주를 맡고 있는 가문이다. 하지만 지금 서문종이 서문세가가 아니라 무련에서 관산호에게 볼일이 있다고 함은 그가 서문세가의 가신이 아니라 무련의 일원으로서 공식적으로 관산호를 필요로 한다는 의미가 담겨 있는 것이다.

그 미묘한 차이를 깨달은 천태세의 눈에 난감해하는 기색이 스쳐 지나갔다.

그는 툭 뱉듯이 서문종의 말을 받았다.

"나도 볼일이 있어."

"흠, 선배가 이 아이에게 계속 손을 쓰려 하신다면 남해의 백성들은 군마천을 결코 용서하지 않을 겁니다."

천태세가 관산호에게 손을 쓴다면 서문종은 그 사실을 소문내겠다는 것이다. 은근하지만 분명 협박이다. 하지만 이 협박은 당호가 했던 것과는 차원이 달랐다.

서문종의 말에 천태세의 눈에서 불이 났다. 하지만 그는 참았다. 서문종의 말이 옳기 때문이다.

우문뢰도 그런 결과를 우려했기에 그가 대산을 벗어날 때 남의 눈에 띄는 행동을 하지 말라고 신신당부했었고, 그 또한 충분히 주의하며 이곳까지 왔다.

군마천이 마도를 걷는 문파라고는 하지만 민심을 잃는다면 존립을 위협받게 되는 것은 정도문파들과 다를 바가 없다.

무림의 문파를 항구적으로 유지하기 위해서는 끊임없이 제자를 키워야 하고, 돈을 벌어야 한다. 하지만 백성들에게 외면당하면 누가 그 문파에 몸을 담으려 할 것이며, 그 문파에서 영위하는 사업에 돈을 쓰려 하겠는가.

천태세의 타는 듯한 시선이 중원무련의 인물들을 훑었다.

그는 조금 무리한다면 무련의 인물들을 모두 쓰러뜨리고 관산호를 데리고 갈 자신이 있었다. 그에게는 그럴 충분한 능력을 갖고 있었다. 하지만 그 뒤에 일어날 일은 실로 엄청날 터.

서문종과 당호 정도의 거물이 움직였다는 것은 무련에서 그가 이곳에 행차했다는 정확한 정보를 알고 왔다고 보는 것이 이치에 맞았다. 그런데다 그들과 같은 거물의 행적을 무련에서 아무도 모를 수는 없는 일이었다. 그들이 이곳에서 죽게 되면 최악의 경우 정마대전이 벌어질 수도 있는 것이다.

곰곰이 생각에 잠겼던 그가 이마에 굵은 주름살을 만들며 서문종에게 물었다.

"이놈이 누구이기에 남해의 백성들이 군마천을 용서하지 않는다는 말이냐?"

그의 질문을 받은 서문종의 눈이 반짝였다.

천태세가 물러날 뜻이 있음을 깨달았기 때문이다.

그는 천태세의 말에 장단을 맞춰주기로 결심했다, 너무 궁지로 몰면 천태세의 화급한 성격으로 보아 발작을 할 가능성도 배제할 수 없기 때문.

만일 천태세가 앞뒤 생각하지 않고 발작한다면 이 자리에 있는 사람들 중 살아날 가능성이 있는 사람은 그와 당호뿐이다. 하지만 그것도 확률은 극히 낮았다.

"이 아이가 혈전단주 상익청의 제자임을 모르셨소이까?"

"저놈이 누군지 내가 알게 뭐냐. 지나가다 우연히 만났는데 천둥벌거숭이처럼 버릇이 없기에 손을 봐주던 참이었을 뿐이다."

천태세의 대답을 들은 모든 사람이 속으로 웃었다. 정신을 수습한 조건양마저 속으로 웃을 정도였다.

구중군마천 일인지하 만인지상의 거물이 버릇이 없다는 이유로 강호 초출의 새카만 후배에게 직접 손을 썼다는 말을 믿을 사람은 천하에 아무도 없을 것이다.

하지만 속마음을 겉으로 드러내서 천태세를 자극할 만큼 어리석은 사람은 이 자리에 아무도 없었다.

"그러셨소이까? 그렇게 버릇없는 청년이라는 소문은 듣지 못했는데, 아무래도 소문이라는 것이 그리 믿을 만하지는 않으니까요. 저희가 이 청년을 데리고 가도 되겠습니까?"

천태세는 말없이 고개를 끄덕였다.

이미 관산호를 어찌하는 것은 포기한 뒤였기에 그의 고갯짓에는 망설임이 없었다.

서문종은 내심 안도의 한숨을 내쉬었다. 천태세가 고집을 부렸다면 정말 위험한 상황이 벌어졌을 것임을 잘 알고 있었기 때문이다.

그도 천태세와 충돌한다면 그 여파가 어디까지 미칠지 두려운 것은 마찬가지였다. 그리고 그가 알고 있는 천태세의 성격을 감안하면 이 정도에서 상황이 종료된 것은 가히 최상의 결과라 할 수 있었다.

　고개를 돌린 서문종은 당호와 눈을 마주쳤다. 이렇게 부담스럽고 위태로운 자리는 빨리 떠날수록 득이다. 생각이 일치한 그들은 거의 동시에 관산호가 누워 있는 뒤편을 향해 신형을 돌렸다.

　그리고 그들은 멍한 얼굴로 입을 벌렸다.

　그들의 기색이 이상함을 느낀 서문하경을 비롯한 서문세가의 인물들도 모두 화급한 동작으로 뒤로 몸을 돌렸다.

　"아!"

　서문하경의 입술 사이로 경호성이 흘러나왔다.

　"이게 어찌 된……?"

　서문종은 딱딱하게 굳은 얼굴로 중얼거렸다. 누구에게 묻고 있는 것이 아니었다. 여기 있는 사람 중 누구도 대답을 할 수 없는 일이라는 것을 잘 알고 있었으니까.

　그들의 뒤에 정신을 잃고 누워 있어야만 하는 관산호와 유향의 모습이 사라지고 없었다.

　천태세와 조건양은 서문종 일행이 막고 있었기에 관산호의 모습을 볼 수 없었다. 하지만 그들이 일제히 몸을 움직이자 그 틈으로 뒤의 모습이 드러났고, 그들도 관산호가 사라진 것을 알게 되었다.

　천태세의 얼굴에도 참을 수 없는 놀람의 빛이 떠올랐다.

　"그놈 어디 갔지?"

그는 얼떨떨한 표정으로 조건양에게 물었다.

"저도… 모르겠습니다, 어르신."

조건양의 음성에도 의혹이 가득 했다.

이 자리에 있는 사람들은 고수 아닌 자가 없다. 그것도 당대 무림에서 절정고수라 자타가 공인하는 사람이 조건양 자신을 포함해 네 명이나 있었다. 그럼에도 그들 중 누구도 관산호와 유향이 사라지는 것을 몰랐다. 있을 수 없는 일이 벌어진 것이다.

천태세를 향해 다시 신형을 돌린 서문종은 잠시간 입을 열지 않았다. 그는 관산호가 사라진 것을 알자마자 그것이 천태세의 농간일 가능성이 있다고 생각했다.

하지만 천태세의 얼굴을 본 그는 자신의 생각이 틀리다는 것을 알았다.

천태세도 지금 벌어진 일이 누구의 짓인지 알고 있지 못하다는 것이 그 얼굴에 분명하게 드러나 있었다.

그가 아는 천태세는 일대 마존의 기품을 가진 인물이어서 마도를 걷고 있지만 정도의 인물보다도 오히려 더 솔직하고 담대한 면이 있었다. 만약 관산호가 사라진 것에 천태세가 관련되어 있다면 천태세는 그것을 인정하고 그들을 비웃으며 이 자리를 떠났을 것이다.

천태세는 그런 인물이었지 지금처럼 의혹으로 가득 한 표정으로 멍하게 서 있을 인물이 아니었다.

미간을 찌푸린 서문종은 당호를 보며 말문을 열었다.

"당 대협, 주변을 수색해 봅시다. 누구의 짓인지 모르되 정신을 잃은 두 사람을 데리고 있으니 멀리 가지는 못했을 거외다."

"알겠습니다."

당호는 고개를 끄덕였다.

서문종의 시선이 당호에게서 서문하경에게 옮겨갔다.

"주변을 철저하게 수색하거라. 너도 이번 일에 의혹이 있다는 것을 잘 알 터이니, 그 아이들을 찾는 것이 얼마나 중요한 일인지도 알 것이다. 반드시 찾아야 한다."

"예, 삼조부님."

공손하게 고개를 조아리며 대답한 서문하경은 뒤편에 늘어선 백의인 십 인을 향해 손짓을 했다.

그녀와 백의인들의 신형이 부챗살처럼 퍼지며 숲 속으로 사라졌다. 쏘아낸 화살처럼 빠르고, 바람처럼 가벼운 운신이었다.

"선배, 보신 것처럼 일이 묘해져서 가봐야겠소이다. 다음에는 서로 얼굴 붉히지 않는 자리에서 뵙기를 바라오."

서문종이 굳은 안색으로 포권을 하며 말했다.

천태세도 포권으로 그의 인사를 받았다.

"나도 그러길 바란다, 뜻대로 될지는 모르지만."

그의 말에 담긴 의미를 눈치 챈 서문종은 쓴웃음을 지었다.

당대 무림의 정세는 묘했다. 군마천과 무련은 현재 세력을 확대하는 데 전력을 투구하고 있었는데 그로 인해 그들 사이의 긴장감이 점점 더 높아져 가고 있었던 것이다.

서문종과 당호는 말없이 신형을 돌렸다. 촌각이 지나기도 전에 그들의 모습 또한 숲 속으로 사라졌다.

천태세는 입맛을 다시며 조건양을 보았다.

"건양, 이게 대체 어떻게 된 일이냐? 어떤 놈이 어부지리를 얻은 거야?"

"저를 너무 높이 평가하지 마십시오, 어르신."

조건양은 난감한 얼굴로 천태세의 질문에 답했다.

자신의 말에 어폐가 있다는 것을 깨달은 천태세의 얼굴에 잔뜩 주름이 생겼다. 그가 눈치 채지 못한 것을 조건양이 눈치 채는 것은 불가능하다.

"어떤 놈이든 정체를 알게 되면 죽여달라고 애원하게 만들어주겠다. 감히 내 일을 방해하다니!"

천태세의 입술 사이로 스산한 살기에 젖은 음성이 흘러나왔다.

조건양은 침을 삼켰다.

천태세의 음성에 실린 살기와 무서운 패기가 그의 전신을 옥죄어왔기 때문이다.

"흑월과 풍마이 안휘지부에 그 년놈을 찾는 데 전력을 기울이도록 요청하겠습니다. 손을 댔으니 끝을 봐야 하지 않겠습니까? 그자가 살아난다면 우리가 누군지 알아볼 것이고, 본 천에 앙심을 품을 겁니다.”

그들의 무공과 풍모는 독특해서 누구든 조금만 알아보면 그들의 정체를 알 수 있을 터였다.

조건양의 말에 천태세는 고개를 가로 저었다.

“이번 일은 이미 물 건너갔다. 그 꼬마 놈이 앙심을 품는다고 본 천에 대립각을 세울 수는 없는 일이야. 본 천이 직접 나서면 혈전단 따위를 없애는 데는 반나절로 충분해. 본 천이 그런 힘을 갖고 있다는 것을 상익청도 잘 안다. 후환 따위는 염려 안 해도 돼. 오히려 무련에서 내가 손을 쓴 것을 알게 된 이상 그놈 신상에 또 다른 문제가 생긴다면 남해에서 군마천이 설 자리가 없게 될 수도 있다는 가능성이 더 중요하다. 손 뗀다.”

“진왕평이 섭섭해하겠는데요.”

“그러라 그래.”

천태세는 퉁명스러운 어조로 말을 하며 걸음을 옮겼다.

조건양은 어깨를 으쓱하고는 천태세의 뒤를 따랐다.

진왕평은 군마천의 실패에 이를 갈지도 모르지만 그것은 어차피 속으로 삭일 수밖에 없는 일이다. 그가 아무리 천지에 두려운 것이 없다고 소문난 자일지라도 감히 군마천에 대해 직접 감정을 표현할 수는 없는 일이니까.

하지만 천태세도 조건양도 일이 이렇게 꼬인 것에 대해 마

음 한구석이 찜찜해지는 것을 피할 수는 없었다. 진왕평에게
약속을 하고도 지키지 못한 것이 창피하기도 했지만 그것은
그리 중요하지 않았다. 일이란 것이 언제나 성공할 수는 없는
것이니까. 천태세와 같은 절세의 고수가 개입하고도 실패했
다는 건 의외의 결과이지만 그럴 수도 있는 것이 세상사인 것
이다.

진왕평에 대한 것보다 더 그들의 마음을 무겁게 하는 것.

그들은 기억하고 있는 것이다.

죽음을 기다리며 천태세의 이화멸절장을 바라보던 관산호
의 시선을. 그리고 그 시선에 담겨 있던 불패의 정신과 불굴
의 의지를.

경정산을 떠나는 그들의 발걸음은 무거웠다.

"힘들게 하는 놈이로군."

흑색 복면에 흑의를 입어 머리끝에서 발끝까지 검은색으
로 도배를 한 인영은 복면 속의 눈살을 찌푸리며 중얼거렸다.

그의 냉정한 눈은 바닥에 누워 있는 젊은 청년의 몸에 고정
되어 있었다. 선이 굵고 뚜렷한 얼굴의 청년이다. 하지만 지
금 청년의 얼굴은 핏기가 하나도 없었고, 코와 입 주변에는
검붉게 말라붙은 핏자국이 완연했다.

흑의인은 가볍게 고개를 돌리며 굳어진 목을 풀었다. 그가
청년을 지켜본 시간은 하루가 훨씬 넘었다.

그가 손을 썼다면 청년을 좀 더 일찍 깨어나게 할 수도 있었을 테지만 그는 그렇게 하지 않았다. 청년을 구하긴 했지만 그는 청년을 구한 자신의 행위에 대해 깊은 회의를 품고 있었기 때문이다.

"죽고 사는 것은 네놈한테 달렸다. 살고자 하는 의지가 강하다면 살겠지."

그가 낮게 중얼거렸을 때였다.

"쿨럭!"

그에게로 고개를 돌린 채 누워 있던 청년이 어린아이 주먹만 한 핏덩어리를 토해내며 눈을 떴다.

흑의인은 입을 다물었다.

눈을 뜬 청년, 관산호는 울혈을 토해낸 때문인지 막힌 듯 답답하던 가슴이 뻥 뚫린 것처럼 시원해짐을 느끼며 정신을 차렸다.

흐트러졌던 초점이 돌아온 그의 눈에 가장 먼저 들어온 것은 울퉁불퉁한 천장이었다.

그가 있는 곳은 칠흑처럼 짙은 어둠이 내렸고, 그의 내력이 온전치 않음에도 그가 천장을 흐릿하게나마 볼 수 있었던 것은 천장 곳곳에 박혀 있는 빛을 내는 돌들 덕분이었다.

천장의 모습은 예상치 못한 것이었다.

그는 자신을 공격했던 고대한 체구의 노인 손에 떨어졌거나 서문하경의 손에 떨어졌을 것이라고 생각했었다. 어느 쪽의 손에 떨어지든 그가 있어야 할 곳은 이런 곳이 아니었다.

하지만 그는 혼란한 머릿속을 정리하기도 전에 손부터 뻗었다. 그의 손가락이 꿈틀거리며 가슴을 더듬었다. 확실히 정신을 잃기 전보다 몸이 많이 나아져 있었다. 힘겹기는 해도 팔은 그의 의지대로 움직였다.

손을 움직여 자신의 가슴이 비어 있다는 것을 자각한 그의 얼굴이 굳어졌다.

그때였다.

"여아를 찾는 것이냐?"

차갑고 맑게 가라앉은 음성이 그의 귓전을 두드렸다. 나이를 짐작하기 쉽지 않은 사내의 음성이었다.

그는 움직이지 않는 고개를 들어 안간힘을 다해 음성의 주인을 찾으려고 했지만 음성의 주인은 보이지 않았다. 그의 감각은 마비되어 버린 것처럼 주변을 읽어내지 못했다. 열다섯 살 이후로 처음 겪는 일이다.

예의 그 음성이 다시 들려왔다.

"찾으려 할 필요없다. 얼굴을 마주하고 싶었다면 이렇게 피할 리도 없으니까."

그 말을 들은 관산호는 머리를 바닥에 댔다.

낯선 음성의 말이 맞았다.

"여아는 네 오른편 일 장 떨어진 곳에 있다. 생명에는 지장이 없는 상태니까 염려하지 않아도 된다."

"…왜 나를… 구했소?"

말을 하는 관산호의 이마에 식은땀이 송골송골 맺혔다.

삼 장 정도 떨어진 곳에서 관산호를 보고 있던 흑의 복면인의 얼굴에 감탄의 빛이 떠올랐다.

관산호의 음성은 평소의 무심함을 되찾고 있었다. 그것은 그 짧은 시간 동안에 관산호가 마음의 평정을 찾았다는 의미였다. 육체의 고통과 난마처럼 뒤엉킨 의혹 속에서 저런 자세는 정말 쉽지 않은 일이었다.

"네가 죽지 않기를 바라는 분이 계시다."

"……."

"너는 네 스스로가 절세고수라는 착각에 빠져 있는 듯하더군. 상대가 자신보다 강하다고 생각하면 후일을 기약하는 법도 배워라. 죽을 것을 뻔히 알면서 강한 적에게 달려드는 것은 바보나 하는 짓이다."

맞는 말이다. 하지만 관산호는 그 말에 동의하지 않았다.

"무인은… 본래 바보들이요."

들릴 듯 말 듯 힘없는 음성이었다.

"후후후, 독보강호가 가능하던 시절에나 통할 말이로군. 당세의 무림처럼 거대 세력의 각축장이 되어버린 무림에서 그런 낭만적인 무인을 자처하는 것은 죽여달라는 것이나 다름없다."

사내의 음성이 차가워졌다.

"네가 그런 무인으로 살고자 한다면 강해져라. 네놈처럼 약한 놈이 그런 말을 한다면 제 목숨을 귀하게 여기지 않는다는 미친 소리밖에 되지 않으니까."

"……."

관산호의 시체처럼 창백한 이마에 푸른 힘줄이 돋았다. 그리고 악문 그의 입술 끝으로 한줄기 가는 핏물이 흘렀다.

그는 입을 열지 않았다.

말을 할 힘이 없기 때문이 아니었다.

치욕적인 말이었지만 사내의 말이 옳다는 것을 인정했기 때문이다.

그는 자신이 약하다는 것을 뼈저리게 느끼고 있었다. 그 고대한 체구의 노인과의 대결 속에서 그동안 그가 자신의 무공에 대해 갖고 있던 자부심은 철저하게 부서졌다.

'나는 우물 안 개구리였다……'

그가 참혹한 자괴감에 빠져 있거나 말거나 얼음장처럼 차가워 사람의 냄새를 느낄 수 없는 음성은 계속해서 이어졌다.

"너는 하루 반나절 동안 정신을 잃고 있었다. 그리고 이곳은 경정산의 천연동굴 안이다. 동굴 밖에는 중원무련의 인물들이 깔려 있다. 그들의 손을 피해 어떻게 벗어나느냐는 네가 알아서 해라. 네 오른손 옆에 요상약이 있다. 효과는 탁월한 것이지만 네가 입은 내상이 너무 심해 그것만으로 완전한 회복은 어려울 것이다. 하지만 내가 너를 돕는 것은 여기까지다.”

그 말을 끝으로 암중인의 목소리는 더 이상 들리지 않았다.

관산호는 자신을 구해준 정체불명의 인물이 동굴을 떠났다는 것을 직감했다.

의혹은 꼬리를 물고 일어났다.

자신을 공격했던 자의 신분부터, 왜 그들이 자신을 공격했는지, 그리고 자신을 구한 사람은 누구였는지 또 자신을 구한 이유가 무엇인지…….

모든 것이 의문투성이였다.

하지만 지금은 그 의문을 풀 방법도 그리고 여유도 없었다.

모든 일에는 선후가 있다.

일단은 내상을 회복하는 것이 우선이다.

어둠이 익숙해지며 사물이 그의 눈에 들어왔다.

암중인이 말한 대로 오른손 옆에는 종이에 쌓인 환단이 하나 놓여 있었다.

그는 천천히 종이를 벗겼다.

가슴을 시원하게 하고 엉킨 기혈이 진정되는 듯한 향기가 동굴 안에 가득 찼다. 냄새만으로도 범상한 요상단이 아니라는 것을 알 수 있었다. 그는 환단을 입 안에 털어 넣었다.

엄지손가락 한 마디 크기의 환단은 그의 입 안에 들어가자마자 한 모금의 물로 화하더니 단숨에 식도를 넘어갔다. 잠시 후 따스한 열기가 그의 하단전을 감싸기 시작했다.

조심스럽게 상체를 일으켜 가부좌를 튼 그는 시선을 돌려 유향을 찾았다.

유향은 그의 오른편 일 장쯤 떨어진 곳에 천장을 보며 누워 있었다. 그녀의 가슴이 규칙적으로 오르내리는 것을 보고 마음을 놓은 그는 눈을 감았다.

시간이 흐르며 창백하던 그의 안색에 조금씩 혈색이 돌아왔다. 그리고 그의 칠공에서 강철의 검푸른빛을 연상시키는 기류가 안개처럼 흘러나왔다. 그리고 그 안개는 점점 짙어져 갔고, 언제부터인가 그의 전신을 휘감았다.

안개가 그의 머리 위에 세 개의 꽃잎을 피워 올렸을 때 그의 운기요상은 절정에 달했고, 꽃잎들이 그의 코로 빨려 들어가며 끝이 났다.

관산호는 눈을 떴다.

푸른 번개와도 같은 섬광이 동굴을 환하게 밝혔다가 사라졌다.

'단순한 요상약이 아니로군. 내공의 십일성을 회복했다.'

그의 눈은 깊게 가라앉아 있었다.

암중인이 그에게 남긴 요상약은 그의 내상 대부분을 치료했다. 그가 입은 내상이 그의 진원을 뒤흔들 만큼 중한 것이었다는 걸 고려한다면 요상약의 효과는 가히 영약이라 해도 무리가 없을 정도였다.

'이틀 정도의 시간이 지난 것인가…….'

암중인은 그가 하루 반나절 동안 정신을 잃고 있었다고 했고, 그가 운기조식한 시간은 얼추 여섯 시진 정도였다. 암중인이 빈말을 하지 않았다면 이틀의 시간이 흘렀다고 보아야 했다.

그는 주변을 둘러보았다. 내상에서 회복되면서 감각과 안력도 정상이 되었기에 동굴 안의 모든 것이 대낮처럼 환하게 그의 눈에 들어왔다.

그가 있는 곳은 사람의 손길이 닿은 적이 없는 천연의 석회 동굴이었다. 천장에는 억겁의 세월이 만들어낸 거대한 종유석들이 주렁주렁 매달려 있었고, 벽과 바닥에서 스며 나온 습기들은 곳곳에 작은 웅덩이들을 만들어놓았다.

그는 자리에서 일어나 유향에게 갔다.

유향의 얼굴을 가리고 있던 면사는 어디로 갔는지 보이지 않았다.

그녀의 아름다운 얼굴은 회억전에서 처음 봤을 때와 다름이 없었다. 단지 그때와는 달리 입술이 분홍빛을 띠고 있다는 것만 차이가 날 뿐이었다.

'이 여인이 내 목숨을 구했다.'

그의 눈에 복잡한 빛이 떠올랐다.

유향이 몸을 던져 그를 방어하지 않았다면 천태세의 이화멸절장은 그의 몸을 어육으로 만들었을 것이다. 당시의 그는 회피나 저항이 불가능한 상태였으니까.

살아오는 동안 그가 은인이라고 마음에 품은 사람은 단 한 명에 불과했다. 당연히 강풍양과 상익청은 제외다. 그들은 가족과 스승. 그들이 베푼 것을 은혜로 볼 수는 없는 일이었으니까.

그런데 이제 한 여인이 그의 삶 한가운데로 갑자기 뛰어들었다.

유향이 말을 못하고 제정신이 아닌데다 정체조차 모르는 여인이라는 것은 중요하지 않았다. 진정으로 중요한 것은 그녀가 자신의 목숨을 구했다는 것이다.

그는 유향을 등에 업었다.

밤마다 달려드는 그녀의 수혈을 짚으며 이미 여러 차례 안았던 몸이다. 하지만 지금 등에서 느껴지는 감촉은 그 당시와는 천지 차이가 있었다.

일체유심조(一切唯心造).

모든 것은 마음에 따라 변한다.

제2장

혈전문(血戰門)

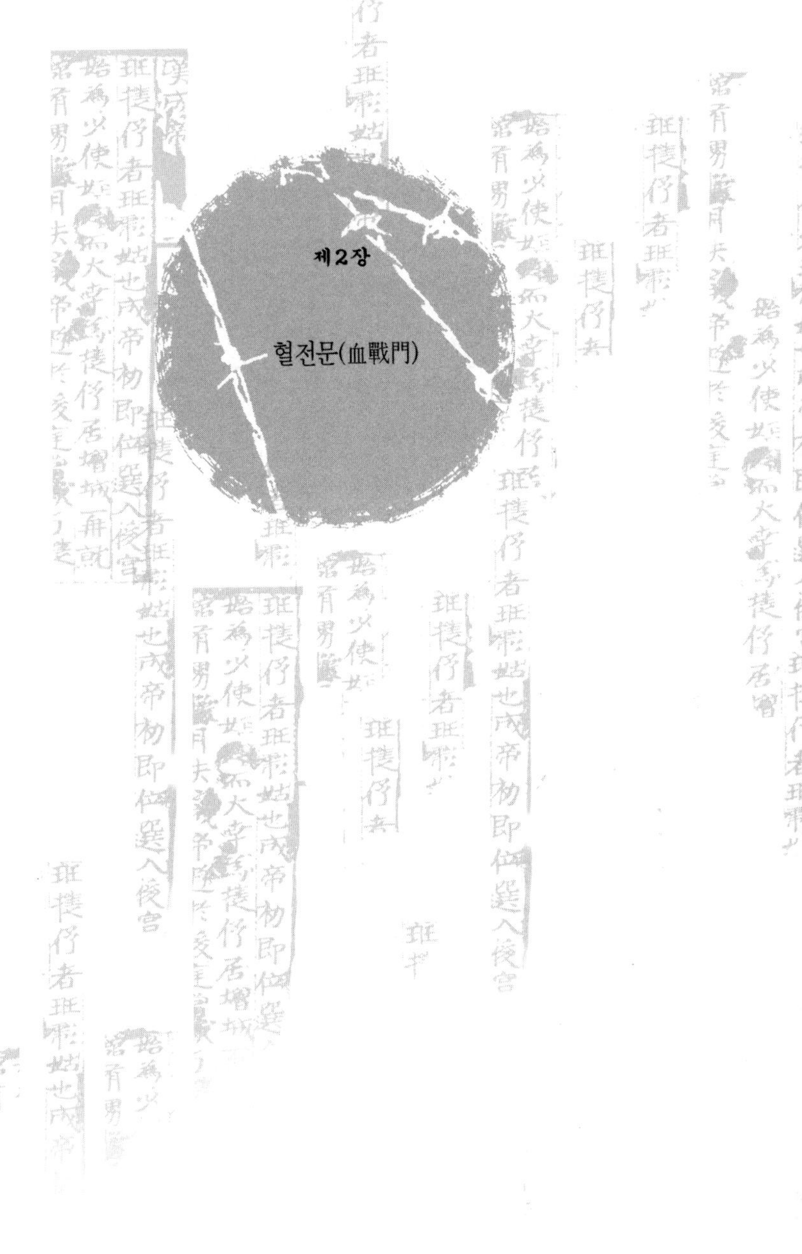

鐵血無情路

절벽 아래로 내려다보이는 무연촌의 모습은 예전과 다름이 없었다.

옹기종기 모여 있는 오십여 호의 작은 초가집들, 곳곳에 개들이 뛰어다니고 그 개들을 쫓고 있는 아이들의 모습이 보인다.

모르는 사람에게는 평화롭기 그지없는 정경이다.

이백여 장이 넘는 거리였지만 뛰어다니는 아이들의 표정까지 바로 앞에서 보는 것처럼 선명하게 눈에 들어왔다.

아이들에게서 눈을 뗀 관산호는 천천히 시선을 들어 하늘을 보았다.

그가 무연촌으로 돌아온 지도 열흘 남짓한 시간이 흘렀다.

경정산에서 빠져나오는 일은 어렵지 않았다. 유향을 데리고 있었지만 싸울 생각이 없는 그를 추적하기에는 경정산에 투입된 서문세가의 전력이 너무 미약했다.

서문세가에서 천라지망을 펼쳤다면 그도 고생을 했을지 몰랐다. 그러나 비록 고수 아닌 자가 없다 해도 경정산에 온 서문세가의 전력은 십수 명에 불과했고, 그 인원이 경정산에 천라지망을 펼치는 것은 가능하지 않았다.

경정산을 빠져나와 일로 남하하던 그는 경정산에서 오십여 리 떨어진 선주(宣州) 부근에서 그를 찾아 북상하던 시경과 조우할 수 있었다.

그는 시경과 조우한 뒤부터는 별다른 어려움 없이 무연촌으로 왔다.

중원무련은 관산호가 시경과 조우한 직후 그들이 만났다는 정보를 입수했다. 그것이 가능했던 것은 시경과 관산호가 빠른 속도로 이동하긴 했지만 굳이 몸을 숨기려 하지 않았기 때문이다. 하지만 중원무련에서는 더 이상 관산호에게 접근하지 않았다.

시경은 천하제일대방이라는 개방의 장로 신분인데다 그가 상익청과 호형호제하는 사이라는 것은 잘 알려진 일이다.

시경이 동행하는 이상 그들도 유향을 얻기 위해 서문하경이 했던 것처럼 윽박지르는 식으로 관산호를 대할 수는 없는 일이었다. 그리고 관산호는 물론이고 시경 또한 그런 위협이 통할 사람이 아닌데다가 개방장로인 시경을 위협하는 건 생각할 수도 없었기 때문이다.

중원무련의 속내를 충분히 읽을 수 있었기에 관산호와 만난 시경은 굳이 몸을 숨기지 않고 최대한 빨리 무연촌으로 돌아가는 것에 전력을 기울였던 것이다.

무연촌으로 돌아온 관산호는 그가 겪은 모든 것을 상익청에게 얘기하고 난 즉시 그가 무공을 수련했던 절벽의 동굴을 찾았고, 폐관에 들었다.

내상을 완전하게 치료하는 것과 함께 경정산에서 만난 고대한 체구의 노인, 화염광마군 천태세와의 싸움에서 패한 원인을 찾기 위해서였다.

그리고 열흘이 지난 것이다.

스스슷

절벽 아래에서 들려오는 미약한 파공성이 관산호의 상념을 깨뜨렸다.

관산호는 팔짱을 풀고 동굴 입구에 모습을 드러낸 상익청을 향해 예를 취했다.

입구에 서서 물끄러미 관산호를 바라보던 상익청이 뚜벅뚜벅 동굴 안으로 걸음을 옮겼다.

관산호의 곁을 스쳐 지나던 그의 손이 관산호의 어깨를 두어 번 두드렸다. 그 손길에 깃든 근심과 온기를 느낀 관산호의 가슴이 편안해졌다.

"들어오너라."

단단한 암석으로 된 바닥에 앉은 상익청은 맞은편에 무릎을 꿇고 앉은 관산호의 얼굴을 차분한 시선으로 훑어보았다.

관산호의 얼굴은 평소와 다름없이 표정이 없었다. 하지만 그는 느낄 수 있었다. 관산호의 두 눈 깊숙한 곳에서 이글거리는 분노를. 그리고 그 분노가 다른 누구도 아닌 그 자신을 향한 것임을.

상익청은 내심 길게 한숨을 내쉬었다.

관산호는 어떤 상황에서도 남을 탓하는 성격이 아니었다. 그는 항상 곤란한 상황이나 어려운 문제로 인해 피해를 입게 되면 그 원인을 자신의 탓으로 돌렸다.

자신의 능력이 부족하기 때문에 잘 해결될 수 있는 일을 좋게 풀지 못했다고 여겼고, 다시는 그런 상황을 겪지 않기 위해 노력했다.

상익청이 볼 때 그것은 다른 사람에게서 쉽게 볼 수 없는 훌륭한 자세였다. 하지만 이번과 같은 경우가 되면 그런 자세가 스스로에게 너무 많은 정신적 부담과 타격을 줄 수 있었다.

그리고 그가 평소 우려했던 대로 관산호는 지금 그가 이룬 무공의 성취에 대해, 과신했던 지난날의 자신에 대해 분노하고 있는 것이다.

"상대는 구중군마천의 좌상 화염광마군 천태세다. 패배는 잊지 말아야 하지만 지나치게 그에 얽매이는 것도 좋지 않다. 받은 만큼 나중에 갚아주면 돼."

"패배에 얽매이는 것은 아닙니다, 사부님. 당연한 패배였으니까요. 당시에는 제 몸이 온전했다면 패하지 않았을 것이라고 생각했지만 이곳에서 그와의 싸움을 돌이켜 보면서 그 생각이 착각이었다는 것을 알았습니다. 저는 천태세에 비해 경험, 내공, 초식의 숙련과 운용 모두 뒤졌습니다. 그래서 패한 것이니 얽매일 일도 없습니다. 단지… 그와의 만남 이전에 조그만 성취에 자만하여 더 노력하지 않은 제 자신에게 화가 날 뿐입니다."

"너는 충분히 노력해 왔다. 천태세는 당대 최고 반열의 고수일 뿐 아니라 그가 무공에 입문한 것은 너보다 칠십 년 이상 빠르다. 그런 그와 거의 대등하게 싸울 수 있었다는 것만으로도 너는 이번 패배에 대해 네 자신을 위로할 자격이 충분하다. 네게 남은 시간은 아주 많다는 것을 잊지 말거라. 그리고 군마천에서 왜 너를 공격했는지 정확한 이유를 알지 못하는 것이 좀 답답하지만, 후일 알게 될 날이 있을 터이니 너무 조급해하지 말고."

관산호보다는 덜 해도 상익청 또한 감정 표현에 익숙한 사람은 아니다. 하지만 지금 그의 음성에는 제자에 대한 근심과 사랑이 피부로 느껴질 정도로 가득 담겨 있었다.

상익청의 말을 들은 관산호의 눈에 찰나간 스산한 살기가 스쳐 지나갔다. 하지만 그 빛은 나타나자마자 사라졌다. 빛은 나중에 갚으면 되는 일이었고, 지금 자신의 감정을 되새김하기에는 상익청의 음성에 담긴 정이 너무 깊었다.

관산호는 고개를 숙였다.

스승이 그를 생각하는 애틋한 마음을 왜 모르겠는가.

그들 사이에 침묵이 흘렀다.

하지만 그 침묵은 서로의 마음을 느낄 수 있는, 온기가 감도는 침묵이었다.

상익청은 관산호의 눈에 감돌던 무서운 기세가 조금씩 부드러워지는 것을 보며 말문을 열었다.

"천태세가 너를 공격한 일은 소문이 나지 않았다. 네가 마지막에 보았다는 그들은 분명 중원무림의 인물들인데 소문이 나지 않은 것은 그들도 입을 다물었다고 봐야 할 것 같다. 나도 그 일은 소문이 나지 않게 할 작정이다. 군마천을 궁지로 몬다면 왜구를 상대하는 우리 일에 방해만 될 것이다. 청산이 있는 한, 땔감 걱정은 없다는 말처럼 차라리 여건이 마련되었을 때 직접 그들에게 대가를 치르게 하는 것이 더 나을 것이라는 게 내 판단이다. 너는 어떻게 생각하느냐?"

"그들은 제 몫입니다. 사부님께서 신경을 쓰시지 않으셨으면 합니다.”

상익청은 관산호의 눈가에 스쳐 지나가는 스산한 살기를 읽었다. 그는 내심 고개를 저었다.

‘이 아이가 어떤 성격인지 알았다면 군마천은 절대로 이 아이를 건드리지 않았을 텐데… 그들은 어리석게도 후일 가장 무서운 적이 될 아이를 건드렸다.’

누군가 그가 내심 중얼거린 말을 들었다면 기함을 하며 비웃었을 것이다. 구중군마천이라는 초강세를 관산호 혼자 위협할 것이라는 그 생각이 어찌 우습지 않겠는가. 하지만 상익청은 자신의 생각이 전혀 우습지 않았고, 진심으로 군마천의 미래를 걱정하고 있었다.

그는 화제를 바꾸며 말문을 열었다.

“유향이라는 아이 말이다…….”

관산호의 시선이 상익청의 눈과 부딪쳤다.

“괴이하게도 그 아이는 네가 이곳에 있는 것을 느끼는 것 같다. 이곳으로 오려는 행동은 하지 않지만 하루 종일 정자에 앉아 이곳만 보고 있거든.”

관산호의 얼굴에 보일 듯 말 듯한 홍조가 드리워졌다.

무연촌에 도착한 그날 폐관에 들었기에 유향이 그에게 어떻게 행동하는지 상익청은 보지 못했다. 하지만 무연촌까지 동행했던 시경에게서 유향이 밤낮으로 관산호에게 어떻게 행동하는지 들은 상익청은 일견 신기해하면서 또 즐거워했었다.

관산호의 얼굴을 본 상익청의 얼굴에 얼핏 미소가 스쳐 지나갔다. 하지만 곧 진중해진 얼굴로 물었다.

"그 아이의 몸이 너만큼 이상하다는 것을 알고 있느냐?"

상익청의 질문을 받은 관산호는 고개를 끄덕이며 되물었다.

"그녀가 금강불괴지신이라는 것을 말씀하시는 겁니까?"

시경과 조우하고 남하하면서 그는 유향의 몸을 점검했었다.

유향은 외견상 다친 곳이 없어 보였지만 천태세의 이화멸절장력이 그녀의 등에 작렬하는 것을 보았으니 정상일 리가 없다고 생각했기 때문이다.

그리고 그는 알았다.

천태세의 장력이 그녀에게 큰 충격을 준 것은 분명했지만 그녀에게 내상이나 외상을 입히지는 못했다는 것을.

그녀의 육체는 이화멸절장력은 물론 그의 혼신내공이 실린 무정도로도 흠집을 낼 수 없는 금강불괴지체였던 것이다.

"그렇다."

상익청은 고개를 갸웃하면서 말을 이었다.

"이런 신체가 현실로 존재한다는 걸 나는 유향을 보면서 처음 알았다. 금강불괴는 그저 말하기 좋아하는 자들이 꾸며 낸 이야기인 줄로만 알았는데……"

상익청의 눈 깊은 곳에는 불신과 회의가 소용돌이치고 있었다.

관산호와 함께 무연촌에 온 유향을 보고 상익청은 두 번 놀랐다. 한 번은 그녀의 미모에, 다른 한 번은 그녀의 신체를 점검하다 그녀가 금강불괴지체라는 것을 알고서.

"네가 회억전이라는 곳에서 들은 내용과 천사집전을 참오하고, 유향의 몸을 점검해 보았지만 그녀의 신체가 어떻게 해서 금강불괴지경에 이른 것인지 원인과 과정을 알아낼 수가 없었다. 기이하게도 그녀의 몸에는 단 한 점의 내력도 존재하지 않아서 그 신체의 기원을 찾는 것이 불가능했다. 하지만 네 얘기와 회억전에서 천사문의 호법사령이라는 자가 그녀에게 베풀던 것이 불사환혼대법이라는 점에 착안해서 한 가지 가정을 세울 수는 있었다. 그러나… 그것도 가능하다는 생각이 들지 않아서 믿기 힘들다."

무연촌으로 복귀한 관산호는 상익청에게 제남행 중에 있었던 일을 보고하면서 천사집전도 건네주었다. 그와 상익청 사이에는 단 한 가지, 그의 부친이 남긴 유언을 제외하고는 비밀이 없었다. 그것도 내용을 말하지 않았을 뿐, 그가 앞으로 반드시 해야 할 일이라는 것은 말을 했다.

그는 권마의 무공을 발견했을 때도 상익청에게 알렸었다. 상익청이 관산호와 인연이 닿은 것이라며 무공구결 듣기를 거부해 구결을 알려주지는 못했지만.

상익청을 바라보는 관산호의 얼굴에 궁금한 기색이 뚜렷해졌다. 그를 보며 상익청은 말을 계속했다.

"천사집전에 기록되어 있는 대로라면 불사환혼대법은 천사유혼대법(天邪幽魂大法)으로 자신의 영혼과 힘을 스스로 봉인한 자에게만 시전이 가능하다. 그리고 천사유혼대법은 귀식대법처럼 죽은 듯 가사 상태에 빠지는 것인데 귀식대법과는 비교할 수 없을 만치 오랜 시간 동안 가사 상태를 유지할 수 있는 술법이다. 게다가 이 대법은 가사 상태를 유지하면서도 천지간의 기운을 내공으로 축적하는 것이 가능하다고 하는구나."

관산호의 눈에 놀람의 빛이 떠올랐다.

"그럼 만약 수백 년 동안 천사유혼대법을 자신에게 시전한 자가 있다면 그 힘은……."

"상상을 초월하겠지. 하지만 이 대법은 치명적인 결점을 갖고 있어서 안다고 아무나 펼칠 수가 없다."

"결점이요?"

"그렇다. 이 대법은 대천마수라심결(大天魔修羅心訣)이라는 무공을 익힌 자만이 펼칠 수 있다고 천사집전에는 기록되어 있다."

"대천마수라심결? 들어본 적이 없는 무공명입니다."

"나도 그렇다."

상익청은 곤혹스러운 기색이었다.

“불사환혼대법과 천사유혼대법을 훑어보고 나서 내가 내린 결론은 이 무공들이 오직 한 사람, 대천마수라심결을 익힌 사람만을 위해 창안되었다는 것이다.”

관산호도 고개를 끄덕였다. 그렇게 해석할 수밖에 없었기 때문이다.

상익청은 나직한 헛기침과 함께 말을 이었다.

“흠, 유향이라는 아이가, 외모가 그렇기에 아이라고 부르기는 한다만 그 아이가 불사환혼대법의 피시전자였다는 것을 직접 네 눈으로 확인한 이상 그 아이가 대천마수라심결을 익혔다는 것은 의심의 여지가 없다. 그리고 천사문이 전설로 전해지는 것처럼 천년마교의 구대지류 중 하나라면 유향은 마교와 관련이 있을 것이고.”

“사부님은 그녀가 현재의 어딘가에 살던 여인이 아니라 지금 이전의 다른 시대의 인물일 수도 있다고 생각하시는 겁니까?”

관산호는 상익청이 유향에 대해 말하며 긴 설명을 한 이유를 깨달았다. 그의 바다처럼 깊게 가라앉아 있던 눈이 놀람으로 출렁거렸다.

상익청은 천천히 고개를 끄덕였다.

“가능성을 배제할 수 없다. 하지만 그녀의 신분을 추측할 만한 단서가 없어 아직은 단정적으로 뭐라 말을 할 수는 없구나. 네가 보았다는 창과 방패는 시경도 아는 바가 없었다. 무림사에 그처럼 해박한 시경도 모르는 일이니 짧은 시간 내에 그녀의 정체를 파악하기도 어려운 일이고. 아마도 네가 대법의 막바지에 끼어들어 방해한 탓에 문제가 생긴 것은 분명해 보이는데 말이다. 그녀가 온전한 정신을 차린다면 쉽게 해결될 의문이지만 그날이 언제나 올지……."

나직한 침음성과 함께 상익청은 입을 다물었다.

그는 자신의 추측에 혼란스러워하고 있었고, 그의 말을 들은 관산호는 평정심이 흐트러질 정도로 크게 놀랐다.

두 사람 사이에 잠시 침묵이 흘렀다.

침묵은 상익청이 화제를 바꾸며 깨졌다.

그는 재미있는 것이 생각난 듯 싱긋 웃으며 관산호에게 말했다.

"중원무련에서 사람이 왔었다."

"쉽게 포기할 사람들이 아니었습니다."

"문전에서 쫓아버렸다. 껄껄껄."

상익청이 고개를 젖히며 웃자 그의 분위기에 전염된 관산호도 빙긋 웃었다. 상익청이 이처럼 재미있어하는 모습을 본 적도 꽤 오래되었다.

"이를 갈며 갔겠군요."

"제 놈들이 이를 갈아야 자기들 이만 부서질 뿐이지. 평소라면 코빼기도 안 보이던 놈들이 느닷없이 찾아와서 사람을 내놓으라고 해, 흥!"

상익청이 세게 코웃음쳤다.

"제가 옆에 있었으면 좋았을 걸 그랬습니다."

"서문하경인가 하는 여아가 너를 찾았다. 독한 눈빛이더라. 귀뺨 얻어맞지 않으려면 후일 만났을 때 조심하거라. 예쁘고 순한 얼굴이지만 품고 있는 독기가 만만치 않았어."

"알겠습니다, 사부님."

상익청은 유향에 대해 언급할 때보다 많이 담담해진 얼굴로 관산호에게 말했다.

"사실 오늘 내가 이곳에 올라온 것은 네 허락을 받아야 할 일이 생겼기 때문이다."

"예?"

생각에 잠겨 있던 관산호는 어리둥절한 얼굴이 되었다. 스승이 제자의 허락을 받을 일이 무엇이 있을지 일시지간 짐작이 되지 않았기 때문이다.

상익청은 뜸을 들이지 않고 말을 이었다.

"원하는 혈전단원들을 문하로 받아들이고 그들에게 혈전생사도법을 전수하려 한다. 너도 알다시피 사 년 전 들어온 호연찬을 마지막으로 혈전단에 더 이상 투신하는 사람이 없다. 그 사 년 동안 왜구와의 전투 속에 마흔일곱 명이 죽었고."

말을 하는 상익청의 입에서 나직한 탄식이 흘러나왔다. 떠올릴 때마다 송곳으로 가슴을 후비는 듯한 고통을 느낄 수밖에 없는 일이다.

"혈전단에 가입하는 사람이 끊어지지 않는다면 이런 선택은 하지 않았을 것이다. 하지만 전력은 계속 약화되고 충원은 적시에 이루어지지 않는 이 상황을 타개하기 위해서는 현재 있는 혈전단의 단원들을 더 강하게 단련하는 것 외에 다른 해결 방법이 없다. 허락하겠느냐?"

관산호는 상익청의 고심을 알 수 있었다.

상익청이 혈전단에 투신한 사람들에게 무공을 가르치지 않은 것은 아니었다.

그에게 배움을 원하는 사람들에게 그는 조언을 아끼지 않았고 자신이 알고 있는 무공 대부분을 개방했다. 하지만 그는 누구에게도 현천진기와 혈전생사도법은 가르친 적이 없었다.

그가 혈전단에 두 무공을 전수할 생각을 해본 적은 여러 번이었다. 하지만 그 결과에 확신을 가질 수가 없어 포기했었다. 두 무공을 무사들에게 전수하는 것은 대단히 큰 모험이다.

혈전단은 가입뿐만 아니라 떠나는 것도 자유로운, 온전히 스스로의 선택에 따라 탈퇴를 결정할 수 있는 조직이다.

만약 그가 무사들에게 두 무공을 전수했을 때 그것을 배운 누군가가 혈전단을 떠나 사사로운 이익을 추구한다면 그 폐해는 실로 상상만으로도 끔찍한 것이었다.

하지만 혈전단에 몸을 담는 사람이 더 이상 없는 현실이 그에게 발상을 전환할 것을 강요했다. 그래서 선택한 것이 그들을 자신의 문하로 받아들이는 것이었다.

그가 혈전단 무사들에게 무공을 전수하기 이전 그들을 문하로 받아들이겠다는 것은 지금까지 혈전단이 유지해 왔던 자유로운 탈퇴를 더 이상 허락하지 않겠다는 의미였다.

그리고 그것은 누군가 그가 전수한 무공을 사익을 위해 사용하는 만약의 경우 엄하게 징계하기 위한 최선의 방법이기도 했다.

관산호의 얼굴이 밝아졌다.

그는 망설임없이 고개를 끄덕였다.

"언제나 바라던 일입니다, 사부님. 함께 싸우는 동료가 강해지고, 적의 손에 쓰러지는 일이 줄어드는 일인데 반대할 이유가 없습니다."

상익청도 웃는 얼굴이 되었다.

"이틀 후 조반 때 내려오너라. 그동안 모두의 의사를 확인하고 그날 내 문하에 들어오겠다는 사람들을 받아들이는 간단한 의식을 행하겠다."

"문파의 이름은 정하셨습니까?"

"특별히 따로 지을 필요가 있겠느냐? 혈전문이라고 할 생각이다. 왜구가 남해에 발을 딛지 못하는 그날까지 그들과 싸우는 것이 창설 목적이고 또 전부인 문파이니."

관산호는 흰 이를 드러내며 소리없이 웃었다.

그는 진심으로 즐거운 표정이었다.

하지만 그 표정은 일 년에 한 번도 보기 힘든 것이다.

관산호의 웃은 얼굴을 부드러운 눈으로 바라보던 상익청이 웃으며 말했다.

"자주 웃어라. 보기 좋구나."

"노력하겠습니다."

관산호가 어색한 표정으로 변할 때 상익청은 자리에서 일어섰다.

동굴을 나서는 그의 신형은 바람처럼 빨랐다.

이틀 동안은 정신없이 바쁠 터였다.

이틀이 시위를 떠난 화살처럼 빠르게 지나갔다.

유명곡 전투에서 네 명이 전사하면서 혈전단의 인원은 상익청을 비롯 총 일백육십팔 명이 되었다.

해가 떠오른 지 얼마 지나지 않아 그들 모두가 한곳에 모였다.

한결같이 붉은 전포를 입고 있는 데다 긴장된 기색들이다.

그들이 모인 곳은 늘 혈전단 무사들이 무공을 수련하는 연무장이었다.

무연촌의 구조는 일반인이 머무는 곳과 혈전단 무사들이 머무는 곳이 분리되어 있었는데 처음 고개를 넘으며 들어오는 마을이 일반인들이 머무는 곳이었고, 그 마을을 지나 뒷산의 계곡 쪽으로 더 나가면 혈전단 무사들이 머무는 마을과 지금 그들이 모여 있는 연무장이 나왔다.

상익청은 이틀 전 자신의 구상을 혈전단 무사들에게 공표했고, 그들 모두의 의견을 들었다. 그리고 모든 단원들이 이 자리에 모였다. 상익청의 제안을 거절한 무사들은 한 명도 없는 것이다.

연무장에는 의자도 단상도 보이지 않았다.

상익청과 시경이 나란히 서 있고 관산호를 비롯한 백육십칠 명이 상익청을 바라보며 서 있었다.

자신의 앞에 선 혈전단 무사들을 천천히 둘러보던 상익청이 말문을 열었다.

"이곳에 있는 모든 사람들은 나와 더불어 짧게는 사 년, 길게는 삼십사 년 동안 생사를 함께 한 벗들이오. 오늘 혈전문을 개파한다고는 하나 그간의 정리가 사승관계라는 형식을 빌리는 것일 뿐, 그대들과 나와의 관계가 변할 것이 무엇이 있겠소."

말을 잇는 그의 눈빛이 점차 강렬해졌다.

"이제 나는 혈전문의 개파 선언을 하기 전 여러분에게 하나의 맹세와 하나의 다짐을 받으려 하오."

혈전단 무사들의 얼굴이 긴장과 격한 홍분으로 물들었다.

그들의 가슴속에 상익청은 절대적인 존재로 자리 잡고 있었다. 그것은 혈전단에 몸담은 사람이라면 누구도 예외가 없었다.

그러한 상익청에 대한 그들의 경외감은 상익청의 놀라운 무공 때문이 아니라 오직 한길, 왜구에 의해 고통받는 백성들을 위해 전 생애를 바친 그의 치열한 삶이 불러일으킨 것이다.

이제 그렇게 존경하는 상익청과 자신이 부모자식과도 같은 스승과 제자의 관계로 다시 만나게 된다.

상익청은 본질은 변하지 않고 형식이 변하는 것이라고 말했지만 그들에게는 천지개벽과도 같은 변화였다. 상익청을 스승으로 모실 수 있다는 현실은 전신에 소름이 돋게 만들 만큼 그들을 긴장과 흥분으로 몰아넣고 있었다.

그들의 귀에 상익청의 장중한 음성이 파고들었다.

"나와 더불어 왜구와 싸우다 전장에서 죽을 것을 맹세하겠소?"

"예!"

백육십칠 명이 온 힘을 다해 내지르는 대답 소리에 연무장이 금방이라도 무너질 듯 뒤흔들리며 흙먼지가 피어올랐다.

타는 듯한 눈빛으로 상익청은 말을 이었다.

"내게 배운 무공을 오직 고통받는 백성을 위해 쓸 것을 다짐하겠소?"

"예!"

상익청의 얼굴에도 홍분된 기색이 떠올랐다.

그는 자신을 바라보는 혈전단 무사들의 눈에서 자신의 삶이 헛되지 않았다는 것을 느꼈다. 저들과 함께 싸우다 죽어 들개의 밥으로 사라진다 해도 행복하게 죽어갈 것이라는 것도 알았다.

그의 시선이 뜨거운 눈빛으로 그를 보고 있던 관산호를 향했다. 관산호와 눈빛이 마주친 그의 눈이 다시 혈전단 무사들을 훑었다.

"이제 혈전문을 개파하기 전 마지막으로 여러분들에게 묻겠소. 혈전문의 대제자는 관산호가 될 것이오. 그의 나이는 우리 중 가장 어리나 본 문의 절기는 나에 버금가는 성취를 이루었고, 문을 이끌 역량도 충분하다고 생각하오. 하지만 나와 다른 생각을 가진 사람도 있을 것이라 생각하기에 묻겠소. 관산호가 대제자가 되는 것에 대해 다른 의견이 있는 사람이 있으시오? 있다면 지금 말해주시오. 본문이 개파한 이후에는 다른 의견은 인정되지 않을 거요. 그것은 분란을 의미하니까 말이오."

그의 말을 들은 혈전단 무사들은 침묵했다.

하지만 그 침묵은 상익청의 말에 반감을 가졌기 때문이 아니었다.

잠시 이어지던 침묵은 혈전단 무사들이 서 있는 중앙에서 흘러나온 음성으로 깨졌다.

"단주님은 걱정이 너무 많으십니다!"

굵고 탁하지만 묘하게 가슴에 젖어드는 음성이었다.

상익청의 시선이 음성이 들려온 곳으로 향했다.

그곳에는 그리 크지 않은 몸집에 이마에 굵은 주름이 여러 개 잡힌 초로의 인물이 서서 웃고 있었다. 눈에 뜨일 것이 없는 평범한 인상인데 뺨에 난 세 치 길이의 굵은 검상이 그의 삶이 평탄치 않았음을 보여주었다.

그를 보는 상익청의 눈에도 미소가 감돌았다.

초로인은 혈전단에 몸담고 있는 사람 중 가장 오랫동안 그와 함께한 사람이었다.

홀로 왜구와 싸우고 있던 상익청을 찾아왔을 때 십구 세였던 그는 이제 오십삼 세가 된 지금까지 한결같은 모습으로 상익청의 옆을 지키고 있었다.

"우 대주, 할 말이 있는가?"

우천승은 고개를 끄덕이며 입을 열었다.

"우리 중에 부단주님의 능력과 성품을 모르는 사람은 없지요. 껄끄럽고 여자도 안 생길 것 같은 거시기한 성격이긴 합니다만……."

어눌한 어조로 말을 하던 그가 잠시 뜸을 들이자 혈전단 무사들의 얼굴에 소리없이 웃음꽃이 피었다.

그가 말을 이었다.

"부단주님이 대사형이라면 언제 어디서든 목숨을 맡길 만

하지요. 저는 기꺼이 스승님을 모시고 대사형을 따르겠습니
다."

혈전단 무사들의 얼굴에 우천승의 말을 동의하는 빛이 뚜
렷하게 떠올랐다.

더 이상의 확인은 의미가 없었다.

상익청은 고개를 끄덕이며 관산호에게 말했다.

"그릇을 가져오너라."

관산호는 두 손으로 들고 있던 순백색의 사기 그릇을 정중
하게 상익청의 앞으로 내밀었다.

왼팔의 소매를 걷어올린 상익청은 허리춤에서 작은 소도
를 꺼내어 팔뚝을 그었다.

햇빛을 받아 더욱 짙은 선홍색으로 빛나는 붉은 핏물이 방
울방울 그릇 안으로 떨어졌다. 한 숟가락 분량의 피가 그릇
안에 모이자 상익청은 팔을 지혈하고 그릇을 받으며 소도를
관산호에게 건넸다.

관산호도 소도로 팔뚝을 그어 자신의 피를 그릇에 담았다.

말없이 이어진 그 의식은 백육실팔 번째인 호연찬의 피가
그릇에 담기며 끝이 났다.

호연찬의 앞에서 그릇을 받쳐 들고 있던 관산호는 넘칠 듯
한 피가 담긴 그릇을 들고 상익청의 앞으로 돌아왔다.

그릇을 받아들고 천천히 한 모금을 들이마신 상익청은 그
릇을 다시 관산호에게 건네주었다.

관산호 역시 한 모금을 마신 후 뒤에 있던 황우령에게 그릇을 건네주었다. 그 의식 또한 호연찬을 마지막으로 끝났다.

의식은 화려하지 않았다. 시간이 많이 걸린 것도 아니었다. 하지만 그 간단한 의식 속에는 기꺼이 자신의 목숨을 상대에게 맡긴다는 강한 믿음과 서로에 대한 깊은 존경이 녹아 있었다.

혈전단 무사들, 이제는 모두 그의 제자가 된 사람들과 한 명씩 눈을 맞추던 상익청의 입술이 천천히 벌어졌다.

"이제 혈전문이 개파했음을 공표한다."

그의 어조가 바뀌었다.

지금까지의 혈전단 무사들이 동료였다면 이제는 가족이 된 것이고, 그는 가장이 된 때문이다. 그는 그들의 어버이였다.

"와아아아!"

혈전단 무사들에게서 천지를 떨어 울리는 함성이 터져 나왔다.

언제나 무표정하던 관산호의 얼굴에도 환한 웃음이 떠올라 있었다.

제 3 장

용병계약

鐵
血
無
情
路

“**요**새 왜구 놈들 너무 조용한데요, 형님?”

벌컥거리며 마시던 호로병을 입에서 뗀 시경이 상익청을 힐끗거리며 말했다.

유명곡 전투가 끝난 것은 넉 달 전, 혈전문이 소리 소문 없이 개파한 것도 열이틀 전이었다. 그동안 남해엔 이삼백 명 규모의 왜구들이 간간이 출몰하긴 했지만 천 단위를 넘어서는 대규모 왜구 침입은 없었다.

가을도 깊어가고 있어서 열어놓은 문에서 서늘하게 느껴지는 바람이 불어 들어왔다.

탁자 위에 술잔을 놓은 상익청이 시경을 보았다.

“조용해서 불만이냐?”

그가 툭 던지듯 말하자 시경이 인상을 있는 대로 찌푸렸다.

“형님하고 말 안 할랍니다. 어떻게 된 게 늙을수록 밴댕이 속이 되가는지 원!”

시경이 툴툴거리는 소리를 들었는지 못 들었는지 상익청은 술잔을 기울일 뿐이었다.

상익청과 말하지 않겠다고 했던 시경의 선언은 한 식경도 가지 못하고 깨졌다. 그는 조용하고 심심한 건 병적으로 참지 못하는 성격이다.

상익청의 눈치를 슬슬 보던 시경이 얼굴을 상익청의 앞으로 불쑥 들이밀며 물었다.

“삐쳤수?”

얼마나 오래 씻지 않았는지 온통 새카맣게 때에 전 얼굴이 코밑에 닿을 듯하자 상익청은 상체를 뒤로 젖히며 시경의 얼굴을 한 손으로 밀어냈다. 시경의 몸에서 나는 쾨쾨한 냄새가 코를 마비시킬 듯했다.

직후 손바닥을 허벅지에 닦아낸 상익청이 말문을 열었다.

“미친놈. 들이대지 마. 네 몸에 손닿으면 정 떨어져. 그리고 내가 그런 말 들었다고 삐칠 나이냐?”

“흐흐흐, 삐친 게 맞는 거 같은데… 그럼 왜 말이 없수?”

시경이 괴소와 함께 다시 얼굴을 들이대자 상익청의 굵은 눈썹이 꿈틀거렸다.

"이놈아, 치워라. 정 떨어진다니까!"

"거 이상한 소리만 하지 마시구 형님 생각 좀 말해달라니까요!"

"뭘?"

"까마귀 고기를 삶아 드셨나! 좀 전에 물어본 걸 그새 까먹었수? 요새 놈들이 왜 저렇게 조용한지 물었잖수?"

"정보는 네가 더 빠른데 그런 걸 나한테 물어보면 설마 내가 답을 알고 있을 거라고 생각하는 거냐?"

상익청이 혀를 끌끌 차며 말하자 시경은 입맛을 다셨다. 맞는 말이다.

"그래도 감이란 게 있잖아요. 형님 생각을 듣고 싶소만……."

"몰라."

매몰찬 대답이다.

시경의 입술이 석 자는 튀어나왔다.

그가 속으로 상익청에게 온갖 욕을 하며 투덜거리고 있을 때 방문 앞에 황우령이 나타났다.

상익청에게 공손히 인사를 하며 황우령이 말했다.

"사부님, 손님이 오셨습니다."

"손님?"

상익청이 의아한 시선으로 황우령을 보며 물었다. 무연촌에 그를 찾는 손님이 오는 경우는 일 년에 한 번도 많을 정도로 적었다. 곤궁한 백성들이 몸을 의탁하러 오는 경우는 적지 않았지만 그런 사람들을 손님이라고 하지는 않는다. 그리고 그런 손님들은 우천승과 같은 혈전단의 나이 많은 제자들이 상대한다.

"두 명인데……."

황우령이 말끝을 흐리는 것을 본 상익청은 더 의아해졌다. 이런 경우가 거의 없었기 때문이다.

"왜 그러느냐?"

"말은 하지 않았지만 그들 중 한 명이 왜놈입니다."

왜국인이라면 무연촌에서 사람 대접을 받기 어렵다.

"왜놈이?"

고개를 갸웃한 상익청은 자리에서 일어났다.

혈전단 무사들은 기본적으로 왜국어를 할 줄 안다. 그리고 철저하게 변장한 왜인이라도 한눈에 알아본다. 경험이 그렇게 만들어준 것이다. 그리고 황우령은 혈전단에서도 눈썰미가 날카롭기로 정평이 난 사람. 그가 사람을 잘못 볼 리는 없었다.

상익청은 큰 걸음으로 방을 나섰다. 그 뒤를 시경과 황우령이 따랐다.

왜인이 무연촌을 방문한 적은 이제까지 단 한 번도 없었다. 그 의도가 궁금할 수밖에 없는 일이었다.

대청으로 들어선 상익청은 무명옷을 입은 두 명의 중년인을 볼 수 있었다. 그리고 그중 왼편에 무섭게 긴장한 얼굴로 그를 바라보는 자가 왜국인이라는 것을 한눈에 알아보았다.

상익청을 본 중년인들이 그를 향해 길게 읍했다.

먼저 말문을 연 자는 오른편에 있던 살집이 좋고 얼굴에 기름기가 흐르는 중년인이었다.

"상 대협을 뵙게 되어 영광입니다. 저는 절강성 항주에서 조그만 장사를 하는 서완재라고 합니다. 그리고 이분은 왜국에서 오신 오토모 요시카도님입니다."

서완재의 말을 알아들은 듯 상익청에게 포권으로 예를 취하는 오토모 요시카도는 키는 크지 않았지만, 선명한 검은 눈썹과 매서운 시선을 가진 날카로운 인상의 중년인이었다.

그는 머리에 건으로 두른 것이 사무라이 특유의 민머리 형태를 감추기 위함인 듯했다.

상대가 예의를 차리는데 왜인이 섞여 있다고 박대하기는 어렵다. 게다가 아직 그들의 방문 목적도 알지 못하는 터.

상익청은 서완재와 요시카도의 인사를 받았다.

"상익청이오."

자리에 앉아 바쁘게 그와 시경의 모습을 살피는 서완재를 보며 상익청이 물었다.

"섬나라 사람이 섞인 방문객이라… 무슨 일이오?"

냉랭한 어투였다.

서완재는 내심 쓴웃음을 지었다. 왜국과 관련이 있는 자들에게서는 상익청의 성품은 유명했고, 그 또한 귀에 못이 박히도록 들어왔다. 상익청의 옆에 있는 시경도 그에게는 익숙한 인물이었다. 시경이 상익청을 돕는 것은 비밀이 아니었으니까.

서완재는 조심스럽게 말문을 열었다.

"왜국 분이 섞여 있음에도 내치지 않으신 것에 대해 깊이 감사드립니다. 그리고 상 대협께서 저희와 긴 대화를 원치 않으신다는 것을 잘 알고 있습니다."

서완재의 말에 상익청은 차가운 눈을 한 채 거침없이 고개를 끄덕였다. 하지만 서완재의 표정은 전혀 변화가 없었다. 홀대는 각오하고 온 것이다.

"오늘 제가 상 대협을 방문하게 된 것은 부탁이 있기 때문입니다."

"부탁?"

상익청의 눈에 의혹이 떠올랐다.

서완재의 부탁이 왜인과 관련이 있다는 것은 삼척동자라도 짐작할 수 있는 일이었다. 하지만 아무리 생각해도 왜인이 자신에게 부탁할 일이 무엇이 있을지 떠오르는 게 없었다.

그가 생각을 하는 동안에도 서완재의 말은 쉬지 않고 이어졌다.

"상 대협께서 아실지 모르지만 왜국은 네 개의 큰 섬으로 이루어진 나라이고 그중 남부에 있는 섬은 구주(九州:규슈)라고 합니다.”

서완재는 말을 하며 왜국의 지형을 탁자 위에 그렸다. 왜국의 사정에 어두운 상익청의 이해를 돕기 위해서였다.

“그리고 현재 구주 지방은 중구주의 오토모 씨와 남구주의 시마즈 씨, 그리고 북구주의 쇼니 씨. 세 개 가문이 지배하고 있는데 저는 그중 중구주(中九州) 지방에 있는 오토모 가문과 오랫동안 인연을 맺어 왔습니다. 오늘 제가 할 부탁은 오토모 가문과 관련된 것이며, 그 내용은 요시카도님께서 직접 말씀해 주실 것입니다.”

‘요시카도님?’

서완재가 두 번씩이나 요시카도의 이름에 님자를 붙인 것이 귀에 거슬린 상익청의 눈썹이 꿈틀거렸다.

그는 살아오며 왜인에게 존칭을 썼던 적이 한 번도 없었고, 그의 주변에서 왜인에게 님 자를 붙이는 사람이 있었던 적도 없었다. 당연히 서완재의 말이 낯설 수밖에 없었다.

하지만 단어가 귀에 거슬린 것과는 별개로 그는 서완재의 말에 요시카도를 새삼스러운 눈길로 주시하게 되었다.

서완재는 무명옷을 입고 있었지만 귀티가 전신에 흐르는 것이 그가 가문이 좋은 사람이거나, 어지러운 시대 속에서도 상당한 성공을 거둔 사람이거나 둘 중의 하나임을 충분히 짐작케 했다. 그런 사람이 존칭을 사용할 정도라면 왜인의 신분이 범상치 않은 것일 터였기 때문이다.

그의 시선을 받은 요시카도가 상체를 바로 하며 입술을 뗐다. 그는 명나라 말을 할 줄 알았기에 상익청과 서완재의 대화를 모두 들었다.

"서 공(公)이 말씀드린 대로입니다. 부탁을 할 사람은 접니다, 상 대협."

상익청도 익숙한 사무라이들 특유의 굵고 낮은 음성, 그리고 왜국말이다.

"말해보게."

대뜸 하대다.

상익청의 하대를 들은 요시카도의 눈매가 싸늘해졌다. 하지만 그 정도의 눈빛에 꿈쩍할 상익청이 아니다. 게다가 아쉬운 것은 상익청이 아니라 요시카도였다.

요시카도의 눈빛에서 싸늘한 빛이 사라졌다.

"지금 저희 가문은 남구주의 시마즈 가문, 그리고 북구주의 쇼니 가문과 긴 전쟁을 하고 있습니다. 두 가문 중 시마즈 가문은 아직은 온건한 편이어서 전투가 잦은 편도 아니고 직접 저희 영토를 노리고 있지는 않지만 북구주의 쇼니 가문은 대단히 호전적이어서 저희에게 커다란 위협이 되고 있습니다. 제가 직접 대륙까지 온 것은 혈전단이 우리나라로 와서 저희를 도와달라고 부탁드리기 위해서입니다."

"왜국에 직접 말인가?"

"그렇습니다."

"허허허!"

상익청은 어이가 없어 웃음을 터뜨리고 말았다.

옆에서 그들의 대화를 듣고 있던 시경의 얼굴에도 어이가 없다는 기색이 역력했다.

시경이 퉁명스러운 어조로 대화에 끼어들었다.

"말도 안 되는 소리! 왜 남의 전쟁을 혈전단이 돕는단 말인가? 부탁할 일이 따로 있지, 제정신이냐!"

"시 대협의 말씀이 과하십니다. 요시카토님은 물론 저 또한 제정신입니다. 그리고 쇼니 가문과의 전쟁은 혈전단과도 절대 무관하지 않습니다."

서완재는 얼굴을 굳히며 말했다.

"우리와 무관하지 않은 전쟁이라고?"

상익청이 서완재의 말을 받으며 물었다.

"그렇습니다, 상 대협. 쇼니 가문은 전쟁을 수행하기 위해 명나라와 밀무역을 해왔고, 더 큰 규모의 밀무역을 위해 남해에 교두보를 확보할 목적으로 최근에는 정규군을 보낸 적도 있습니다. 대협의 제자에게 크게 패하긴 했습니다만."

"유명곡!"

황우령이 놀란 음성으로 중얼거렸다.

서완재의 설명은 이어졌고 그 말을 듣는 상익청과 시경의 안색은 처음과는 달리 진지해졌다.

"아시다시피 전쟁에는 막대한 자금이 필요한데 그 재원을 손쉽게 마련할 수 있는 방법은 극히 드뭅니다. 그래서 그들이 생각한 것이 명나라와의 밀무역입니다. 그들은 남해 지역에 있는 거부들과 직접 교역을 하려고 하는 중입니다. 이익이 엄청나니까요. 그리고 그런 그들과 대륙의 상인들을 중개하는 역할을 사해등룡방의 진왕평이 맡고 있죠. "

"밀무역이라… 그들만이 그 방법을 생각하는 거요?"

상익청의 질문에는 오토모와 시마즈는 왜 쇼니와 같은 방법을 사용하지 않느냐는 의미가 들어 있었다.

서완재는 조심스런 표정으로 상익청의 질문에 답했다.

"솔직히 상 대협의 말씀처럼 오토모 가문과 시마즈 가문도 명과의 무역을 원하고 있으며, 가능하다면 밀무역이라도 시도하였을 겁니다. 하지만 오토모나 시마즈 가문이 명나라의 상인들과 무역을 하는 데는 난관이 많습니다. 명의 해금정책도 문제지만 가장 큰 문제는 오토모와 시마즈의 배들이 명나라로 향하는 것을 쇼니 가문이 좌시하지 않는다는 거지요. 쇼니 가문의 해상 전력은 왜국 전체를 통틀어도 손에 꼽힐 정도입니다. 게다가 남해의 해적을 지배하는 사해등룡방까지 그들을 돕는 상황이고요. 그들의 해상 봉쇄망을 뚫기에는 오토모와 시마즈 가문의 해상 전력이 너무 약합니다."

"오토모가 황해를 건너지 못하는데 어떻게 당신은 그들과 관련이 있는 거요?"

계속되는 상익청의 질문에 곤란한 표정이 되었던 서완재

가 결심한 듯 입을 열었다.

"전부 다 말씀드려야겠군요. 저는 오토모 가문과 십수 년간 무역을 해왔습니다. 쇼니에 의해 해상이 봉쇄되긴 했지만 소규모의 무역까지 불가능한 것은 아닙니다. 저는 산동에서 조선과 대마도를 거쳐 왜국으로 들어갑니다. 그리고 북구주를 우회해서 중구주까지 가지요."

"그렇군."

서완재가 탁자에 손으로 그린 지형을 본 상익청은 고개를 끄덕이며 중얼거리곤 물었다.

"그런데 오토모와 쇼니라는 자들의 싸움이 동네 패싸움도 아닐 텐데 혈전단의 백수십 명이 그곳으로 와서 싸워달라는 부탁은 이해가 잘 가지 않소. 우리가 아무리 강해도 수천, 수만 명이 부딪치는 전쟁터에서 우리의 숫자는 큰 의미도 없을 것이고, 오히려 전장에 시신의 숫자를 보태주기만 할 가능성이 크지. 게다가 그동안 왜구라면 눈에 띄는 족족 쳐 죽인 우리가 왜국 땅을 밟는다면 쇼니와 싸우는 우리의 뒤를 오토모가 칠 수도 있고. 그렇지 않소?"

상익청의 말을 들은 서완재의 얼굴에 찰나지간 당황한 빛이 스쳐 지나갔다. 사실 그럴 가능성도 배제할 수 없었기 때문이다. 하지만 그는 곧 담담한 표정을 회복했다. 속으로 어떻게 생각하든 그것을 내색하는 것은 협상을 깨는 행위였기 때문이다.

하지만 서완재와 달리 요시카도는 얼굴이 시뻘겋게 변할 정도로 격분했다.

"사무라이의 명예를 걸고 약속할 수 있습니다. 결코 본 가문이 혈전단의 뒤를 치는 비열한 행위는 하지 않을 것입니다."

"전쟁도 아닌데 남의 나라에 들어와 노략질이나 하고, 해적들과도 손잡는 자들에게도 명예가 있었나?"

요시카도의 말을 받는 상익청의 음성은 눈빛만큼이나 찼다.

요시카도는 입술을 깨물었다.

왜국에서 이런 모욕적인 말을 들었다면 당장 칼을 빼 들었을 그였다. 하지만 이곳은 왜국이 아니고, 칼자루를 쥔 것도 그가 아니었다.

"맹세를 하라면 그렇게 할 수도 있습니다. 상 대협께서 우려하시는 일은 결코 일어나지 않을 것입니다."

"당신이 그런 맹세를 하고 또 그것을 지킬 만한 자격이 있는 건가?"

내공이 실리지는 않았다고는 하나 상익청의 기세가 담긴 눈빛을 받고 비지땀을 흘리면서도 요시카도는 시선을 피하지 않았다. 자존심이 대단한 자였다.

그가 힘차게 고개를 끄덕였다.

"제 형님, 오토모 요시아키는 당대 오토모 종가의 다이묘입니다. 제 형님의 이름을 걸고 맹세할 수 있으며 그 약속은 지켜질 것입니다."

"다이묘의 동생이라……."

요시카도를 보는 상익청의 눈에 이채가 스쳐 지나갔다.

그는 왜국의 사정에 어두웠지만 다이묘가 뭔지는 알았다. 그가 알기로 다이묘는 왜국에서 소국(小國)의 왕과 같은 존재였다. 그런 소국왕의 친동생이 직접 먼 길을 돌아 그를 찾아왔다는 것이 그를 놀라게 했다.

요시카도 정도의 신분이 되는 자가 헛소리를 하러 그를 찾아올 리 만무였다. 게다가 왜인으로 그를 직접 찾아오는 것은 목숨을 걸어야 하는 일이다.

그는 상대가 왜국의 인물이라는 이유만으로 불문곡직하고 죽이는 사람은 아니었지만 왜인들은 그를 만나는 것을 사신을 만나는 것보다도 더 두려워했다.

왜인들에게 그는 왜구의 피를 술로 삼고 살과 뼈를 안주 삼아 먹는 마귀이며, 그의 앞에서는 언제 목이 떨어질지 모르는 잔혹한 사람이라고 알려져 있었기 때문이다.

그의 얼굴에 신중한 빛이 떠올랐다.

"나는 왜인이 어떤 말을 해도 믿지 않아. 하지만 얘기는 들어보겠다. 바보가 아니라면 우리 혈전단 정도의 규모로는 그 전력의 강약에 상관없이 전쟁에 직접 개입해 큰 역할을 하지는 않을 거라는 걸 알고 있을 텐데 그 먼길을 와서 이런 부탁을 하는 이유가 뭔가?"

요시카도는 내심 안도의 한숨을 쉬며 머릿속을 정리했다. 그의 신분을 밝힘으로써 일단 상익청의 관심을 불러일으키는 데는 성공한 셈이었다. 이제는 상익청이 혈전단을 이끌고 구주로 갈 결심을 하도록 만들어야 했다.

그는 바짝 마른 입 안을 침으로 축이며 말문을 열었다.

"본 가의 객관적인 육상 전력은 쇼니가의 육상 전력에 비해 숫자와 훈련 정도로 보면 훨씬 우세한 편입니다. 그런데도 본 가는 이 년 전부터 쇼니가와의 전투에서 승리한 적이 거의 없습니다. 그것은 쇼니가에 일신류(日神流)라고 하는 소수의 인자집단(忍者集團)이 합류했기 때문입니다. 그들의 수는 오백이 채 되지 않으나 수백 년의 전통을 가지고 있으며, 개개인의 무위와 인술은 우리나라 최고라고 자타가 공인하는 자들입니다. 그들은 쇼니가에 합류한 후 전장에서 본 가의 장수들을 암살하고 가장 강한 무사들이 모여 있는 병력을 유인하여 각개격파해 왔습니다. 전투가 단기전이고 전선이 짧아 전력이 집중된 경우에는 그들에 의한 피해는 크지 않지만, 전투가 장기화되고 전선이 넓어져서 전력이 분산되면 그들에 의한 피해는 극심합니다. 쇼니가와의 전투가 장기화되는 경우 본 가가 쇼니가를 이긴 적은 열에 한두 번에 불과할 정도입니다. 언제나 일신류를 염두에 두고 전투에 임해야 하는 저희로서는 선택할 수 있는 전술적 방법과 기회가 극도로 제한되기 때문입니다. 제가 상 대협을 찾은 이유는 그들 때문입니다. 우리나라로 오셔서 그들을 제거해 주십시오."

"너희 나라에는 그들을 상대할 자들이 없는 것이냐?"

"아닙니다. 일신류에 버금 가는 역량을 가진 두 곳이 있습니다."

"그런데 왜 우리냐?"

"일신류가 쇼니가에 속한 것처럼 그들도 역시 우리나라에서 손꼽히는 다이묘들에 소속되어 있습니다. 그리고 그들이 강하다지만 일신류를 압도할 만큼 강하지는 못합니다. 아마도 그들이 나서서 일신류를 상대한다면 동패구사가 최선일 것입니다. 그런 결과가 뻔한데 우리가 그들에게 도와달라는 부탁한다고 들어줄 까닭이 없습니다. 우리나라는 지금 온 나라가 전장이고, 다이묘들은 누구나 더 강한 무사를 얻고 싶어 하는데 자신의 전력이 엉뚱한 전장에서 소모되기를 바라는 사람이 있을 리가 있겠습니까."

요시카도의 말은 일리가 있었다.

그를 바라보는 상익청의 시선이 깊어졌다.

"이 년 전부터라고 했는데 그렇다면 그 이전에 그들은 쇼니가에 소속되어 있지 않았다는 말인가?"

"그렇습니다."

"그런데 그들이 왜 쇼니가에 붙었나?"

"이유는 저희도 알지 못합니다. 그들의 행사가 워낙 비밀

스러운데다 쇼니가에 심어놓은 간자들도 그 부분에 대해서는
아무런 정보를 얻지 못하고 있기 때문에……."
　요시카도의 이마에 맺힌 땀방울의 양이 점점 더 많아졌다.
그의 협상력은 시마즈와 쇼니도 인정하는 탁월한 것이었다.
하지만 상익청의 질문은 숱한 협상 경험으로 단련되어 노회
할 대로 노회한 그에게서 식은땀을 뽑아낼 만큼 예리했다.
　"혈전단이 왜국에 가서 그들을 상대했을 때 얻게 되는 이
득은 뭔가?"
　"첫 번째는 오천 냥의 황금입니다."
　은자로 환산하면 오만 냥. 어지간한 거부라도 놀라 뒤로 자
빠질 막대한 금액이었다. 하지만 상익청이나 시경의 얼굴은
시큰둥했다.
　그들의 반응을 본 요시카도는 침을 삼켰다. 그도 상익청과
시경의 반응에 실망한 얼굴은 아니었다.
　오천 냥의 황금이라면 오토모 가문으로서도 재정이 휘청
거릴 만한 엄청난 지출이다. 그러나 그는 돈으로 상익청의 관
심을 끌 수 있을 것이라고는 애당초 생각지 않았다.
　상익청이 돈에 관심이 있는 사람이었다면 삼십수 년 동안
오직 희생만을 강요하는 왜구와의 전투를 자발적으로 수행했
을 리가 없는 것이다.
　요시카도는 상익청의 눈을 똑바로 바라보며 말을 이었다.
　"두 번째는 쇼니가에서 명나라로 보낼 정규군의 차단입

니다.”

상익청의 눈이 번뜩였다.

“설명을 해보게.”

“혈전단이 일신류를 상대해 준다면 우리는 쇼니가와의 전
투를 우세하게 이끌어 나갈 수 있습니다. 그렇게 되면 그들은
정규군을 왜구로 위장해 명나라로 보낼 여력을 잃게 될 것입
니다. 그들의 정규군은 일반 왜구와는 차원이 다른 정예입니
다. 그들이 대규모로 남해를 계속해서 침범한다면 상 대협께
서 그렇게 아끼시는 백성들의 피해는 지금과는 비교할 수 없
는 어마어마하게 될 것이며, 혈전단도 막대한 피해를 감수해
야 할 것입니다. 그리고…….”

요시카도는 잠시 말을 멈추고 상익청의 눈치를 보았다. 이
어질 말은 상익청을 노하게 할 수도 있었기 때문이다. 하지만
그는 말을 이었다. 협상을 성사시키기 위해서는 때로 위험한
길도 가야 한다.

“종국에는 혈전단도 소멸될 겁니다. 제가 알기로 혈전단의
단원 수는 이백이 채 안 되는 것으로 압니다. 이 숫자로 쇼니
의 정예병을 상대한다면 대협께서 계속 승리한다 해도 도적
무리들을 상대해 온 지금까지와는 다르게 혈전단의 전력 소
모 속도가 엄청나게 빠를 것이기 때문입니다.”

“최근 그 정규군 놈들이 남해에 출몰하지 않는 게 그대들
과 관련이 있나?”

갑자기 끼어들어 요시카도에게 질문을 한 사람은 시경이었다.

요시카도는 시경을 보며 고개를 끄덕였다.

"쇼니가와 저희는 지금 전쟁 중입니다. 국지전이기는 하지만 언제든 전면전이 될 수 있는 상황이라 쇼니가에서는 전력을 분산시키지 않고 있는 것이죠. 하지만 이 전쟁이 끝나면 그들은 다시 이곳으로 정규군을 보낼 것입니다."

요시카도의 답변을 들은 시경의 얼굴이 무거워졌다.

"……."

침묵이 흘렀다.

서완재와 요시카도는 조마조마해하며 눈을 감고 생각에 잠긴 상익청의 얼굴만 바라보았다. 그의 결정은 그들의 미래와 직결되어 있는 것이다.

반 각 정도의 시간이 흘렀을 때 상익청이 눈을 떴다

"이곳에서 머물게. 지금 당장 결정할 수 있는 간단한 일이 아니니까."

서완재와 요시카도의 얼굴이 환해졌다.

그들은 이곳에 오기 전 외부로 알려진 상익청의 성격을 철저하게 연구했다. 그들이 연구한 상익청은 거절할 일은 시간을 끌지도 않고 망설이지도 않는 사람이었다. 그런 상익청이 생각을 해보겠다는 것은 반승락이라 다름없었다.

서완재는 일어나 포권을 하며 입을 열었다.

“알겠습니다, 상 대협. 기대하고 있겠습니다.”

서완재와 요시카도가 인사를 하고 나간 뒤 시경이 상익청에게 물었다.

“가실 생각이슈?”

“저 왜놈 말도 일리가 있어. 하지만 먼저 알아보아야 할 것이 있다. 네가 수고 좀 해줘.”

상익청의 말에 시경이 어리둥절해하며 눈을 둥그렇게 떴다.

“뭘 말이우?”

“저놈 말이 맞는지 알아봐라. 쇼니가 아니라 저 오토모인가 하는 놈들이 정규군을 보낸 것일 수도 있으니까.”

요시카도의 설명은 충분한 설득력을 갖고 있었지만 상익청은 요시카도의 말을 완전히 믿고 있지 않았다. 처음 만난 자, 그것도 왜인을 말 잘한다고 덥썩 믿을 수는 없는 일인 데다가 요시카도의 말과는 반대로 오토모가 혈전단을 왜국으로 불러들여 전멸시키려는 음모일 수도 있기 때문이다.

“아!”

시경은 탄성을 토했다.

그는 서완재와 요시카도의 기색이 하도 진지해서 그렇게는 생각해 보지 않았던 것이다.

“알겠수. 그런데 저놈 말이 맞으면 가실 거유?”

“생각 좀 해보고. 구주의 상황이 저놈 말대로라면 생각해 볼 만하다.”

시경은 상익청의 눈에 섬광이 피어오르는 것을 보며 자리에서 일어섰다.

상익청이 부탁한 것을 알아보려면 발바닥에 불이 나게 뛰어다녀야 하는 것이다.

바람처럼 무연촌을 떠났던 시경이 돌아온 것은 서완재와 요시카도가 상익청의 대답을 기다린 지 칠 일째 되던 날 한밤중이었다.

시경은 상익청의 방에서 그와 마주 앉았다. 언제나 웃음 한 조각을 달고 있던 그의 얼굴에는 진지한 기색이 가득했다.

“저 왜놈이 했던 얘기, 거짓이 아닙니다.”

개방의 정보망은 당대 제일이다.

상익청의 입술 사이로 나직한 한숨이 흘러나왔다.

“흠…….”

“왜요?”

“솔직히 얼마간 거짓이기를 바랬다.”

“형님, 가실 생각이군요.”

시경이 눈을 크게 떴다.

“가지 마십시오. 얼마나 위험한 일인지 잘 아시지 않습니까!”

상익청의 입가에 쓴웃음이 스쳐 지나갔다.

"언제는 위험하지 않은 일이 있었나?"

"그렇긴 하지만, 이번 일은 차원이 달라요! 이 땅이 아니라 섬나라에 가야 한단 말이외다. 산도 설고 물도 설은 생판 남의 나라이고, 그 일신류인가 하는 놈들을 상대하는 과정에서 몇이나 살아남을지도 의문이고, 오토모씨라는 작자들에게 언제 뒤통수를 맞을지 또 토사구팽 당할지 알 수 없는 일이잖수! 가면 돌아오지 못할 확률이 칠 할이 넘습니다. 형님 재고해 주쇼. 암만 생각해 봐도 나는 반대요!"

고함치듯 말하며 상익청을 보는 시경의 눈은 무거웠다.

"그럼? 쇼니의 정규군이 올 때마다 이곳에서 상대하라고? 요시카도의 말대로 그런 식의 전투가 계속되면 결과는 정해져 있어. 혈전단이 그나마 일 년에 한두 명씩이라도 있었던 새로운 지원자를 받지 못한 게 벌써 사 년이 되었다. 이 상황이 개선될 가능성이 있나? 내가 볼 때는 비관적이야. 왜구의 모습을 남해에서 볼 수 없는 날까지 우리는 건재해야만 해. 그러기 위해서는 제자들이 내 무공을 수습해서 더 강해져야 하고 강해지려면 시간이 필요해. 하지만 왜놈들의 정규군이 계속해서 들이친다면 우리는 강해질 기회를 박탈당한 채 전장의 이슬로 사라지게 될 거야."

상익청의 눈이 분노로 타올랐다.

그 분노는 백성들의 고통을 아랑곳하지 않는 명황조와 무림, 양쪽 모두를 향한 것이었다.

"형님……."

시경은 서글픔으로 입술을 깨물며 고개를 떨구었다.

그가 혈전단의 상황과 상익청의 고충을 모를 리 없는 것이다.

동굴의 입구로 쏟아지듯 들어온 한낮의 햇빛은 안쪽으로 십여 장을 더 들어온 후에도 여세를 잃지 않고 새벽 여명과도 같은 분위기를 만들어주고 있었다.

그 어슴푸레한 빛 속에 상익청과 관산호가 마주 보고 앉아 있었다.

"제가 가겠습니다."

관산호는 단호한 어조로 말했다.

하지만 상익청은 고개를 저었다.

"넌 이곳에서 수련에 매진하거라. 그곳은 전장이야. 경험을 쌓기에는 더할 나위 없는 곳이지만 네게 지금 필요한 것은 경험이 아니라 수련이다."

그는 엄한 얼굴이었다.

그가 이곳에 올라온 것은 반 시진 전. 그 시간 동안 그는 서완재와 요시카도의 방문과 대화, 그리고 자신이 고심 끝에 내린 결정에 대해 관산호에게 말했다.

왜국행은 결정된 것.

그는 자신이 왜국으로 떠난 이후의 관산호에 대해서도 생각해 둔 바가 있었다.

상익청의 말은 단정적이었지만 관산호는 뜻을 꺾지 않았다. 그가 상익청을 보며 말했다.

"그래서 제가 가야 합니다, 사부님."

"무슨 소리냐?"

이해를 못한 상익청이 묻자 관산호는 허리를 세웠다. 선이 뚜렷한 얼굴이어서 음영도 짙다.

"제가 익힌 현천진기의 성취는 구성, 혈전생사도법은 이제 이성을 남겨두고 있을 뿐입니다. 현천진기의 수련은 폐관으로 그 성취를 높일 수 있지만 혈전생사도법은 아닙니다. 사부님도 제 혈전생사도가 폐관 수련으로 도달할 수 있는 한계에 도달해 있다는 것을 잘 아실 겁니다. 그리고 남은 이성을 성취하기 위해서는 강한 적과의 더 많은 싸움이 필요하다는 것도요."

관산호의 음성은 시종여일했다. 그러나 눈빛은 점점 더 강해졌다.

상익청은 말이 없었다.

혈전생사도법은 그가 창안한 것.

그에 대해 가장 잘 아는 사람은 그일 수밖에 없다.

혈전생사도법은 무(武)의 도(道)를 얻고자 하는 고상한 의도에서 창안되지 않았다. 그것은 오직 적을 더 빨리, 그리고 더 효과적으로 죽이기 위해 창안되었다.

엄밀하게 분류한다면 혈전생사도법은 전투에 특화되어 있으면서 전투를 통해서만 진정한 오의를 깨달을 수 있다는 전도류(戰刀流)에 속한다.

관산호의 말이 이어졌다.

"혈전생사도법 뿐만 아니라 권마의 절기를 익히기 위해서도 제가 그곳에 가야 합니다."

상익청의 미간에 내천자가 생겼다.

관산호가 파천여의환의 비밀을 풀고 권마 초류의 초절기를 얻었을 때 상익청이 관산호로부터 권마의 무공에 대한 대략적인 설명만을 들었을 뿐, 구체적으로 그것을 알려고 하지 않은 데는 두 가지 이유가 있었다.

첫 번째는 그 인연이 자신의 것이 아닌 관산호의 것이었기 때문이고, 두 번째는 권마의 무공을 얻는다 해도 그가 그것을 익히는 것은 시간 낭비에 불과했기 때문이었다.

그와 같은 성취를 이룬 고수가 자신의 무공보다 더 뛰어난 것을 얻는다 해도 그것을 배워 그때까지 자신이 이룩한 것보다 더 뛰어난 성취를 얻는 것은 불가능에 가깝다.

무공은 일조일석에 완성되는 것이 아니며, 수많은 세월 동안 뼈를 깎는 고련에 의해 완성되는 것이다. 그런데 자신이 익힌 것보다 더 뛰어난 무공이라면 또 얼마나 많은 세월을 투자해야 현재의 자신이 이룬 성취를 넘어설 수 있을 것인가.

나이가 젊다면 충분히 시도해 볼 가치가 있었지만 상익청의 나이는 곧 팔십을 바라본다. 그런 시도를 할 나이가 아닌 것이다. 그런 시도를 하기보다는 오히려 자신이 지닌 무공을 좀 더 다듬고 더 완벽하게 만들기 위해 노력하는 것이 권마의 무공을 익히는 것보다 훨씬 더 의미있는 일이었다.

초절기를 얻었다고 그것이 바로 얻은 자의 무공을 다른 차원으로 인도하는 그런 일은 어떤 천재도 가능하지 않은 일이다. 당장 상익청이 평생에 처음 보는 무공의 천재라 인정한 관산호조차 권마의 무공을 얻고 일 년 반이 지나도록 삼성의 성취에서 더 나아가지 못하고 있었다.

"설명을 해보거라."

"천태세와의 대결을 연구하면서 제가 초노사의 삼대 절기를 제대로 익히지 못하는 이유를 깨달았습니다."

관산호는 상익청의 눈에 강한 기대와 흥분의 기색이 떠오르는 것을 보았다.

"삼대절기가 진전이 없었던 것은 제가 기존의 방식으로 그 무공들에 접근했기 때문입니다."

"기존의 방식?"

"내공을 익히고 운신법을 익힌 후 공방의 기법을 수련하는 것이 기존의 방식이라면 초노사의 절기들은 순서가 완전히 반대입니다. 염왕진혼박에 대한 깨달음과 수련이 전제되지 않으면 천외금강벽과 대적천류보는 초보적인 수준에서 절대 앞으로 나가지 못하게 되어 있습니다. 저는 제가 그 무공들을 제대로 익히지 못하는 것이 내공 때문이라고 생각했는데 관건은 내공이 아니었습니다. 이번 폐관으로 저는 그것을 알 수 있었습니다."

"계속 해보거라."

상익청의 흥분은 깊어만 갔다.

그의 제자가 무림사의 한 장을 장식했던 절대초강고수 권마의 절학을 당대에 부활시킬 단서를 찾은 것이다. 무인이라면 누구라도 흥분하지 않을 수 없는 일이었다.

"전에 말씀드렸던 것처럼 염왕진혼박은 일정한 초식들로 이루어진 무공이 아닙니다. 그것은 기초가 되는 칠절산마수(七絶散魔手)를 제외하고는 처음부터 끝까지 천지와 육신의 움직임에 관련된 일만 자의 기이한 구결들로 이루어져 있어서 깨달음이 없다면 무용지물이나 다름없습니다. 그런데 천태세와의 대결을 연구하면서 저는 염왕진혼박의 초반 구결 일백 자를 해석할 수 있었습니다. 근 이 년에 가까운 시간 동안 제가 해석한 구결이 총 사십여 자에 불과했던 것을 생각하면 대단한 성과입니다. 그리고 구결의 해석과 함께 염왕진혼박의 일정 단계까지는 실전을 통해서만 이해가 가능하게 구성되어 있다는 것도 알게 되었습니다."

"실전을 통해서란 말이냐?"

"그렇습니다. 홀로 수련하는 것으로는 염왕진혼박에 입문도 하지 못합니다. 제가 사십여 자를 해석할 수 있었던 것도 폐관을 마치고 혈전단과 함께 전투에 참여하면서 가능했었습니다. 당시 저는 그것을 제가 그동안 꾸준히 연구했었기 때문이라고 생각했는데 그 생각이 잘못되었던 것입니다. 염왕진혼박은 연구로 익히는 것이 아니라 실전을 통해 익히도록 되어 있었던 것입니다. 그리고 그것을 익히기 위해서는 어느 순간까지는 계속해서 싸워야만 합니다."

"그래서 네가 섬나라로 가기를 원했구나!"

상익청은 탄성을 토했다.

그제야 관산호가 왜국에 가겠다고 한 이유가 온전히 이해된 것이다.

관산호는 고개를 끄덕였다.

"그렇습니다, 사부님. 지금 제가 염왕진혼박을 익히기 위해 비무행을 하러 나설 수 있을 만큼 남해의 상황이 한가롭지 않습니다. 그래서 고민 중이었는데 그 요시카도라는 자의 제안은 저의 고민을 일거에 해결해 주었습니다."

왜구들이 일 년 내내 남해를 노략질하는 것은 아니다. 오지 않을 때는 이삼 년 동안 코빼기도 볼 수 없는 것이 왜구들이었다. 그러나 왜구의 침입이 없다고 남해를 떠나는 것은 어렵다. 언제 침입하겠다고 약속하고 오는 놈들이 아니기 때문인 것이다.

백성들을 위해서는 당연히 왜구의 침입이 없어야 했다. 하지만 권마의 절기를 완성하기 위해서 실전이 절실히 필요한 관산호로서는 왜구의 침입을 기다려야 했다. 그래야 싸울 수 있기 때문이다. 그로서는 이런 모순된 현실이 고민스러울 수밖에 없었다.

상익청의 얼굴에도 고민스런 기색이 떠올랐다.

스승에게 번민을 안겨준 죄스러움에 관산호의 눈빛도 무거워졌다. 하지만 그는 말을 이었다.

"사부님이 이곳에 남으시고 제가 그곳에 가야 하는 것은 초노사의 무공을 얻기 위해서이기도 하지만 만약에 있을지도 모르는 무련과 군마천의 움직임을 억제할 수 있기 때문이기도 합니다. 스승님이 떠나시고 제가 이곳에 남았을 경우 무련과 군마천은 다시 유향과 저를 노릴 가능성이 큽니다. 그들이 저를 노릴 경우 제가 그들과 동시에 상대하는 것은 가능하지 않습니다. 그것이 가능한 분은 사부님이시지 제가 아닙니다."

상익청은 눈을 치켜떴다.

거기까지는 생각을 해보지 않았던 것이다.

상익청의 침묵은 길었다.

근 반 시진에 가까운 침묵이 흐른 후 그가 입술을 뗐다.

"네 말은 충분히 일리가 있다. 하지만 허락할 수 없다. 왜국에는 내가 간다."

단호한 어조였다.

관산호의 얼굴이 굳어졌다. 눈에는 실망한 기색이 완연하다.

상익청의 고집은 그보다 더하면 더했지 덜하지 않다. 스승이 저렇게 말한 이상 그의 뜻은 이루어질 수 없었다.

상익청은 조금 부드러워진 어투로 말을 이었다.

"묻겠다. 내가 제자들을 지휘하는 것이 전투에서 승리할 확률이 높으냐? 아니면 네가 지휘하는 것이 더 확률이 높으냐?"

"당연히 사부님이십니다."

관산호는 잘라 말했다.

그는 자신의 능력을 객관적으로 파악하고 있었지만 그것이 상익청을 넘어선다고 생각하지 않았다. 그리고 그것은 정확한 판단이었다.

"나는 우령과 찬, 두 명을 제외한 제자 전부를 이끌고 섬나라로 갈 생각이다. 그곳은 전쟁터, 네가 아닌 내가, 그리고 동료가 많을수록 목숨을 부지할 확률이 높아진다. 나는 그곳에서 제자들 모두 살려서 데리고 올 생각이거든. 타국의 들판에서 죽게 내버려 둘 수야 없는 일이 아니겠느냐."

"예?"

뜻밖의 말에 놀란 관산호가 반문했다.

"사부님, 모두를 말입니까? 그렇다면 침입하는 왜구는?"

상익청은 한숨을 쉬며 말문을 열었다. 그의 눈에 분노와 탄식이 어지럽게 얽혔다.

"혈전단을 대신해 왜구와 싸워줄 무력 집단이 존재하지 않으니 방법이 없다. 왜구와의 싸움은 한두 해 사이에 끝날 일이 아니고, 요시카도란 자의 말과 시경의 정보를 종합하면 장기적으로 볼 때 쇼니가가 정규군을 보낼 수 없게 만드는 것이 이곳을 산발적으로 침입하는 왜구를 상대하는 것보다 더 중요하다. 최대한 빨리 일신류라는 놈들을 제거하고 돌아오겠다. 그동안은 비록 오합지졸인 관군이지만 그들이 조금이라도 왜구들을 막아주길 바랄 수밖에. "

그가 말을 이었다.

"내가 떠난 후 너도 무연촌을 떠나거라. 이미 시 아우와 상의해 놓았으니 너는 그를 따라가거라. 그가 네게 내가 돌아올 때까지 폐관할 수 있는 장소를 안내할 것이다. 내가 제자들을 모두 데리고 떠난 후 너만 이곳에 남는다면 네 말처럼 중원무련과 군마천에서 가만히 있지 않을 테니까. 그것이 불을 보듯 뻔한데 너를 이곳에 남겨 둘 수는 없는 일이지."

상익청의 눈빛이 무거워졌다.

"그리고 초노사의 절기를 수습하기 위해 너무 조급해하지 않았으면 한다. 가고 가고 가다보면 길이 보일 것이다. 네가 해야 할 일이 있음을 나 또한 잘 알지 않느냐? 다른 생각하지 말고 너는 남아라. 그리고 행여나 내가 없다고 너 혼자 왜구들을 상대한다거나 하는 엉뚱한 짓은 꿈에도 할 생각말고."

관산호가 수백, 수천의 무장한 왜구들을 상대하는 것은 예전의 그가 그랬던 것처럼 목숨을 걸어야 하는 일이었다.

관산호는 강했지만 아직 완성되지 않았고, 해야 할 일도 있었다. 그에게 왜구와의 전쟁은 전부였지만 관산호에게는 그렇지 않았다. 그의 선친으로부터 이어지는 인연이 마무리되지 않은 것이다.

지금까지 관산호가 해온 왜구와의 싸움은 위험했지만 혈전단이 언제나 옆에 있었다. 하지만 앞으로 당분간은 관산호의 곁에서 그와 함께 싸워줄 사람은 황우령과 호연찬 둘밖에 없었다. 그들을 데리고 싸운다면 죽게 될 가능성이 너무 높았다. 하늘을 찌를 듯한 의기(義氣)라도 그것이 없던 능력을 갑자기 만들어주는 것은 아닌 것이다.

왜구와의 싸움은 조급하게 서둔다고 한두 해 사이에 마무리될 수 있는 그런 것이 아니다. 혈전단이 돌아온 다음 모두와 함께 싸우는 것이 더 나았다.

상익청은 말을 이었다.

"네가 내 지시를 어길 것이라고는 생각하지 않는다. 하지만 네가 설령 내 지시를 어기고 왜구를 상대하려 하는 마음이 있다 해도 그것은 쉽지 않다. 무련과 군마천이 너를 그냥 두지 않을 것이기 때문이다."

관산호의 눈빛이 서늘해졌다.

상익청의 말대로였다.

무련은 무엇 때문인지 유향을 노리고 있었고, 군마천은 그를 노리고 있었다. 생명의 은인이라고 할 수 있는 유향을 어

떤 의도를 갖고 있는지 알 수 없는 무련에 선뜻 인도한다는
것은 있을 수 없는 일이었다. 그리고 군마천이 그를 노린다고
그들과 계속해서 싸우는 것도 실익이 없었다.

"초노사의 절기를 온전히 수습한다면 모를까, 현재 네 능
력으로 무련과 군마천을 적으로 삼는 것은 쓸데없는 만용에
불과하다. 그들은 가히 당세 중원무림 전체라고 할 수 있는
자들. 그들을 적으로 삼는다면 너는 하고자 하는 일을 시작도
못한 채 죽게 될 것이 불을 보듯 뻔하다. 참고 수련하면 언제
가 되었든 그들에게 응당한 대가를 치르게 할 수 있는 날이
반드시 온다. 하지만 지금은 결과가 뻔히 보이는 일이 아니겠
느냐!"

자식을 가장 잘 아는 사람이 부모라면 제자를 가장 잘 아는
사람은 당연히 그 스승이다. 상익청은 관산호가 정당한 이유
없이 그를 핍박한 자들을 잊지 않을 성격이라는 것을 너무도
잘 아는 것이다.

관산호가 어찌 노스승의 마음을 모를 리 있겠는가.

"…말씀대로 하겠습니다, 사부님."

관산호는 탄식하며 대답했다.

상익청은 자리에서 일어섰다.

동굴의 입구를 향하는 그의 발걸음은 무거웠다.

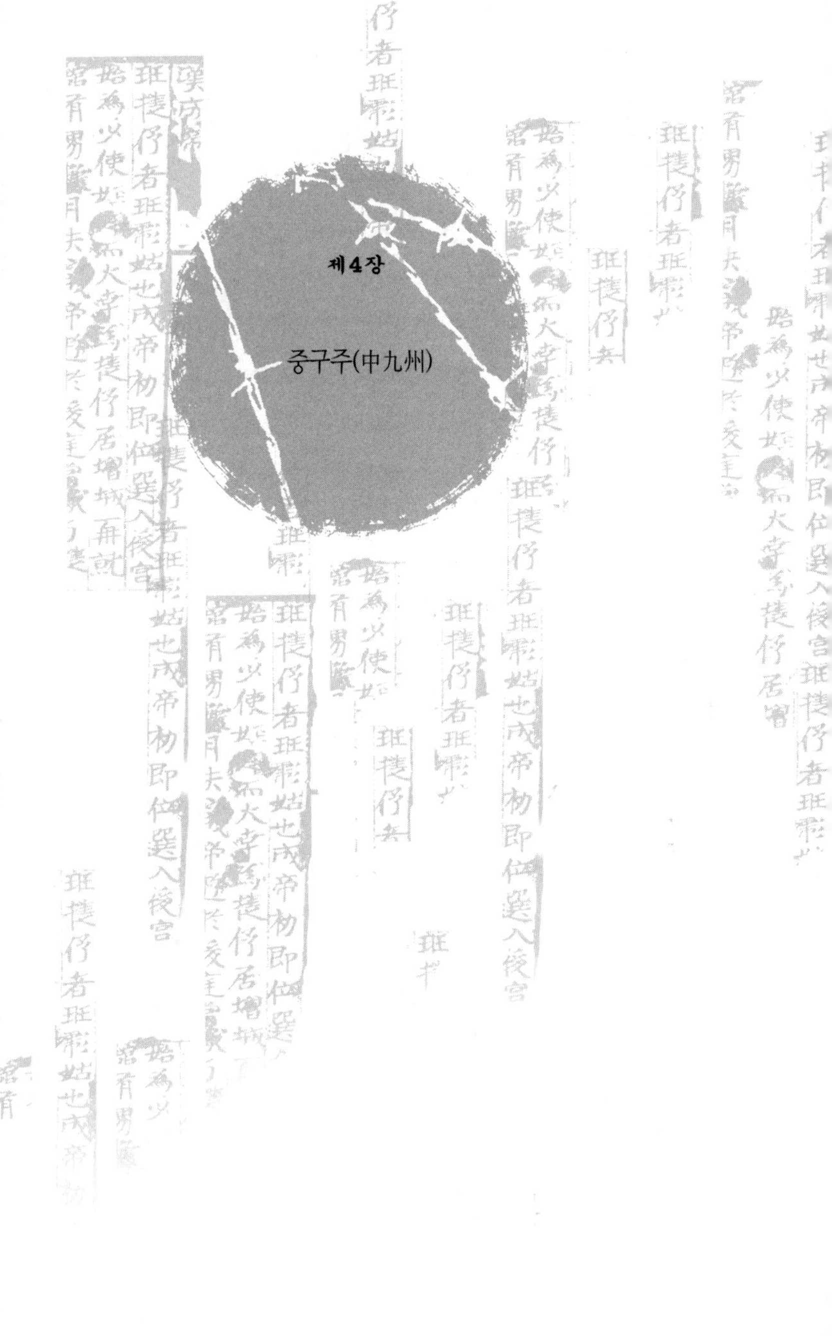

제4장

중구주(中九州)

鐵血無情路

"**단**주님, 이곳도 그리 춥지는 않군요."

머리 전체를 휘감은 수건으로 인해 얼굴만 내놓은 우천승이 묵묵히 걸음을 옮기고 있던 상익청에게 말을 걸어왔다. 웃는 얼굴이다.

혈전문이 개파하면서 사제지간이 된 그들이었지만 무연촌 외에서는 예전처럼 혈전단의 체계가 적용되는 것은 변하지 않았다.

오른쪽으로 고개를 돌린 상익청은 우천승의 눈에 활기가 넘치는 것을 보았다. 그는 담담하게 웃으며 말문을 열었다.

"제자들이 적응하기 좀 더 쉬울 테니, 다행스러운 일이다."

우천승이 고개를 끄덕였다. 잠시 말없이 상익청과 어깨를 나란히 하고 걷던 그가 불쑥 물었다.

"부단주님은 잘 계시겠지요?"

"신중한 녀석이니까."

"두 달밖에 안 되었는데 벌써 보고 싶어집니다. 우령이 녀석 흰소리도 듣고 싶고, 찬이 녀석도 그렇고요."

"허허허, 곧 보게 되겠지."

상익청은 웃으며 말했다. 하지만 내색은 하지 않아도 관산호를 보고 싶어하는 마음은 그가 더 강하다.

그는 입을 다물었다.

우천승이 관산호를 언급하자 두 달 전 무연촌을 떠날 때 그를 배웅하던 그들의 모습이 떠올라 가슴 한구석을 아련하게 만들었기 때문이다.

그의 분위기가 조금 가라앉자 우천승은 당황한 얼굴이 되었다. 그는 상익청의 분신과도 같은 사람. 지금 상익청이 어떤 생각을 하는지 모를 리 없었다.

그는 조금 어색한 얼굴로 웃으며 말했다.

"죄송합니다. 제가 말씀을 잘못 드렸습니다."

"괜찮다. 나도 보고 싶었으니까."

담담한 얼굴로 돌아간 상익청은 중얼거리듯 말하며 주변을 돌아보았다.

이십여 장 떨어진 선두에서 일행을 이끌고 있는 서완재와 요시카도의 모습이 먼저 눈에 들어왔다. 그들은 끊임없이 이런저런 얘기들을 하며 걷고 있었는데 귀담아들을 내용은 별로 없었다.

혈전단, 이제는 혈전문의 문하로 그의 제자가 된 무인들이 십 장 밖에서 개미가 기어가는 소리도 들을 정도로 청력이 좋은 사람들이라는 것을 그들도 안다. 그래서 그들은 혈전문 무사들과 함께 있는 곳에서는 중요한 얘기를 거의 하지 않았다.

그들과 이삼 장의 거리를 두고 상익청을 포함한 혈전문의 무사 일백육십오 명이 무질서하게 뒤따랐다. 모두 머리에 넓은 수건을 둘러쓰고 허름한 무명옷을 입고 있는 데다가 짐을 맨 어깨가 축 처져 있어서 누가 보면 떠도는 유랑민들의 무리라고 생각할 만했다.

그들이 걷고 있는 곳은 왜국의 남쪽이어서 한겨울임에도 그리 춥지는 않았다. 하지만 계절이 계절인지라 살갗에 닿는 바람이 찬 기운을 머금고 있는 것은 어쩔 수 없는 일. 그들은 모두 가슴을 모으고 웅크린 형태로 걷고 있었다.

하지만 어색하게 보이는 것은 어쩔 수 없었다. 혈전단 무사들의 절반 이상은 육 척이 넘는 장신이다. 그리고 그 키는 왜국에서는 거인에 속하는 키였다. 왜국에 도착한 후 그들도 그 사실을 자각했기에 저렇게 잔뜩 웅크린 자세로 걷고 있는 것이다. 그들이 웅크린 것은 추위 때문이 아닌 것이다.

걷다가 가끔 가슴에 묻듯이 숙였던 고개를 드는 그들의 얼굴은 덤덤했다. 타국 땅, 그것도 적지라고 할 수 있는 지역을 통과하고 있음에도 그리 긴장한 기색들이 아니었다. 고개를 숙이고 시선을 지면을 향하고 있지만 긴장이 아닌 여유가 느껴지는 눈빛들이다.

상익청이 혈전문 제자 일백육십오 명을 데리고 무연촌을 떠난 것은 두 달 전이었다. 관산호는 수 차례에 걸쳐 왜국으로 보내달라고 건의했지만 그것은 끝까지 받아들여지지 않았다.

늦가을에 무연촌을 떠난 그들은 산동의 위해(威海)에서 배를 타 해로를 통해 황해를 건넜다. 그리고 조선의 해안선을 따라 대마도까지 온 그들이 배를 타고 세토나이카이[瀬戶內海:뢰호내해]로 접어들어 본주(本州:혼슈)의 히로시마에 도착한 것이 열흘 전.

그 후 그들은 혼주 서부를 남하하여 오우치 가문이 다스리는 야마구치를 통과하고 있었다.

그들의 출발은 극도로 은밀하게 이루어졌다. 무연촌 주변에 중원무련과 구중군마천의 간세들이 배회하고 있다는 것이 시경에 의해 포착되었기 때문이다.

그들은 두세 명씩 짝을 이뤄 밤을 이용해 무연촌을 빠져나왔다. 밤에만 움직였기 때문에 그들 모두가 무연촌을 빠져나오는데 만 삼 일이 걸렸다.

시경과 개방의 도움으로 무련과 군마천의 이목을 피한 그들은 산동의 위해까지 무사히 갈 수 있었다.

그리고 산동에서 조선까지 오는 길에 왜구와 사해등룡방의 방해가 있을지 모른다는 우려가 있었지만 내륙에서는 개방의 도움이 있었고, 해상에서는 서완재가 오토모 가문과 밀무역을 하며 개척한 바닷길 덕분에 적을 만나지 않을 수 있었다.

그리고 조선에서도 서완재가 명나라의 상인이라는 점과 그와 안면이 있는 조선의 관원들이 편의를 봐주어서 중간 행로는 아무런 문제가 없었다.

이제 그들은 중구주를 코앞에 두고 있었고, 서완재의 설명으로는 오토모 종가까지는 이틀만 더 가면 되었다.

상익청은 혈전단 무사들, 이제는 제자들을 보며 감상적으로 흐르던 마음을 다잡았다.

저들의 여유가 자신들의 무공에 대한 자부심에 기인한 것이 아니라 그보다는 그에 대한 신뢰에서 우러나오고 있다는 것을 그는 잘 알고 있었다.

그들은 무연촌으로 돌아갈 때까지 그가 자신들을 지켜줄 것이라고 굳게 믿고 있는 것이다.

"천승!"

상익청의 나직한 부름을 받은 우천승이 걸음을 빨리해 그에게 다가섰다.

"낯선 곳이야. 한번 건강을 잃으면 쉽게 회복하기 어려울 테니 긴장을 늦추지 말아주게. 사제들을 잘 돌보고."

"알겠습니다, 단주님."

우천승은 빙그레 웃으며 답했다.

긴 대답은 아니었지만 상익청은 더 이상 말을 더하지 않았다. 우천승이 얼마나 꼼꼼한 사람인지 잘 아는 까닭이다.

혈전단은 야마구치의 서부 해안에서 배를 탔다. 오토모의 종가가 있는 분고(豊後)는 야마구치와 마주 보는 구주의 중서부 해안에 있는 곳이어서 해상을 통한 접근이 육로보다 안전하고 시간도 덜 들었다.

그들이 분고의 오카 성(城)에 도착한 것은 서완재가 말한 대로 이틀 뒤 해질 무렵이었다.

낮은 구릉을 넘어서자 어둠이 너울처럼 내리는 곳에 수천 호는 됨직한 집들로 둘러싸인 성이 보였다.

"특이한 구조로군."

밤이 깊을 때까지 기다려야 한다는 요시카도의 말에 걸음을 멈춘 상익청은 성을 보며 중얼거렸다.

이곳에 오기 전 요시카도가 성이라고 했기에 당연히 성인 줄 알았는데 와서 보니 성이라고 하기에는 규모가 형편없이 작았다. 외곽은 물이 흐르는 해자가 빙 둘러 흐르고 있는 것이 명나라에서는 보기 힘든 형태의 성이었다.

그리고 아무리 보아도 천 명 이상이 들어가기 어려워 보여서, 성이라기보다는 작은 장원으로 부르는 것이 더 나을 듯했다. 하지만 외부를 둘러싼 해자와 멀리서 보기에도 복잡하게 구획 정리된 내부의 구조가 그곳이 전투를 염두에 두고 성의 개념하에 지어진 건축물임을 알 수 있게 했다.

이곳까지 오면서도 항상 사람이 다니지 않는 길을 골라서 온 그여서 왜국의 영주가 있는 마을을 이렇게 가까이서 보는 것은 처음이었다.

밤이 깊었다.

미녀의 눈썹처럼 휘어진 초승달이 떠오른 뒤에도 한 시진이 흘렀다. 그때까지 구릉에 대기하고 있다가 요시카도의 안내를 받으며 해자를 건너 성으로 들어서는 혈전단 무사들의 얼굴은 불쾌감으로 딱딱하게 굳어버렸다.

어지간한 일에는 표정이 변하지 않는 상익청조차 눈썹을 찡그릴 정도였다. 마을의 후미진 곳으로 들어선 요시카도가 그들을 이리저리 음침한 뒷길로 데리고 다니더니 성의 해자를 따라 돌아 성의 뒤에 개구멍을 연상시키는 쪽문으로 안내했던 것이다.

비록 용병으로 왔지만 왜국까지 와서 이런 대접을 받을 줄은 생각도 못했기에 그들의 분노는 컸다.

등 뒤로 그들의 폭발 직전인 분노를 느꼈음인지 요시카도
와 서완재가 걸음을 멈추고 혈전단 무사들을 돌아보았다. 혈
전단 무사들의 눈에서 불꽃이 튀는 것을 본 서완재가 목에 흐
르는 식은땀을 표나지 않게 닦으며 설명을 했다.

"여러분이 이곳에 온 것은 비밀입니다. 물론 그 비밀이 오
래가지는 않을 거라고 생각하지만 아직은 오토모 가문 내에
서도 몇 분의 요인들 외에는 알지 못하는 일이고, 최대한 오
랫동안 지켜져야 할 비밀이기도 합니다. 이 근처에는 쇼니와
시마즈가의 간세들이 많이 풀려 있는 상태여서 그들의 눈을
피하기 위한 불가피한 조치니 이해를 해주시기 바랍니다."

그럴 수도 있는 일이다.

이곳의 상황을 제대로 파악하지 못한 상태였기에 상익청
은 말없이 고개를 끄덕였다. 그의 태도를 본 혈전단 무사들의
얼굴에서 분노와 불쾌감이 순식간에 사라졌다.

서완재의 옆에서 그 모습을 지켜보던 요시카도는 등골이
섬뜩해짐을 느꼈다.

'무서울 정도로 일체가 된 조직이다.'

그의 시선이 상익청을 조심스럽게 훑었다. 그 눈에는 상익
청에 대한 경외감이 담겨 있었다.

혈전단은 상익청의 지시에 완벽하게 복종하고 있었고, 그
들은 눈빛과 기색만으로도 서로의 마음을 이해하고 있었다.

전란의 시대를 살아가는 요시카도였기에 그는 지금의 나

이가 될 때까지 자의반 타의반으로 수많은 무사들과 지휘자들을 보아왔다. 하지만 그는 상익청과 혈전단 무사처럼 시종여일하게 일체화된 조직은 본 적이 없었다. 그것이 그의 마음속에 상익청에 대한 경외감을 품게 만들었다.

협상가 이전에 그도 여러 전투에 직접 참여해 싸웠던 무사였다. 상하가 한마음이 되어 움직이는 전투 집단이 전투에서 얼마나 강력한 위력을 발휘하는지 잘 아는 것이다.

성안은 미로라고 불러도 무방할 만큼 복잡했다.

시원하게 뚫린 길은 없었으며, 사오 장을 가기도 전에 구부러진 길이 나왔다. 그리고 어두운 밤인데도 건물에서 흘러나오는 흐린 불빛 외에는 어둠을 밝혀주는 횃불은 하나도 없었다.

게다가 흙과 돌, 나무로 이루어진 담이 좁은 공간을 여러 개의 구획으로 나누고 있고 내부에도 해자와 다리가 있어서 마치 진(陣)에 빠진 기분을 느끼게 할 정도였다.

성에 들어오고 나서 일각을 걸은 요시카도가 혈전단을 안내해 간 곳은 성의 동쪽에 있는 이층 건물이었다.

건물은 꽤 넓었지만 기단부만이 돌로 되어 있을 뿐, 전체가 나무로 되어 있어서 혈전단 무사들은 서로 얼굴을 쳐다보며 자신들이 한꺼번에 들어가면 무너지는 것이 아닌가 걱정해야 했다.

그들이 엉뚱한 생각을 하고 있을 때 요시카도가 그들을 향해 말문을 열었다.

"이곳이 앞으로 여러분들이 머물 곳입니다. 안에 하녀들이 대기하고 있으니 쉬시기 바랍니다. 그리고 단주님께서는 저를 따라와 주십시오. 영주님께서 기다리고 계십니다."

상익청은 가장 연장자인 우천승에게 사제들을 챙기라는 뜻으로 가벼운 눈짓을 하고 요시카도의 뒤를 따랐다.

영주의 집무실은 혈전단의 거처가 된 건물의 반대편 동쪽에 있었다.

붉은 방석 위에 앉아 상익청을 기다리고 있던 오토모 요시아키는 감고 있던 눈을 떴다.

후스마(방과 방을 나누던 문)가 열리며 서완재와 요시카도가 들어서고, 한 걸음 뒤에 육 척이 넘는 장대한 체구의 노인이 들어서고 있었다.

상익청은 어린아이 팔뚝만 한 황초가 여러 개 켜진 방 안에 홀로 앉아 있는 초로의 사무라이를 보았다. 왜소한 체구—그가 볼 때 그런 것이지 요시아키의 체구는 왜국인의 평균 체격이었다—에 눈에 날이 선 사내로 수많은 사람을 거느린 자들 특유의 위세와 기품이 몸에 배어 있는 자였다.

그가 요시아키를 보았을 때 서완재와 요시카도는 무릎을 꿇고 요시아키에게 절을 하고 있었다.

상체를 세운 요시카도가 말문을 열었다.

"다녀왔습니다."

그는 고개를 돌려 상익청을 눈짓으로 가리키며 말을 일었
다.

"서신으로 먼저 전해 드린 대로 이분이 혈전단의 단주 상
익청님입니다."

요시아키는 고개를 끄덕여 인사를 받은 후 시선을 상익청
에게 주었다.

"상익청님, 이분이 오토모 종가의 당주이신 오토모 요시아
키님이십니다. 인사를 드리시지요."

요시카도의 말을 들었지만 상익청은 인사를 하지 않았다.

요시아키가 아무 말도 없이 그를 쳐다만 보고 있는데 그가
먼저 인사를 할 까닭이 없었다.

서완재와 요시카도는 좌우로 갈라져 벽을 등지고 앉았다.

그리고 중앙에는 멀뚱히 서서 요시아키의 시선을 받는 상
익청만이 남았다.

잠시 그렇게 서서 요시아키의 시선을 받던 상익청은 한 걸
음 앞으로 걸어나오더니 그 자리에 가부좌를 틀고 앉았다.

서완재와 요시카도는 그런 상익청을 보며 침을 삼켰다. 상
익청과 요시아키 사이에 흐르는 미묘한 공기를 읽고 긴장한
것이다.

'고집 센 늙은이 그냥 인사하지……'

서완재는 조마조마한 마음으로 상익청을 바라보았다.

아무리 왜인이 마음에 안 든다고 해도 그의 앞에 있는 자는

구주에서도 세 손가락 안에 드는 대영주다. 만약 상익청이 아닌 다른 사람이 그처럼 행동했다면 목이 달아나도 벌써 달아났을 것이다.

하지만 그것은 그들의 생각이었다. 상익청은 요시아키가 왜인이라서 인사를 안 한 것이 아니었다. 그는 요시아키가 인사를 하지 않기에 하지 않았을 뿐이었다.

그를 용병으로 여기든, 손님으로 여기든 주인이 반갑게 맞이하지 않는데 그가 먼저 인사를 할 이유는 없는 것이다.

상익청을 보고 있던 요시아키의 입술 끝이 조금 올라갔다.

그가 입술을 떼었다.

"재미있는 자로군. 혈전단 때문에 명과 밀무역을 하는 쇼니가와 내해(세토나이카이)의 토호들이 큰 피해를 보고 있다는 얘기는 들었다. 그만한 능력이 있기에 그런 결과를 냈을 거라 믿고 요시카도를 보냈다. 그러니 그대의 성격이 어떻든 상관없어, 관심도 없고. 능력만 있으면 돼. 앞으로 그대의 능력을 지켜보도록 하지."

호의가 담겨 있지 않은 어조였다. 필요해서 계약을 하긴 했지만 왜구라면 결코 살려 보내지 않는다는 혈전단의 악명(惡名)을 그도 들어 알고 있었다.

명분과 잘잘못을 따지기 전에 동족을 학살하는 자에게 호의를 갖기는 쉽지 않은 것이다. 그러나 냉정한 듯한 그 어투에서 혈전단에 대한 그의 큰 기대를 읽어내는 것은 어렵지 않았다.

하대였다.

그보다 나이가 어린 자, 게다가 왜인이다.

상익청은 속이 부글부글 끓어올랐다. 하지만 그것을 겉으로 드러내지는 않았다. 요시아키는 이곳의 왕과 같은 자라고 들었고, 왜인이기는 하지만 왜구는 아니었기 때문이다.

물론 중원이었다면 참고 있었을 그가 아니다. 똥개도 자기 집에서는 삼 푼은 먹고 들어간다고 하지 않는가.

상익청은 이를 드러내며 소리없이 웃었다.

"계약은 지켜질 거요. 그러기 위해서 왔으니까."

말을 마친 그는 자리에서 일어섰다.

사르르륵

방문이 열리는 소리에 상익청은 눈을 떴다.

밤새 운기행공을 하고 명상 중이었던 터라 그는 가부좌를 하고 앉은 자세였다.

열린 방문으로 쏟아져 들어온 햇살이 눈부셨다. 그리고 눈부신 그 햇살을 등지고 왜소한 그림자가 방문이 있던 자리에 서 있었다.

그림자의 정체가 천으로 몸을 둘둘 말은 듯한 십칠팔 세 가량의 왜소한 여자라는 것을 안 상익청의 얼굴에 어리둥절한 기색이 떠올랐다.

"무슨 일인가?"

"씻을 물을 가져왔습니다."

그의 질문에 여인은 다소곳이 고개를 숙이며 답했다. 다섯 자도 되어 보이지 않는 키라 상체를 반쯤 숙이자 여인의 키는 그의 앉은키와 비슷해졌다.

여인은 손에 들고 있던 커다란 나무 대접을 상익청의 앞에 가져다 놓고는 뒤로 물러나 무릎을 꿇고 앉았다. 팔에 걸고 있던 수건을 양손으로 받쳐 든 자세였다.

상익청은 동그란 파문을 그리는 대접의 물을 내려다보며 속으로 혀를 찼다. 낯설기도 할뿐더러 그는 이런 시중을 좋아하지 않았다.

왜구와의 전투를 시작한 이후 수십 년 동안 이불이 깔린 침상에서 자본 적도 없는 그였다.

편안하면 게을러진다. 그것은 만고불변의 진리이고, 무인에게 편안함은 은퇴 이후에나 찾을 만한 것이다. 게을러지면 칼이 무뎌지고 그것은 무인에게 죽음을 의미하기 때문이다.

상익청은 손과 얼굴을 씻은 후 여인이 공손하게 내민 수건으로 물기를 닦았다. 그리고 수건을 하녀에게 건네주었다.

그는 아무 말도 하지 않았다. 하녀에게 뭐라 할 문제가 아니었다. 그녀에게 무슨 권한이 있겠는가. 그녀에게 지시한 사람에게 말을 해야 할 일이다.

대접을 들고 나가는 하녀는 들어올 때부터 나갈 때까지 고개를 들어 상익청의 얼굴을 본 적이 없었다. 하지만 고개를 숙인 그녀의 눈에는 호기심과 두려움이 혼재되어 있었다.

분고성에 있는 사람들 중 상익청과 혈전단이 어디에서 왔는지 어떤 신분인지 아는 사람들은 오토모 종가의 인물들과 가신단으로 국한되어 있었으며, 그들에 대한 어떤 형태의 언급도 엄하게 금지되어 있었다.

상익청의 방은 이층 끝에 있었다.

그가 건물의 일층에 내려왔을 때 앞마당은 시장처럼 시끌벅적했다.

혈전단 무사들이 마당에 있는 우물에서 물을 길어 몸을 씻고 있었는데 앞마당은 꽤 넓었지만 아흔아홉 명이나 되는 건장한 사내들이 한꺼번에 나와 씻으니 서로 몸이 부대낄 정도로 꽉 차 버린 것이다. 그런 와중에 그들은 서로 물을 끼얹는 장난까지 치고 있어서 그런 소동이 다시 없었다.

툇마루 앞에서 그들을 지켜보고 있던 우천승이 상익청을 발견하고 다가왔다.

"단주님, 기침하셨습니까?"

"하녀가 와서 깼네."

상익청은 빙긋 웃으며 마당에서 와글와글 떠들고 있는 제자들을 가리켰다.

"힘들이 넘치는 걸 보니 식사와 잠자리가 편안했나 보군. 난 적응하기 힘들던데 말이야."

우천승이 입을 벌리고 웃었다.

"하하하, 단주님이 적응하기 힘든데 저희라고 쉽겠습니까! 포기하니까 마음이 편해진 거죠."

눈이 마주친 두 사람이 동시에 쓰게 웃었다.

무연촌의 검소한 생활이 몸에 배어 있는 그들이었지만 이곳의 음식은 정말 먹을 것이 없었다. 푸석한 밥에 반찬이라고는 야채 두어 개가 전부였으니까.

게다가 한 방에 두 명씩 잠을 자던 무연촌과는 달리 이곳에서는 한 방에 다섯 명씩 잠을 자야 했다. 방이라도 넓으면 괜찮았겠지만 체구가 작은 이곳 사람들 특성 때문인지 방도 크지 않아서 불편할 수밖에 없었다.

하지만 주변 환경에 빨리 적응하는 것은 무인의 기본이고, 혈전단 무사들은 중원무림에서도 유래가 없을 만큼 기본이 잘 단련된 사람들이었다. 그들은 끝없는 추적과 전투를 위해 전사로 훈련받은 사람들인 것이다.

하룻밤이 지나기도 전에 그들은 음식과 잠자리에 적응했고, 그 결과가 이처럼 활기찬 아침이었던 것이다.

상익청은 천천히 시선을 들었다.

중천을 향해 달려가고 있는 태양은 중원이나 이곳이나 다름없어 보였다. 하지만 중원에서 저 태양을 다시 보기 위해 이곳에서 보내야 할 시간은 험난할 것이다.

상익청의 눈이 강렬한 빛을 발하기 시작했다.

그와 함께 그의 전신에서 폭발하는 화산과도 같은 무시무
시한 기세가 피어올랐다.
전의(戰意)!
목숨처럼 아끼는 제자들과 함께 살아 돌아가려면 그의 손
에서 피가 마를 날이 없을 것이다.

제5장

실전수련기(實戰修練記)

鐵血無情路

창밖으로 보이는 하북성 신악현(新樂縣)의 거리는 어둠에 잠겨 있었다. 자시가 한참 지난 시간이다.

잠시 창밖을 바라보다가 정면의 사내에게 시선을 돌리는 서문하경의 선이 고운 눈썹은 무언가 어려운 문제에 봉착한 사람처럼 잔뜩 찌푸려져 있었다.

그녀가 말문을 열었다.

"풍령전의 정보망으로도 그들이 어디에 있는지 알 수가 없다는 말인가요?"

"그렇습니다, 영주님."

차분한 인상의 삼십대 사내는 고개를 조아리며 대답했다.

창밖으로 시선을 돌린 서문하경이 중얼거렸다.

"두 달이나 지났는데도 흔적을 찾을 수 없다니……."

창문으로 들어온 한겨울의 차가운 바람이 방 안의 공기를 차갑게 식혔다. 하지만 서문하경도, 보고하는 사내도 추위를 느끼지 못하는 듯했다. 실타래처럼 뒤엉킨 그들의 복잡한 마음이 추위도 느끼지 못하게 하고 있는 것이다.

"개방이 틀림없어."

그녀는 단정적인 어조로 중얼거렸다.

그녀의 시선이 사내를 향했다.

"혈전단이 산동성 위해(威海)에서 배를 탄 것은 확인했지만 강산호가 어디로 갔는지는 지금까지도 확인이 되지 않아요. 풍령전의 정보망을 혼란스럽게 만들 수 있는 역량을 가진 조직은 당대에 군마천의 풍마이와 개방뿐이고, 개방 장로 시경이 상익청과 깊은 교분을 갖고 있다는 것은 이미 확인한 터. 이번 혈전단의 의문스런 행사에는 개방이 깊숙이 개입되어 있음에 틀림없어요."

그녀의 얼굴에 난감해하는 빛이 뚜렷해졌다.

한숨을 내쉰 그녀가 사내에게 말했다.

"셋째 할아버님에게 보고해야겠어요. 개방의 개입이 확실시되는 이상 제칠령의 힘만으로 그들을 추적하는 것은 어려워요."

"알겠습니다, 영주님."

사내는 대답을 한 후 방을 나갔다.

혼자 남은 서문하경의 입에서는 연신 한숨이 흘러나왔다.

"상부에서 힘을 써주어야 하는데… 윗분들도 개방을 껄끄러워하니……."

풍령전의 역량은 막강하지만 순수한 정보력은 개방에 비해 뒤떨어졌다.

강력한 정보망을 구축하기 위해서는 두 가지가 필요하다. 돈과 인맥이 그것이다.

재력이야 무련에 속한 풍령전이 개방보다 우위에 있는 것은 분명하지만 인맥은 개방에 미치지 못했다. 그것은 두 세력의 역사에서 오는 차이였다.

개방의 역사는 오백 년이 넘는다. 그 세월 동안 개방이 구축한 인맥은 실로 상상을 초월할 정도로 두터웠다. 이제 이십오 년 정도밖에 안 되는 역사를 가진 무련이 아무리 자금을 쏟아 붓는다 해도 개방의 인맥을 따라잡는 것은 쉽지 않은 일이다.

*   *   *

흑풍귀(黑風鬼) 장홍(長紅).

날수독객(辣手毒客) 양홍지(陽鴻志).

음산쌍괴(陰山雙怪).

중주칠사(中州七邪).

태행인마(太行忍魔) 우근(于勤).

촉루마군(觸髏魔君) 종초기(宗超基).

······.

　시경이 관산호에게 건네준 십여 쪽짜리 책자에는 깨알 같은 글씨로 백여 개에 달하는 명호와 무공, 그리고 그들의 지난 행각들이 일목요연하게 정리되어 있었다.

　"마도와 사도의 인물들 중 무공이 뛰어나고 행위가 극악무도한 자들만 골라 뽑았다. 모두 일백하고도 한 놈이야. 하늘이 무심하셔서 아직도 숨을 쉬고 있는 자들이지."

　책자를 살피며 시경의 말을 듣던 관산호가 깊숙이 고개를 숙이며 입을 뗐다.

　"감사합니다, 사숙."

　"홍, 공치사받을 일 아니야. 본 방의 정보 일부를 열람하고 발췌한 것들일 뿐이다."

　퉁명스럽게 말을 하던 시경은 땅이 꺼질 듯한 한숨과 함께 수도로 목을 긋는 시늉을 하며 말을 이었다.

　"휴우, 네놈이 하두 졸라서 구해오기는 했다만 잘하고 있는 짓인지 모르겠다. 내가 너에게 무슨 짓을 하고 있는지 왜국에 가 계신 형님이 아시면… 난 당장 이거야."

　시경의 태풍 같은 한숨에 탁자 위의 먼지가 날리는 것을 보며 관산호는 소리없이 웃었다. 말이야 저렇게 하지만 시경이 지금 그에게 건네준 자료를 구하기 위해 상당한 정력을 쏟았음은 책자의 내용만 보아도 충분히 알 수 있는 것이었기 때문이다.

그들이 있는 곳은 하북성 청현(靑縣)의 수심장(修心莊)이라는 작은 장원이었다. 이곳은 개방에 우호적인 지역 토호의 별장으로 본래의 주인이 이삼 년에 한 번씩 들를 뿐이어서 평상시에는 개방의 임시 거점으로 많이 사용되는 곳이었다.

관산호가 시경을 따라 수심장에 온 것은 두 달 전. 그도 스승인 상익청이 무연촌을 떠날 때 남은 사람들을 데리고 시경과 함께 무연촌을 떠났다.

그리고 한 달여에 걸친 긴 여행 끝에 도착한 곳이 개방의 총타가 있는 천진(天津)에서 백여 리 떨어진 이곳 창현이었다.

시경이 수심장을 선택한 것은 수심장이 개방 총타에 가깝기 때문이었다. 적어도 하북성 내에서라면 무련이든 군마천이든 개방의 눈을 속이고 활동하는 것은 가능하지 않은 일이어서 가장 안전한 곳이었기 때문이다.

"사숙, 이들 중 마도의 인물도 있는데 군마천에 적을 두고 있는 자들은 없군요?"

책자를 읽던 관산호가 시선을 들며 물었다.

머리카락을 헤집으며 이를 잡아 손톱으로 터뜨려 죽이고

있던 시경이 손가락을 바지에 닦으며 입을 열었다.

"군마천이 마도집단이라고 마도인이면 개나 소나 다 받아들이는 건 아니야. 그들의 내부 규율은 정파보다도 더 엄격해. 그들이 백성들을 돕지는 않아도 백성들에게 해를 가하는 자들은 절대로 휘하로 거두지 않지. 물론 표면적으로 그렇다는 말이다. 군마천도 뒤로 호박씨는 까지만 그자들은 대놓고 호박씨를 까버리는 데다 그 정도가 하늘조차 치를 떨 정도라 아무리 무공이 쓸 만해도 받아들이지 않는 거지. 쉽게 말하면 그자들은 군마천의 눈밖에도 난 자들이야. 그만큼 악질 중의 악질들이란 말이지."

시경의 설명을 들은 관산호의 눈에 의혹이 떠올랐다.

"그런 자들이 어떻게 아직까지 살아 있습니까? 군마천은 그렇다 쳐도 중원무련으로 대표되는 정파의 힘은 가히 욱일승천지세가 아닙니까?"

그의 질문에 시경의 심드렁하던 얼굴이 조금 굳어졌다.

"무련에서도 그자들을 처리하자는 의견이 나오지 않았던 것은 아니야. 하지만 당대 무림의 정세가 묘해서 손을 쓰지 못하고 있는 것이지."

관산호는 시경의 말에 집중했다.

무연촌에 있을 때 그는 시경에게 많은 것을 배웠다. 그중에는 무림의 정세도 들어 있었다. 하지만 무연촌에 있을 때의 그는 무공 수련과 왜구 토벌에 집중할 때라 당대 무림의 정세를 깊은 곳까지 생각할 여유가 없었다.

시경은 관산호를 똑바로 바라보며 말을 이었다.

"당대 무림은 겉으로 볼 때는 중원무련과 구중군마천의 양강 체제야. 하지만 속내를 들여다보면 조금 복잡하다. 명실공히 중원마도를 통합했다고 주장하는 구궁군마천은 군마천에 비해 그 힘이 크게 뒤떨어지지 않는다는 마도삼패천 중 다른 한 곳과 대등한 연합을 했을 뿐이고, 중원무련은 정파를 대표하는 단체라고 자임하고 있지만 사실상 가장 오랜 전통을 가진 구파일방과 오대세가 중 네 개의 문파와 세 개의 세가만이 가입되어 있어서 정파를 대표하기에는 무리가 있다. 무련과 군마천의 기세가 너무 강해서 다른 세력들이 쇠퇴하는 듯 보이지만 수백 년 전통을 가진 그들이 그리 쉽게 쇠퇴할 리는 없지. 단지 침묵하고 있을 뿐이다. 게다가 사도무림의 전통적 핵심 단체들인 녹림맹과 황하방, 그리고 장강수로연맹이 난세와 함께 급성장하고 있고. 이런 상황에서 가장 중요한 것은 무엇이겠냐?"

"전력 증강과 보존?"

관산호가 상황을 짐작하겠다는 듯 눈을 빛내며 중얼거렸다.

시경이 고개를 크게 아래위로 주억거리며 답했다.

"그래, 네 말이 정답이다. 군마천과 무련이 칠 년 전부터 중원의 중소문파와 세가의 후예들을 받아들여 가르치고 있다는 것은 너도 직접 겪은 일이니 잘 알 것이다. 그런 상황인데 내가 작성한 명단에 있는 자들을 누가 먼저 제거하려 하겠냐? 그자들은 대부분 둘 이상의 무리를 지어 움직이는 데다 개개인의 무공도 무시하기 어려울 만큼 높아서 나도 일 대 일이라면 몰라도, 둘 이상이면 승리를 장담하지 못할 정도고, 날수독객이나 촉루마군 같은 자들은 솔직히 일 대 일로도 꽤 힘겨운 게 사실이다. 그런 그들을 제거하려면 희생을 각오해야만 해. 그리고 그자들은 중원 전역에 흩어져 있어서 각개격파하는 것도 상당한 노력이 투입되어야 가능하고. 그래서 군마천과 무련은 그들을 모르는 척하고 있지. 지금은 다들 힘을 축적시키는 데 혈안이 되어 있는 상황인데 그들이 전력 소모가 불가피한 일을 하려고 하겠냐? 다른 문파들이야 무련과 군마천의 위세에 숨죽이며 제자들의 강호 활동을 통제하고 있는 상황이니까 말할 것도 없고."

시경이 턱짓으로 책자를 가리키며 말을 이었다.

"또 그자들도 바보는 아니어서 군마천이나 무련을 자극할 수 있는 짓은 소리 소문 없이 은밀하게 하고 있는 터라 양대 강세 입장도 그리 난처하지 만은 않다. 돌아가는 것을 보면 서로 무슨 밀약을 맺은 것이 아닌가 하는 허황된 생각까지 하게 될 정도지. 물론 무련과 군마천에 저런 자들과 밀약을 맺을 만큼 값싸게 몸을 굴리는 자는 없겠지만. 흐흐흐."

시경의 설명으로 의혹을 해소한 관산호는 책자를 가슴에

집어넣었다.

그런 그를 시경은 체념한 듯 바라보며 물었다.

"너, 진짜 할 거냐?"

"예."

언제나처럼 짧고 간단한 대답.

"휴우……."

시경의 입술 사이로 긴 한숨이 흘러나왔다.

"스승이나 제자나 제멋대로에 쇠고집들이다. 사람이 걱정하면 알아줄 줄도 모르고, 염병!"

중얼거리던 시경이 얼굴을 일그러뜨리며 머리를 쥐어뜯었다.

그 모습을 싱긋 웃으며 바라보던 관산호가 말했다.

"사숙, 자살할 생각 없으니 너무 염려하지 마십시오. 민생에 해악을 끼치는 자들을 제거하고 제 무공 수련도 병행할 수 있는 일이니 일석이조가 아닙니까! 좋게 생각해 주세요."

"형님한테는 나중에 뭐라고 한단 말이냐? 네놈이 엉뚱한 생각을 할까 걱정된다는 형님한테 네놈 붙들어놓고 열심히 폐관 수련만 시키겠다고 철석같이 약속했는데?"

"사부님이 돌아오시면 폐관하고 있었다고 말씀드리겠습니다."

"형님한테 뻥치겠다고? 오늘 해가 서쪽에서 떴나?"

시경의 작은 눈이 튀어나올 것처럼 휘둥그레졌다.

스승이 죽으라고 하면 망설이지 않고 자신의 목에 칼을 들이댈 만큼 상익청을 존경하는 사람이 관산호였다. 그런 그의 입에서 스승을 속이겠다는 말이 나오리라고는 생각지도 못했던 것이다.

"사부님에게 공연한 걱정을 끼쳐 드리는 것보다는 제가 거짓말쟁이가 되는 것이 더 낫습니다."

"허어……!"

시경은 고개를 좌우로 돌리며 관산호를 이리저리 훑어보았다. 그동안 그가 보아왔던 관산호와 다른 무엇인가가 느껴졌는데 그것이 딱히 무언지 알 수가 없었던 것이다.

하지만 그는 어느새 웃음기가 사라진 평소의 무표정한 얼굴로 그를 보고 있는 관산호에게서 아무것도 발견하지 못했다.

*　　　*　　　*

"대사형, 혹시 제정신 아니신 건 아니죠?"

강소성 회음현(淮陰縣)의 서부 대로 뒤의 골목길에서 황우령은 어둠 속에서도 확연하게 보일 만큼 많은 양의 식은땀을 흘리며 관산호를 만류하고 있었다.

"온전해."

관산호의 어조는 언제나처럼 무심했다. 입을 굳게 다문 그

의 시선은 삼십여 장 떨어진 곳에 있는 그리 크지 않은 규모
의 장원에 고정되어 있었다.

괴괴한 어둠에 잠긴 장원은 담이 일곱 자가 넘어서 담 위로
지붕만 보일 뿐, 안은 보이지 않았다.

그의 시선이 고정된 곳을 같이 응시하던 호연찬도 사색이
된 얼굴로 말문을 열었다.

"대사형, 왜 그러시는지는 모르겠지만 주무기를 두고 적수
공권으로 가신다니, 그건 안 됩니다. 너무 위험합니다."

그는 황우령보다 일 년 늦게 혈전단에 들어왔고, 나이는 황
우령과 동갑이었다.

두 사람의 체격은 비슷했지만, 황우령이 잘생긴데다 머리
굴리길 좋아하고 다정다감한 성격이라면, 그는 평범한 외모
에 과묵하고 냉정한 성격으로 혈전단 내에서도 손속에 인정
이 없기로 유명했다.

그리고 그는 가문비전이라는 쌍두용아편법(雙頭龍牙鞭法)
은 상익청의 지도를 받은 후 최고 수준에 이르러 있어 혈랑검
법(血狼劍法)을 익힌 황우령과 쌍벽을 이룰 만하다는 평가를
받을 정도의 고수였다.

하지만 평소 그렇게 냉정하던 호연찬도 지금은 얼굴빛이
잿빛에 가깝게 변한 채 관산호를 말리고 있었다.

그 이유는 황우령의 손에 있었다.

관산호의 왼손을 떠날 줄 모르던 무정도가 지금 황우령의

손에 들려 있었던 것이다.

두 사람 모두 관산호가 하는 일이면 그게 무엇이든 군소리 없이 따르는 사람들이었지만 지금은 상황이 달랐다.

지금 관산호가 상대하려는 잔결삼마(殘缺三魔)는 인신매매를 주업으로 하는 자들이었다. 그들의 매매 대상은 남녀노소를 불문했다.

악행이 실로 천인공노할 자들이었지만 그들의 움직임이 은밀한데다 무공은 강소성 사파인물들 중에서 열 손가락 안에 꼽힐 정도로 강해서 지난 세월 정파에서도 쉽게 손을 대지 못했던 거물이다.

관산호가 무정도를 두고 적수공권으로 상대하기엔 그들의 악명이 너무 컸다. 그리고 그들의 악명이 강호상에 유전된 것은 관산호의 나이보다 더 오래전부터다.

그런 자들을 상대한다면서 관산호가 도를 두고 맨손으로 간다고 하니 황우령과 호연찬이 사색이 될 수밖에 없었다. 만약 관산호가 도를 가져갔으면 그들은 근처의 객잔에서 술이나 마시며 놀고 있었을 것이다.

무공을 익힌 모든 사람들은 공방무예에 있어 주력으로 익힌 무공이 있다. 대부분 그 주력 무공을 익히기 전 십팔반 무예를 수습하지만 주력 무공과 그들과는 수련 정도에 있어 차이가 날 수밖에 없다.

어떤 고수도 자신이 익힌 모든 무공을 비슷한 수준으로 익혀내지는 못한다. 그리고 그렇게 하지도 않는다. 비효율적이기 때문이다.

관산호도 마찬가지였다. 그의 혈전생사도법과 권법의 수준 차이는 두 배 이상이 난다. 권마의 비전을 얻은 후 권법에 공을 들였다고는 하지만 그 시간은 혈전생사도법을 수련한 시간의 오분지 일에 불과한 것이다.

황우령과 호연찬의 애원을 무시한 관산호의 시선이 그의 왼쪽 바로 옆을 향했다.

다른 사람들과는 달리 눈을 제외하고는 머리 전체를 무명 수건으로 가리고 품이 큰 검은 장포를 입은 사람이 그곳에 있었다.

입고 있는 옷이 헐렁할 정도로 사내치고는 가는 몸매.

감정이 느껴지지는 않지만 크고 맑아서 금방이라도 빠져들 것만 같은 아름다운 눈.

유향이었다.

그녀를 보며 관산호는 내심 고개를 저었다.

그녀의 아름다운 모습을 볼 때마다 그의 뇌리에 떠오르는 생각은 황당하고 대책없다는 것이었다.

관산호는 그녀를 수심장에 두고 오려 했다. 앞으로 그가 하려는 행위는 위험한 것이었고, 그녀를 데리고 다니는 것은 곤란했다.

그는 결심한 대로 출발할 때 그녀를 수심장에 두고 왔다.

하지만 수심장에서 백여 리 정도 벗어났을 때 그는 어느 틈엔가 그보다 더 무표정한 얼굴로 자신과 보조를 맞추며 걷고 있는 그녀를 발견할 수 있었다.

무연촌에 머물 때부터 그녀는 조금 변했다.

산동에서 돌아올 때처럼 그의 품을 찾아들지는 않게 되었던 것이다. 하지만 그의 품을 찾아들지 않을 뿐, 그녀를 옆에서 떼어놓는 것은 불가능했다.

그녀는 그의 곁에서 이 장 이상을 벗어나지 않으려 했다. 특이한 것은 그가 폐관에 들어갈 때는 따라오지 않는다는 것이었는데 그때를 제외하고 그녀는 언제나 그의 옆에 마치 그림자처럼 붙어 있었다. 그것은 지금도 마찬가지였다.

그의 시선이 황우령을 향했다.

"다녀오겠다."

그는 어디 바람이라도 쐬러 가는 사람처럼 담담한 어조로 말한 후 성큼성큼 걸음을 옮겼다. 밤바람을 맞은 그의 흑포자락이 작게 펄럭였다.

골목에 남은 황우령과 호연찬은 길게 한숨을 내쉬기만 할 뿐이었다. 말릴 방법이 없는 것이다.

대청의 넓이는 사방 십여 장에 달했다.

곳곳에 놓여진 집기들은 하나같이 값비싼 것들이고, 벽을 장식하는 글과 그림들도 쉽게 보기 어려운 고가의 물건들이었다. 이곳의 주인이 대단한 부호임을 여실히 알게 해주는 대청의 중앙에 긴 사각형의 탁자를 사이에 두고 마주앉은 오십 대 사내 세 명이 있었다.

교해(喬海)는 만족스럽게 웃으며 한 자가 넘게 자란 탐스러운 수염을 쓰다듬었다.

"이번 거래는 꽤 많은 이문이 남겠다."

그의 말에 구앙생(丘仰生)과 소언(蘇彦)도 웃으며 고개를 끄덕였다.

구앙생이 한쪽만 남은 오른팔을 들어 탁자를 두드렸다. 흥겨울 때 나오는 그의 습관이다.

"흐흐흐, 세상이 어지러울수록 이 장사는 떼돈을 벌 수밖에 없게 되어 있죠."

구앙생의 말에 소언도 맞장구를 치며 말했다.

"둘째 형님 말씀이 맞습니다. 요즘은 온통 길바닥에 굴러다니는 것이 돈이니, 땅 짚고 헤엄치는 것보다 돈 벌기가 더 쉬운 듯합니다. 그리고 사해등룡방은 우리 쪽에서 아무리 많은 연놈들을 넘겨도 군소리없이 받아주는 데다 언제나 현찰 거래를 해주니 이렇게 좋은 거래처도 없고요."

세 사람은 마주 보며 홍소를 터뜨렸다.

독안룡(獨眼龍) 교해, 독비호(獨臂虎) 구앙생, 독각철정(獨脚鐵釘) 소언.

세인들이 잔결삼마라고 부르며 두려워하는 세 사람에게

최근 수년 동안은 매일 웃을 수 있는 날의 연속이었다.

그럴 수밖에 없는 것이 어지러워지는 세상이 그들의 사업을 일로번창하게 해주었기 때문이다.

나라가 흔들리면 고향을 떠나 동가식서가숙하는 유랑민이 늘어나는 것은 필연이다. 그렇게 떠돌던 사람들이 어디론가 사라져도 관심을 갖는 사람도 없고, 찾는 사람은 더 더욱 없다.

사람을 사냥해 팔아먹는 것이 주업인 잔결삼마에게 난세는 호황을 보장하는 시기였다. 게다가 그들이 관부보다 더 두려워하는 정파의 거물들은 군마천을 견제하느라 그들에게 신경을 쓸 여력이 없었다. 이보다 좋을 수 없는 날들이 계속되고 있는 것이다.

한참을 웃던 교해가 여전히 웃는 낯으로 구앙생에게 말했다.

"이번에 잡은 계집들 중 미색이 괜찮은 것들이 많으니 흠집나지 않게 수하들 단속을 잘하도록 해. 먼저 손을 대면 등룡방의 귀신같은 놈들이 알고 값을 깎으려고 할 거야."

"잘 알고 있습니다, 형님. 계집들에게 손대는 놈들은 하초를 뽑아버린다고 으름장을 놓았으니 자중할 겁니다. 흐흐흐."

구앙생의 대답에 교해는 고개를 끄덕였다.

흐뭇한 얼굴로 대화를 나누던 그들의 얼굴이 대청에 갑자기 불어 닥친 찬바람에 딱 그쳤다. 그들의 시선이 일제히 문을 향했다.

대청의 문을 열며 누군가 들어서고 있었다.

문을 열고 성큼성큼 대청에 들어선 자가 눈 밑을 검은 면사로 가린 장신의 흑의인임을 본 교해가 어리둥절한 얼굴이 되었다가 얼굴을 굳히며 자리에서 벌떡 일어섰다.

이곳은 그들이 강소성에 마련한 세 개의 거점 중 하나로 이용한 지 십 년이 넘었지만 한 번의 불청객도 없었던 곳이다. 누군가 침입하려 해도 밖을 지키고 있는 십오 명의 충직한 수하들이 그것을 허락하지 않았기 때문이다.

"웬놈이냐?"

교해의 입에서 살기가 짙게 어린 말이 흘러나왔다.

그의 외눈이 날카롭게 빛나며 흑의인의 전신을 훑었다.

면사로 눈 밑부터 가리긴 했지만 드러난 흑의인의 이마는 구리빛 윤기가 흘렀다. 나이가 많은 자가 아니었다.

흑의인의 무심한 눈과 교해의 냉혹하게 빛나는 눈이 허공에서 얽혔다.

교해는 자신과 마주친 흑의인의 눈가에 비웃음이 스쳐 지나는 것을 보았다.

그리고 흑의인의 음성이 그의 귀에 들려왔다.

"정체를 밝히려고 했다면 면사를 썼겠나? 사람을 사냥하는 짐승 같은 놈이라고 하더니 머리도 짐승 수준이로군."

음의 고저가 없어 감정을 느낄 수 없는 어조였다.

교해는 물론이고 구앙생과 소언의 안색도 얼음장처럼 차가워졌다.

얼굴을 가리고 침입한 자, 게다가 호의를 전혀 느낄 수 없는 어투. 적이다.

그들은 도산검림의 강호에서 잔뼈가 굵은 자들.

흑의인의 말에 노할 만도 했지만 그들은 참았다.

평정심을 잃으면 상대의 수를 읽지 못하고 말려들게 된다.

그것이 얼마나 위험한지 잘 아는 그들이었다.

그들은 조금씩 자리를 이동했다. 그들은 상대가 적인 줄 알면서 대화를 나눌 만큼 넓은 아량을 갖고 있지 않았다.

문 앞에 서 있는 흑의인의 정면과 좌우를 차단하며 삼각의 형태로 흑의인을 몰아넣은 그들의 전신에서 살을 에는 듯한 살기가 흘러나왔다. 순식간에 대청은 침침한 살기로 가득 찼다.

그들은 긴장하고 있었다.

선자불래내자불선(善者不來來者不善:선한 자는 오지 않고, 온 자는 선하지 않다).

그들의 정체를 알고 온 자였다.

그리고 밖에 있는 수하들이 침입자가 있음을 안에 알리지 않은 것은 그럴 틈도 없이 당했다는 것을 의미했고, 그것은 상대의 능력을 충분히 짐작하게 했다.

맹룡과강(猛龍過江).

그런 자가 약자일 리 없는 것이다.

이마와 눈매로 추측할 수 있는 상대의 나이는 중요하지 않았다.

고래로 노인과 아이, 여자를 조심해야 한다는 것은 무림의 가장 유명한 금언 중의 금언이 아닌가.

그들이 긴장한 만큼 관산호도 긴장했다.

그는 오 년 폐관을 마치고 나온 후 지금까지 맨손으로 적과 싸운 경험을 갖고 있지 않았다.

무심한 눈으로 삼면을 에워싼 잔결삼마를 돌아보던 그가 한 걸음을 앞으로 내딛었다. 그와 함께 그의 양손에서 보일 듯 말 듯 은은한 황금빛이 스며 나오기 시작했다.

교해는 허리춤에 매달려 있던 두 자 길이의 적색 척(尺)을 뽑아 들었다. 그의 애병, 적룡척(赤龍尺)이다. 그리고 구앙생은 등 뒤에 매고 있던 넉 자 길이의 흑호번(黑虎幡)을 꺼내 펼쳤다. 검은 호랑이가 포효하며 정면을 노려보는 그림이 새겨진 두 자 폭의 사각 깃발이 흔들리며 거센 바람이 일어났다.

교해와 구앙생이 애병을 꺼내는 것과 동시에 소언은 허벅지 아래부터 없어진 오른발을 대신하던 목발을 잡은 손에 힘을 주었다. 그의 병기는 끝이 뾰족해 못[釘]을 닮은 바로 그 목발이었다.

잔결삼마가 애병을 꺼내드는 것을 본 관산호의 숨결이 가

늘어졌다.

현재 그가 아는 권각법은 두 가지, 가전무공인 복마천뢰산수와 권마비전 중 기본적인 권각법을 정리해 놓은 칠절산마수가 전부였다.

그 두 가지 무공은 완벽에 가까운 성취를 이룬 그였지만 그것만으로 적을 상대해 본 적은 없었다. 그리고 그 두 무공은 절세라고 부르기에는 무리가 있는 것들이어서 강소성 사도무림의 거물들인 잔결삼마를 상대하는 것이 가능하다고 장담할 수도 없었다.

목숨을 건 모험이었다.

그러나 해야만 하는 모험이었고, 관산호는 그것을 피할 생각이 전혀 없었다.

호흡을 고르던 네 사람의 숨결이 어느 순간 사라졌다.

먼저 움직인 사람은 관산호였다.

스팟!

적룡척을 들어 가슴 앞을 방호하던 교해의 얼굴에 핏기가 가셨다.

"으헛!"

목이 부러져라 오른쪽으로 비틀어 꺾은 그의 입술 사이로 다급한 경호성이 흘러나왔다.

한 걸음으로 일 장의 거리를 단숨에 좁힌 관산호에게서 번개처럼 뻗어 나온 주먹이 그의 왼쪽 뺨을 길게 찢고 지나간 것이다.

절세의 대적천류보였다.

이 싸움은 관산호에게 악인을 징치하는 의미와 함께 권마의 비전을 수련한다는 의미가 있었다. 하지만 잔결삼마는 고수들이었고, 그는 도가 아닌 권(拳)이라는 부차적인 무공으로 삼마를 상대해야 하는 입장이었다.

승리를 확신할 수 없는 상황.

전력을 다할 수밖에 없는 것이다.

교해의 찢어진 뺨에서 핏물이 길게 튀었다.

관산호와 그와의 거리는 불과 한 자 반.

그는 전력을 다해 적룡일침(赤龍一針)을 펼쳤다.

적룡일침은 그저 한 일자로 정면을 향해 쭉 뻗는 단순한 초식이다. 단순한 만큼 그것은 오직 쾌에 주력한 초식으로 교해가 지금의 위기를 벗어나기 위해 선택한 최선이었다.

교해의 뺨을 스쳐 지나가던 주먹을 거두지 않고 팔꿈치로 교해의 태양혈을 찍어가던 관산호가 바람처럼 뒤로 다섯 자를 물러났다. 그런 그의 가슴 두 치 앞을 적룡척이 찍고 있었다.

그리고 그가 물러나는 순간 교해와 그의 사이에 있던 공간이 기이한 휘파람 소리와 함께 세차게 펄럭이는 검은 깃발로 인해 차단되었다.

휘이익—

구앙생이 교해의 위기를 보고 흑호번을 휘두르며 끼어든 것이다. 그들의 명성은 사도무림에서도 중진급이었지만 연수합격을 함에 있어서 망설임이나 거리낌은 보이지 않았다. 사파의 인물들이 사파로 분류되는 데에는 이유가 있는 것이다.

시야가 차단되는 찰나 관산호의 상체가 왼쪽으로 비스듬히 뒤틀렸다. 그리고 흑호번 뒤에서 교해의 적룡척이 불쑥 튀어나오며 그의 오른쪽 옆구리를 관통했다.

적룡척의 경력에 갈기갈기 찢어진 옷자락이 흩날릴 때 관산호는 왼쪽 사선으로 전진하며 교해와 구앙생의 우측면으로 돌아나갔다.

교해와 구앙생의 눈이 찢어질 듯 커졌다.

정면에 있던 관산호의 신형이 갑자기 사라졌기 때문이다.

대적천류보의 움직임은 너무 빨라서 그들조차 제대로 관산호의 움직임을 따라잡지 못하는 것이다.

하지만 지금까지 험난한 강호에서 살아남으며 축적된 그들의 경험은 놀면서 얻은 것이 아니다.

교해는 내뻗은 적룡척의 기세에 몸을 실어 앞으로 반 장을 전진했고, 구앙생은 흑호번으로 몸을 엄밀히 방호하며 허공으로 뛰어올랐다. 그리고 그 빈 공간으로 그들의 우측에 있던 소언이 관산호를 향해 독각철정을 창처럼 찌르며 뛰쳐 들어왔다.

쩡쩡쩡!

가슴을 파고드는 소언의 독각철정과 찰나지간 십여 회를 연속적으로 충돌한 관산호의 양손에서 쇠뭉치끼리 부딪쳤을 적에나 남직한 소리가 울려 퍼졌다.

관산호는 살짝 눈살을 찌푸렸다.

금강진력이 실려 있음에도 소언의 독각철정과 부딪친 그의 손끝이 살이 타는 냄새와 함께 검게 변하는 것을 본 것이다. 그들이 부딪치는 속도가 너무 빨라 손과 무기가 부딪칠 때 발생하는 열이 만들어낸 결과였다.

'아직은 금강진력이 실전에서 제 역할을 하지 못하는구나.'

급박한 와중에도 관산호의 머릿속을 스쳐 간 생각이었다.

하지만 잔결삼마는 그가 생각을 이어갈 여유를 주지 않았다.

쐐애액!

관산호의 머리 위쪽 공기가 끔찍한 소리와 함께 갈라지며 흑호번이 그의 정수리를 향해 수직으로 내리 꽂혔다.

교해의 적룡척도 놀고 있지 않았다. 앞으로 전진했던 교해는 관산호의 오른쪽 측면으로 선회하며 적룡척을 사선으로 그어 내렸다. 십여 개에 달하는 척영이 구름처럼 일어나며 관산호의 우측 상반신을 뒤덮었다.

그리고 여전히 관산호의 정면을 파고드는 소언의 독각철정.

잔결삼마의 공세를 바라보는 관산호의 눈빛이 무섭게 번뜩였다.

그가 익힌 복마천뢰산수와 칠절산마수는 전혀 다른 투로와 형을 갖고 있으면서도 기묘한 일치점을 갖고 있었는데, 그것은 그 두 무공이 손만 사용하는 것이 아니라 신체의 모든 부위를 사용한다는 점이었다.

두 무공에 들어 있는 산(散)이라는 글자는 그런 특징을 분명하게 드러내는 것이었다.

관산호의 정면과 위, 우측은 잔결삼마의 공세가 있지만 좌측은 비었다.

그의 신형이 번개처럼 비어 있는 좌측으로 두 걸음을 이동했다. 하지만 잔결삼마는 당황하지 않은 채 여전히 그를 따라잡았다. 대전 경험이라면 관산호보다 그들이 몇십 배는 더 많다. 관산호가 생각한 것을 그들이 생각하지 못할 리 없는 것이다.

밖에서 그들의 싸움을 보는 사람이 있었다면 관산호가 심각한 열세에 처해 있다고 보았을 것이다.

그러나 관산호의 대적천류보는 좁은 공간에서의 이동에 있어 고금에 드문 절기. 비록 삼성의 성취라 해도 그 속도는 잔결삼마가 같은 속도로 따라잡을 수 있는 것이 아니다.

관산호의 속도는 잔결삼마보다 반보 앞서고 있었다. 그리고 그 반보가 그에게 수세에 몰린 그의 입장을 반전시킬 기회를 주었다.

좌측으로 몸을 틀어 교해와 정면이 된 그의 가슴 앞으로 소언의 독각철정이 소름 끼치는 괴음과 함께 지나가고, 교해의 적룡척이 상체를 난자해 들어왔다.

그 순간 불쑥 튀어나간 관산호의 왼손이 십여 개의 척영 중 하나의 첨단 아래쪽을 후려쳤다.

파팟!

핏물이 튀며 관산호의 손바닥이 걸레처럼 찢겨 나갔다. 허연 뼈가 드러날 정도의 중상이었다. 하지만 관산호의 무심한 표정은 변함이 없었다. 얼굴만 본다면 그가 상처를 입었다고 믿을 사람은 아무도 없을 것이다.

그리고 잔결삼마는 그의 표정에 관심을 가질 여유도 없었다.

하단에 충격을 받은 적룡척은 순간적으로 그 주인 교해의 의지와 상관없이 허공으로 치솟으며 구앙생의 흑호번과 십자로 충돌했다.

쿵!

그와 동시에 관산호의 남은 한 손이 그의 가슴을 스쳐 지나던 독각철정의 중앙을 단숨에 부여잡았다. 그리고 그의 신형이 독각철정과 같이 지면과 수평을 이루며 허공으로 뛰어올랐다.

그의 두 발이 번갈아 가며 허공을 걷어찼다. 그리고 그 발

끝에 독각철정을 부여잡고 있던 소언의 턱이 걸렸다.

퍼억!

크악!

수천 근의 힘이 담긴 관산호의 퇴법에 격타당한 소언의 머리 절반이 함몰되며 반대편으로 으스러진 뼛조각과 피가 분수처럼 비산했다.

“아우!”

“셋째야!”

눈앞에서 막내가 즉사하는 것을 본 교해와 구앙생의 눈에 불꽃이 튀었다.

얻는 게 있으면 잃는 것도 있는 법.

소언을 죽였지만 그 찰나의 순간 교해의 적룡척은 흑호번과 충돌한 여파를 해소하고 그의 왼쪽 어깨로 떨어지고 있었다.

관산호는 입술을 악물었다.

피할 틈이 없다는 것을 직감했기 때문이다.

그는 독각철정을 밀어내며 생긴 미세한 반탄력으로 상체를 비스듬히 틀며 왼팔 상박부에 금강진력을 집중시켰다.

쾅!

털썩!

벼락치는 듯한 소리와 함께 적룡척에 왼팔을 가격당해 추락한 관산호의 신형이 세차게 지면과 충돌했다.

그리고 그 위에 적룡척과 흑호번이 무시무시한 기세로 떨어져 내렸다.

쿠쿵!

나무로 만든 대청 바닥이 사방 다섯 자 정도가 부서지며 가루가 된 나뭇조각들이 어지럽게 날아올랐다.

적룡척과 흑호번이 후려친 것은 관산호가 아니라 바닥이었다.

관산호는 바닥에 떨어짐과 동시에 오른손과 발끝으로 바닥을 치며 다시 허공으로 치솟고 있었다.

구앙생의 안색이 시퍼렇게 변했다.

그가 바닥을 후려친 흑호번을 회수하려는 순간, 흑호번을 밟고 선 관산호의 등을 보았기 때문이다.

퍼석!

비명도 없었다.

관산호의 오른쪽 어깨에 얼굴을 강타당한 구앙생은 충돌 순간 죽었다. 그의 상체는 거대한 바위에 눌린 것처럼 반쯤 으스러져 있었다.

"이놈!"

펑!

비명과도 같은 외침과 함께 관산호의 가슴 옷자락이 화탄에 맞은 것처럼 터져 나갔다.

구앙생의 위기를 보고 적룡척을 회수할 시간이 없다고 판단한 교해가 그의 가슴을 좌장(左掌)으로 후려갈긴 것이다.

상황 판단과 공세의 전환 속도는 그가 왜 잔결삼마의 수좌가

되었는지를 여실하게 증명해 주었다.

"크윽!"

교해의 혼신공력이 담긴 손길은 막대한 힘을 담고 있었다.

관산호의 입술이 그의 의지와는 상관없이 벌어지며 굵은

핏줄기를 토해냈다.

그러나 관산호도 그냥 당하고만 있던 것은 아니었다.

좌장으로 관산호를 후려갈긴 후 적룡척을 움직이려던 교

해의 안색이 사색이 되었다. 그의 반신이 마비되어 적룡척을

움직일 수가 없었기 때문이다.

관산호가 그의 가슴을 후려친 교해의 왼손 맥문을 오른손

으로 부여잡고 있었다.

어느틈엔가 면사가 날아가 버려 얼굴이 이미 드러난 그였

다.

교해는 눈앞에 있는 이제 스물이 갓 넘어 보이는 젊은 사내

의 입술이 약간 벌어지며 핏물에 담갔다 꺼낸 듯 시뻘겋게 변

한 가지런한 이빨이 나타나는 것을 보았다.

그의 전신에 전율이 흘렀다.

상대는 웃고 있었던 것이다.

그것이 그가 세상에서 본 마지막 모습이었다.

퍼억!

관산호는 교해의 왼쪽 가슴을 꿰뚫은 왼팔을 천천히 꺼냈다.

뻥 뚫린 교해의 가슴으로 그 뒤편의 모습이 그의 눈에 들어왔다.

콰당!

관산호가 부여잡고 있던 맥문을 놓고 상체를 관통한 왼팔을 빼내자 지지대를 잃은 교해의 신형이 통나무처럼 뒤로 넘어가며 바닥에 쓰러졌다.

그제야 관산호의 굵은 눈썹이 미미하게 일그러졌다.

"꽤… 아픈 걸……."

그는 나직하게 중얼거리며 이 장 떨어진 바닥에 굴러다니던 면사를 집어 들어 다시 얼굴을 가렸다.

대청을 나선 그의 눈에 들어온 것은 이곳저곳에 정신을 잃고 쓰러져 있는 열다섯의 장년인이었다.

그들은 지금까지 잔결삼마의 수족이 되어 사람을 납치해 왔던 자들이었다. 그 대가로 그들은 영화를 누려왔는데 오늘은 참혹한 모습으로 바닥을 뒹굴고 있었다.

그들은 팔다리가 한 군데씩 부러져 있었는데 부러진 신체 부위가 한결같이 흐느적거리고 있어 단순히 부러진 게 아니라 뼈 자체가 으스러졌다는 것을 알 수 있었다.

하지만 그들의 외상보다 더 심각한 것은 내상이었다. 그들은 단전이 파괴되며 지금까지 수련한 내공을 완전히 상실했던 것이다.

그들을 그렇게 만든 사람은 당연히 관산호였다.

그가 사내들의 숨을 붙여둔 것은 잔결삼마와의 싸움이 전쟁이 아니기 때문이었다. 그는 무인이며 전사였지만 학살자는 아닌 것이다. 하지만 그가 사내들의 숨을 붙여둔 것은 그들을 죽이는 것보다 더 냉혹한 조치일 수도 있었다.

단전이 파괴되고 신체의 일부가 사용 불가능하게 된 사내들은 앞으로 죽음보다 더 괴로운 삶을 살아가게 될 터였다. 아마도 그들은 자신들을 노리는 사람들로부터 평생 동안 추적을 받으며 살아가야 할지도 몰랐다.

그러한 삶 속에서 그들이 속죄할지, 아니면 관산호를 증오하며 살지는 온전히 그들의 몫이었다.

관산호는 꿈틀거리는 사내들의 가운데를 천천히 걸어갔다.

대문을 나선 관산호의 눈에 골목에 서서 그를 보고 있는 세 사람의 모습이 들어왔다.

유향과 황우령, 호연찬이다.

황우령과 호연찬은 연신 한숨을 내쉬며 그를 보고 있었다.

"아프시죠?"

황우령이 물었다.

배배꼬인 어투다.

면사를 벗은 관산호의 무심하던 얼굴에 미소가 떠올랐다.

“죽지는 않을 거다.”

황우령과 호연찬은 우뚝 선 관산호의 눈에서 빛이 꺼지더니 스르르 감기는 것을 보았다.

안색이 변하며 벼락같이 골목을 뛰쳐나온 그들이 관산호의 양팔을 부여잡았다.

그들이 부축하자 꼿꼿이 서 있던 관산호의 신형이 기다렸다는 듯 축 늘어졌다.

“미치겠다, 정말! 기절도 서서 하시네.”

호연찬은 멍한 눈으로 관산호를 보며 중얼거렸다.

“어쩔 수 없는 분이다. 이렇게 살다 죽을 분이야. 나도 환장하겠다!”

황우령은 고개를 휘휘 저으며 관산호를 등에 업었다.

그런 그들의 눈에는 숨길 수 없는 경외감이 어려 있었다.

관산호의 무공이 아닌, 그 무너지지 않는 강인한 정신이 그들의 마음을 뒤흔들고 있었다.

제6장

이년후

鐵血無情路

위해(威海)는 수천 년간 산동반도를 바다 건너와 연결하는 입구 역할을 해온 유서 깊은 항구다. 그런 역사가 있는 만큼 항구는 큰 배들도 드나들 수 있을 만큼 크고 잘 정리되어 있었고, 항구를 벗어난 지역들도 해안선이 단조롭고 물이 깊어 배가 정박하기에 무리가 없었다.

시경은 초조한 얼굴로 누런 모래가 이백여 장이 넘게 깔려 있는 해안가를 서성이고 있었다.

해안은 모래사장을 둘러싼 암석과 해송(海松)들로 인해 세인의 시선이 차단되어 있었다. 그리고 이곳까지 오는 길 자체도 험한데다 바다로 들어서면 사오 장을 나가지 않아 발밑이

푹 꺼지며 측정하기 어려울 만큼 깊어진다. 그래서 평소에도 인적을 찾기 힘든 곳이었다. 하지만 사람의 왕래가 없다 뿐이지 배가 정박하기에는 이만큼 좋은 곳도 드물었다.

"올 시간이 다 되었는데……."

그가 중얼거리는 소리를 들은 단석중이 인상을 찡그렸다.

"사부님, 좀 가만히 계세요. 정신 사납습니다. 올 때가 되면 어련히 오지 않으려구요!"

가뜩이나 초조해하던 시경의 눈썹이 하늘로 치켜 올라갔다.

"얼씨구! 나이 좀 들었다고 어른 대접을 해주었더니 이제는 이 사부와 맞먹을려고 하는 거냐? 예정된 시간보다 한 시진이나 늦어져서 속이 바짝바짝 타는 판인데, 너 죽을래!"

시경의 눈이 도끼눈이 된 것을 본 단석중이 꼬리를 내렸다. 그가 시경을 스승으로 모시고 보낸 세월만 이십 년이 넘는다. 공연히 그 성질 건드려서 매를 벌 필요는 없었다.

"사부님, 제 말은 아무 탈 없이 오실 테니 너무 염려하지 마시라는 충정에서 나온 거라구요. 이 년 동안 왜국에서 싸우면서도 무사하셨던 분인데 그런 분에게 무슨 일이 있겠습니까?"

"그건 그렇지. 하늘 아래 둘도 없는 분인데……."

단석중의 말에 고개를 주억거린 시경의 눈이 수평선을 향했다.

그의 눈에 짙은 그리움이 묻어났다.

그런 시경을 힐끔거리며 보던 단석중이 이제는 좀 더 조심스러워진 어조로 말문을 열었다.

"그런데 사부님……."

"왜?"

"사숙이 도착하시면 사질의 일을 제일 먼저 물어보실 텐데요, 지금 사질이 어디에 있는지 솔직하게 말씀을 드려야 할까요?"

"미쳤냐! 그렇게 말했다가는 형님이 당장 날 혈전도로 베어버리려 하실 거다."

시경이 손사래를 치며 질겁을 한 음성으로 말했다.

"그럼 뭐라고……?"

"잘 기억해 둬. 산호는 지금 산서성 오대산(五臺山)에서 폐관 수련 중인 거다. 그놈이 지금 촉루마군을 찾아 오대산에 갔다고는 죽어도 말 못한다. 상 노형이 물으면 너도 그렇게 대답해야 해. 잘못 말하면 너 죽고 나 죽는 거다. 그러기 전에 형님이 나부터 잡아 죽이시려 하시겠지만."

시경이 눈을 부라리며 말하자 단석중은 정신없이 고개를 끄덕였다.

절강성 동려분타를 맡고 있던 그가 분타주 자리를 그만두고 시경을 쫓아다니기 시작한 것은 일 년 반 전부터였다. 그리고 자기 자리를 떠난 시경의 제자는 그 외에도 한 명이 더 있었다.

"갑작스레 돌아오신다는 연락을 받아서 그놈에게 연락을 못한 것이 안타깝다. 상 형님이 돌아오신다는 것을 알았으면 그놈이 오대산으로 갈 리도 없었는데… 나중에 그놈한테도 일찍 연락해 주지 않았다고 원망을 듣지 않으면 다행이지. 화나면 그놈 성질 얼마나 더러운지 너도 잘 알지 않냐. 에휴……."

혼자 중얼거리는 시경의 입에서 연신 한숨이 흘러나왔다.

"사부님이 안 하고 싶어 안 한 거 아니잖아요. 그런 거 이해 못할 놈 아니니까 신경 쓰지 않아도 될 겁니다."

단석중은 시경을 위로했다.

단석중과 대화를 나누면서도 수평선에서 시선을 떼지 않고 있던 시경의 눈에 빛이 번쩍였다.

"오셨다!"

시경의 고함과도 같은 외침에 고개를 돌린 단석중은 하늘과 맞닿아 있던 수평선에 방금 전까지 보이지 않던 한 개의 검은 점이 나타난 것을 볼 수 있었다.

그의 눈에 흥분과 안도의 빛이 완연해졌다.

스승 시경의 길고 길었던 기다림이 끝났다는 안도감과 누구도 하지 못했던 일을 아무도 모르게 치른 거인의 귀환을 맞이한다는 흥분이 그를 들뜨게 만든 것이다.

상익청과 혈전단이 왜국에서의 이 년 전쟁을 끝내고 돌아오고 있었다.

*　　　　*　　　　*

　오대산.

　산서성 오대현 동북부에 위치한 오대산은 사방 오백 리에 걸쳐서 뻗어 있는 대산으로 사천성의 아미산(峨嵋山), 안휘의 구화산(九華山), 절강성의 보타산(普陀山)과 함께 불교 사대명산 중의 하나로 민간의 숭앙을 받는 불교의 성지다.

　오대산의 남쪽, 흔히 남대(南臺)라고 불리는 금수봉의 뒤편 아름드리 거목들이 하늘을 찌를 듯 치솟은 첩첩산중을 헤치며 전진하는 사남일녀가 있었다. 한겨울의 산중이어서 보이는 것은 오직 천지를 뒤덮은 흰 눈뿐이다.

　남녀 모두 흑색 장포를 걸친 사 인과 추레한 몰골의 거지 한 명이었는데 흑의인들은 눈 밑부터 옷과 같은 색의 면사로 얼굴을 가려 신분을 드러낼 생각이 없는 사람들임을 알게 했다.

　특이한 것은 그들이 지나간 자리에 발자국이 한 쌍만 남는다는 것이었다. 그 흔적은 그들 중 네 명이 답설무흔(踏雪無痕) 지경에 도달한 절정의 고수들이라는 것을 말해주고 있었다.

나무 사이를 바람처럼 통과하던 그들은 걸음을 멈추었다. 백여 장 앞에 폭 일 장이 채 되어 보이지 않는 작은 입구를 가진 계곡이 보이는 곳이었다.

일행 중 마구 헝클어진 머리와 얼굴에 덕지덕지 붙어 있는 묵은 때로 인해 얼굴이 어떻게 생긴지 알아볼 수 없는 걸인이 눈을 빛내며 말문을 열었다.

"저곳이 촉루마군 종초기의 근거지인 장춘곡(長春谷)입니다, 사형."

그의 오른손은 좁은 입구의 계곡을 가리키고 있었다.

일행의 중앙에 서서 팔장을 긴 채 계곡을 바라보고 있던 흑의인이 말없이 고개를 끄덕였다.

흑건과 흑색면사, 흑포를 걸친 그는 구리빛의 건강한 이마와 무심하지만 강렬한 눈을 가진 장신의 사내였다. 그는 묵묵히 걸인이 가리킨 계곡을 바라보며 서 있었는데 그렇게 서 있는 것만으로도 주변을 압도하는 장중한 기세가 전신에서 흘러나왔다.

흑의인을 보던 걸인은 침을 꿀꺽 삼켰다.

'이 년 동안 사형은 무섭게 변했다. 처음 보았을 때는 그저 강한 무인이라는 느낌 정도였는데 이제는 일대 종사의 기품을 느끼게 하는구나.'

중앙의 흑의인 옆에 있던 흑의인이 계곡의 입구를 보며 눈살을 찌푸리더니 중앙의 흑의인에게 물었다.

"대사형, 이번에도 혼자 가실 겁니까?"

시원한 이마, 검미(劍眉)에 성목(星目). 면사로 눈 아래를 가리긴 했지만 드러난 것만으로도 대단한 미남임을 충분히 짐작케 하는 사내, 황우령이었다.

관산호의 시선이 움직였다.

"왜, 같이 가고 싶나?"

"말이라고 하십니까? 이 년 동안 싸움 한 번 못했더니 온몸이 근질거립니다. 이번에는 저희도 데려가 주십시오, 대사형!"

황우령이 애원하는 어조로 말하는 것을 들은 관산호의 눈가에 웃음기가 묻어났다.

"찬, 너는?"

"저도 우령과 같은 생각입니다. 데려가 주십시오. 종초기의 수하들인 이십팔사(二十八邪)는 하나같이 상당한 솜씨를 지닌 자들이라고 하는데 대사형 혼자서는 조금 번거롭지 않으시겠습니까? 그들은 저희가 처리하지요."

호연찬도 기대에 찬 눈빛으로 관산호를 보며 말했다.

잔결삼마와의 싸움 이후부터 현재까지 이 년 동안 그들은 관산호와 함께 중원 전역을 여행했다. 말 그대로 여행이었다. 그들은 관산호가 싸우는 것을 볼 수 없었다. 관산호가 허락하지 않았기 때문이다. 대신 그들은 이동을 하든 한곳에 머물든 한시도 쉬지 않고 무공을 수련하도록 강요당했다. 그들을 강요한 사람은 물론 관산호였고.

관산호는 수시로 그들의 무공을 돌봐주었고, 여유가 있을 때마다 막대한 진력의 소모를 감수하며 그들의 전신을 벌모세수했다. 그 결과 이 년이 지난 지금 그들의 무공은 절정의 초입에 발을 딛을 정도로 괄목상대하게 발전해 있었다.

자신들의 무공이 발전했다는 것을 잘 아는 그들이다. 그러니 그것을 실전에서 확인하고 싶은 열망이 강할 수밖에.

잠시 계곡을 보며 생각에 잠겼던 관산호가 고개를 끄덕이며 말문을 열었다.

"좋다. 사숙께서 주신 명단에 있던 자들 중 이제 남은 것은 종초기뿐이니 그를 상대로 너희들의 능력을 가늠해 보는 것도 나쁘지 않겠지."

그의 허락이 떨어지자 황우령과 호연찬은 만세라도 부를 것 같은 표정이 되었다.

황우령과 호연찬을 돌아보던 관산호의 시선이 걸인을 향했다.

"이(李) 사제는 돌아가라. 이번이 마지막이니 굳이 네가 남아 있을 필요는 없다."

시경의 막내 제자이자 이제 스물하나이면서도 주량으로는 개방 십걸 안에 든다는 걸물, 호로주개(葫蘆酒丐) 이단양(李端陽)은 대뜸 고개를 휘휘 내저었다.

그는 중원 지리에 어두운 관산호 일행의 길 안내를 위해 일 년 반 전부터 시경의 지시로 관산호 일행에 합류했었다.

"사형, 무슨 그런 섭섭한 말씀을! 이런 구경거리를 놓친다면 죽어도 눈을 감지 못할 겁니다."

가당치도 않은 말이라는 듯 눈을 크게 뜨고 말하는 그를 보며 황우령은 낮게 웃었다.

"후후후, 대사형, 내버려 두시죠. 가란다고 선선히 돌아갈 이 사제도 아니고요."

이단양의 천방지축인 성격을 일 년 반 동안 겪은 관산호도 더 이상 그에게 가라는 말을 하지 않았다.

그의 시선이 마지막으로 그의 왼쪽 옆을 향했다. 이제는 그의 그림자가 된 유향이 그곳에 있었다.

이 년 동안 유향도 여러 가지가 변했다.

가장 먼저 눈에 뜨이는 것은 눈빛, 언제나처럼 오직 한 사람, 관산호를 향해 있는 그녀의 눈빛은 이제 더 이상 무심하지 않았다. 맑고 투명한 눈은 어린아이의 눈처럼 순수했고, 부드러움과 온기, 그리고 활력이 가득 했다.

그리고 그녀의 등에 매여 있는 무정도.

유향과 눈이 마주친 관산호가 엄한 어조로 말했다.

"유향, 네가 끼어들 일은 없을 테지만, 그런 상황이 되어도 내가 말하기 전까지는 끼어들지 말아라."

"예, 오… 라… 버… 니."

유향의 입술 부분을 가리고 있던 면사가 작게 흔들리며 들는 이의 가슴을 떨리게 만드는 아름다운 음성이 흘러나왔다.

황우령은 유향의 말을 들으며 절로 한숨을 내쉬었다. 말을 배운지 얼마 되지 않은 아기처럼 떠듬떠듬한 그녀의 어투가 음성에서 느껴지는 아름다움의 빛을 바래게 한 것이 안타까웠던 것이다.

유향이 관산호의 말을 알아듣고 말을 하기 시작한 것은 일 년 전부터였다. 하지만 그녀가 할 수 있는 말은 몇 가지 되지 않았고, 그 말조차 지금처럼 온전치 못했다.

그래도 그녀의 변화는 처음 발견 당시에 비하면 놀라운 것이었다. 그러나 유향이 말을 알아듣고 말을 하는 것은 관산호에게 한정되어 있었다. 그녀는 다른 사람의 말에는 전혀 반응하지 않았고 말도 하지 않았다.

그리고 그녀가 말을 한다는 것은 중요하지 않았다. 정말 중요한 것은 그녀가 말을 할 수 있게 된 시점을 전후해서 관산호의 전투에 직접 개입하기 시작했다는 것이었다.

일 년 전 관산호는 태행산의 제왕으로 군림하던 태행인마(太行忍魔) 우근(于勤)과 싸웠다. 그는 언제나처럼 혼자였고, 우근은 자신의 제자들인 태행오흉과 함께였다.

우근은 시경이 건네준 명단의 인물 중에서도 날수독객(辣手毒客) 양홍지(陽鴻志), 촉루마군 종초기와 더불어 가장 강한 인물로 분류되던 절정고수였다.

관산호가 그런 우근을 다른 자들보다 먼저 상대하게 된 것

은 우근 바로 이전에 싸웠던 흑풍귀(黑風鬼) 장홍(長紅)의 거
처가 우근의 거처에서 불과 백여 리밖에 떨어져 있지 않았고,
일 년의 수련으로 권마의 권법이론을 점차 유형화해 가고 있
었던 자신의 능력을 보다 강한 자와의 겨룸으로 확인하고 싶
기 때문이었다.

하지만 우근과 그의 제자 태행오흉은 그의 예상보다 강했
다. 그곳에서 그는 치명적인 위기에 처했고, 그때 상상도 못
했던 존재, 유향이 그를 구했다.

장중에 바람처럼 뛰어든 그녀는 관산호를 위기에 몰아넣
었던 우근과 태행오흉의 앞을 막아서며 그들의 공세를 온몸
으로 받았고, 어떤 무기로도 상처를 낼 수 없는 그녀를 보고
경악한 우근과 태행오흉이 당황할 때 관산호가 그들을 죽였
다.

비록 우근과 태행오흉이 관산호와의 전투 도중 치명상을
입어 실력이 절반 이하로 떨어진 상태였다고는 해도 그런 그
들의 공세를 몸으로 받아낼 수 있는 사람이 과연 당대 무림에
있을 것인가. 금강불괴지신의 전설이 부활하는 순간이었다.

우근과의 싸움 이후에도 그녀가 관산호의 싸움에 끼어든
것은 한 번 더 있었다. 역시 우근에 비견되는 고수, 날수독객
양홍지와의 싸움에서였다.

그 싸움은 우근과의 싸움 직후에 있었다.

관산호가 양홍지를 찾은 것은 양홍지가 사는 곳이 태행산

에서 가까웠기 때문이 아니었다. 양홍지의 거처는 태행산에서 수천 리 떨어진 귀주성 개양(開陽)이었다.

그가 태행산에서 그렇게 멀리 떨어져 있는 양홍지를 우근 다음의 대상으로 삼은 이유는 유향 때문이었다. 유향에게서 확인할 것이 있었던 것이다.

개양에서 찾아낸 양홍지는 우근처럼 제자나 수하를 거느리고 있지는 않았지만 관산호는 우근과 싸울 때 만큼이나 힘겨운 싸움을 해야 했다. 양홍지는 우근보다 더 강했다.

그 싸움에서 관산호는 모험을 했다. 일부러 허점을 드러냈던 것이다. 전력을 다해도 승부를 점치기 어려운 상대에게 허점을 드러냈는데 상대가 가만있을 리 없었다.

그는 치명적인 위기를 맞았고, 예상했던 대로 유향이 개입했다. 그리고 관산호를 그처럼 힘들게 했던 사도무림의 거물 양홍지 또한 관산호의 앞을 막아선 유향에게 일호의 타격도 가하지 못한 채 당황하다가 관산호에 의해 죽었다.

두 번의 싸움을 통해 관산호는 유향에 대해 몇 가지를 알게 되었다. 유향은 그가 위태로워지면 움직인다는 것, 그녀가 무공, 그것도 고금에 드문 절세의 무공을 익힌 여인이라는 것, 그리고 그녀는 그의 위기를 거리와 상관없이 느낀다는 것이 그것이었다.

그녀가 우근과 양홍지를 막아섰던 운신법.

설령 그녀가 관산호의 추측대로 천사유혼대법(天邪幽魂大

法)으로 추정불가의 내공을 보유(?)하고 있다 하더라도 그 내공과 금강불괴의 단단한 육신만으로 우근과 양홍지를 막는 것은 불가능했다. 우근과 양홍지는 경신술을 익힌 무림고수들인 것이다.

하지만 그녀는 그 불가능한 일을 해냈다.

그녀가 우근과 양홍지를 막아서고 또 관산호의 공세에 속수무책으로 쓰러질 수밖에 없도록 그들의 움직임을 제어한 것은 그녀의 그 신비로운 내공도 금강불괴의 육신도 아닌, 운신법이었다.

그녀의 운신은 우근과 양홍지가 움직일 수 있는 방향을 먼저 선점하고 가닥가닥 그 운신의 흐름을 끊었다. 그래서 우근과 양홍지는 일정한 공간을 벗어날 수도 관산호의 공세에 저항할 수도 없는 상태에 몰렸고 결국 속수무책으로 죽어갔던 것이다.

그녀의 운신법은 관산호가 본 적도 들은 적도 없는 것이었다. 하지만 그것은 우근과 양홍지는 자신들이 제어당한다는 것을 알면서도 피할 생각을 못했을 만큼 가공스러운 것이었다.

그리고 두 번의 싸움 당시 유향은 관산호와 백여 장이 넘게 떨어진 곳에 있었다. 그 거리에서는 싸움을 볼 수도 없었고, 소리를 듣기도 힘들었다.

그럼에도 관산호가 위기에 처하자 그녀는 찰나지간 전장

에 모습을 드러냈다. 그것은 그녀가 어떻게 안 것인지는 알수 없지만 거리와 상관없이 관산호를 바로 옆에 있는 것처럼 느끼고 있다는 분명한 증거였다.

한 가지 의문점은 그가 처음 싸웠던 잔결삼마의 싸움에서도 위기에 처했었는데 그녀가 끼어들지 않은 이유가 무엇 때문인가 하는 것이었다. 하지만 그에 대해서는 아무리 생각해도 알 수가 없었다.

관산호가 우근과 양홍지의 싸움을 거친 직후부터 유향은 그가 하는 말을 알아듣기 시작했고, 간단한 호칭 정도는 말할 수 있게 되었다. 게다가 그녀는 아무리 사소한 것일지라도 관산호의 지시는 절대로 어기는 법이 없었다. 그 두 번의 싸움 중에 무엇인가가 그녀를 자극했음이 분명했다. 하지만 그것이 무엇인지는 관산호도 아직까지 찾아내지 못했다.

관산호가 무정도를 그녀에게 맡긴 것도 일 년 전부터였다. 병기를 타인에게 맡긴다는 것은 자신의 목숨을 맡긴다는 것과 같은 의미다. 그가 그런 결정을 하게 된 것은 우근과 양홍지와의 싸움을 겪으며 그녀의 능력을 어느 정도 깨달았고, 온전히 그를 따르는 그녀를 믿을 수 있게 되었기 때문이다.

그에게 유향은 신비와 불가사의 자체였다. 하지만 그는 그녀에 대한 모든 의문들을 일단 유보하고 마음속에 갈무리해두었다. 의문은 태산처럼 컸지만 그것을 풀 수 있는 방법도, 시간도 없었기 때문이다.

관산호는 유향에게서 시선을 떼고 계곡의 입구로 고개를 돌렸다.

"간다!"

그의 짤막한 말이 떨어지자 부드럽고 화기애애하던 분위기가 단숨에 살벌하게 변했다.

촉루마군 종초기는 백오십여 년 전 사라진 귀문(鬼門)의 진전 일부를 얻었다고 알려진 자로, 비록 천하십대고수에는 들지 못하지만 사도무림에서는 열 손가락 안에 꼽힌다는 절세의 고수였다.

관산호가 이 년 동안 상대했던 자들 중 가장 강했던 우근과 양홍지도 종초기의 십초 상대가 되지 않는다는 것이 시경의 분석이었고, 무림인이라면 누구도 그 분석에 토를 달지 않을 사도무림의 진정한 거물이 종초기였다.

그리고 그는 그들의 눈앞에 있는 장춘곡을 근거지로 오대현 일대의 사파를 암중에 지배하는 인물이기도 했다.

그가 지금까지 행한 악행은 필설로 형용하기 어려운 것이었는데 그는 사람을 잡아다가 대법을 이용해서 괴물을 만드는 실험도 마다하지 않는다고 알려져 있었다.

그리고 그 악행의 대상은 무인과 일반 백성을 가리지 않는데다가 잔혹하기 그지없는 것이어서 오대현 일대에서 그의 이름은 마귀와 동격으로 여겨질 정도였다.

종초기라는 인물에 대한 이단양의 설명을 들은 황우령과

호연찬은 마음속에서 살기가 크게 일어난 상태였다. 그들이 가장 증오하는 자들이 힘으로 백성을 괴롭히는 자들이였으니 종초기에 대한 그들의 분노는 당연한 것이었다.

관산호가 걷는 좌우 한 발 앞서 황우령과 호연찬이 걷고, 그의 뒤 이 장 거리를 두고 유향과 이단양이 따랐다.

느린 듯한 걸음이지만 그들의 걸음은 일 보의 보폭이 여섯 자가 넘는 것이어서 계곡의 입구와 그들 사이에 있던 백 장 거리가 좁혀지는 데는 촌각도 걸리지 않았다.

계곡의 입구는 폭 일 장 정도에 양옆은 산의 능선과 이어지고 있었고, 언뜻 보이는 입구 안쪽은 수십 장이 넘는 호리병처럼 생긴 좁은 통로로 이루어져 있었다. 단 몇 명만으로도 수천을 막아낼 수 있는 천험의 요지였다.

황우령과 호연찬이 계곡의 입구로 막 들어섰을 때였다.

쉬이익!

귀를 찢는 파공음과 함께 그들을 향해 무언가가 날아왔다.

턱

자신들의 목을 향해 날아든 두 자 길이의 짧은 활을 코앞에서 움켜쥔 황우령과 호연찬의 눈빛이 짙은 살기로 붉게 물들어갔다.

방문자에게 목적도 묻지 않고 죽이려고 하는 자들이다. 장춘곡의 악명이 허명이 아님을 여실히 알 수 있게 하는 첫인사였다.

"으하하하, 철없는 놈들, 활이라면 네놈들보다 우리가 더 잘 쏴!"

호연찬이 입술을 비틀며 비웃음을 터뜨리더니 무서운 속도로 전면을 향해 튀어나갔다.

어느새 꺼냈는지 그의 오른손에는 아홉 자에 달하는 그의 애병 쌍두용아편(雙頭龍牙鞭)이 들린 채 바닥에 긴 꼬리를 드리우며 먼지를 피워 올리고 있었다.

황우령도 질세라 검신을 드러낸 혈랑검을 굳게 움켜쥐고 호연찬과 함께 바람처럼 달려나갔다.

화살은 몇 번 더 날아왔지만 황우령과 호연찬을 위협하지는 못했다. 그들의 편과 검이 허공을 한 번씩 그어댈 때마다 기이한 휘파람 소리와 함께 날아들던 화살들은 여러 조각으로 잘린 채 지면에 떨어져야 했다.

무기와 무기끼리 있었던 서너 번의 충돌 사이 황우령과 호연찬은 단숨에 오 장을 전진했다.

화살을 날리던 자들도 화살로는 그들을 위협할 수 없다는 것을 깨달은 듯했다.

황우령과 호연찬이 전진하는 앞쪽에 사람의 그림자가 어른거리는 듯하더니 회의 장포를 입은 자들이 하나 둘씩 솟아나듯 나타났다.

수는 모두 열둘. 특이하게도 금방이라도 핏물이 떨어질 듯한 붉은 눈을 가진 자들이었다. 그들의 등장과 함께 통로 안에 음산한 사기가 충만하기 시작했다.

그들은 모습을 드러내면서 손에 들고 있던 활을 땅에 버리더니 일제히 허리춤에서 무기를 빼어 들고 말없이 황우령과 호연찬을 덮쳤다.

그들의 무기는 단검과 비수. 좁은 계곡의 입구를 감안한 무기인 듯했다.

분명 단병(單兵)은 좁은 공간에서 유용하다. 그러나 그것은 그들의 성취를 짐작하게 하는 것이 되었다. 진정한 고수라면 공간에 따른 제약에 구애받지 않을 것이기 때문이다.

회의인들이 앞을 막아서며 인의 장벽을 만들었지만 황우령과 호연찬의 전진 속도는 조금도 줄어들지 않았다.

막는 자들도 전진하는 자들도 아무 말이 없었다.

오대산을 짓누를 듯한 침묵 속에서 무시무시한 기세로 상대를 향해 달려든 그들이 마침내 충돌했다.

아홉 자에 달하는 긴 편을 휘두르는 호연찬을 향해 달려든 여섯 명은 내심 호연찬을 비웃었다. 폭 일 장에 불과한 계곡에서 편을 주무기로 사용한다는 것이 얼마나 운신을 제약하는지 잘 알기 때문이었다.

그러나 그들의 비웃음이 공포와 경악으로 바뀌는 데는 눈한 번 깜박일 시간도 걸리지 않았다.

호연찬을 향해 달려든 것은 전면의 두 명이었고, 두 명은 앞선 두 명의 머리를 뛰어넘어 허공에서 호연찬의 머리를 노리며 날아들었다. 그리고 남은 두 명은 뒤에서 앞의 공격자들을 지원할 준비를 하고 있었다.

그 공격 형태는 황우령에 대해서도 동일했다. 그 형태는 오랫동안 계곡의 입구에서 일어나는 싸움을 연구한 뒤에 가장 좋은 것이라고 결정되어 끊임없이 수련한 것이었고, 여러 번에 걸쳐 침입자들을 대상으로 그 위력을 유감없이 증명한 것이기도 했다.

그런 그들의 파괴적인 공격에 대해 호연찬이 취한 것은 방어가 아니라 오히려 공격이었다.

쌍두용아편.

이 채찍에 붙은 쌍두라는 이름은 그 생김새에서 기인한 것으로 용아편은 손잡이에서 석 자 떨어진 곳부터 다섯 자 길이를 가진 두 개의 채찍으로 갈라진 모양을 하고 있었다.

그의 전면에 단검을 휘두르며 두 명이 달려들었을 때 호연찬은 차가운 얼굴로 거침없이 용아편을 든 손목을 움직였고, 바닥에 늘어져 있던 용아편이 허공으로 떠오르며 그의 손목 부근에서 똬리를 틀었다.

그리고 잠시의 지체도 없이 벼락처럼 앞으로 뻗어나가며 도중에 나누어진 두 개의 머리가 창처럼 전면을 공격하던 두 명의 목을 꿰뚫어 버렸다.

이십사초 쌍두용아편법의 제일초 쌍두룡출세(雙頭龍出世)였다.

"컥!"

괴상한 비명과 함께 화등잔처럼 눈을 크게 뜬 회의인 둘이 뻥 뚫린 목에서 분수 같은 핏줄기를 뿜어내며 시신이 되어 지면에 나동그라졌다. 그들 중 한 명의 단검이 스쳐 지나가며 베어낸 오른쪽 어깨에서 피가 튀었지만 호연찬은 오히려 냉혹한 미소를 지으며 다시 쌍두용아편을 움직이고 있었다.

죽은 자들의 뒤에서 지원을 준비하던 자들이 동료의 죽음을 의식하기도 전에 호연찬의 용아편은 두 개의 소용돌이를 일으키며 허공으로 솟구쳤고, 그의 머리를 공격하던 자들의 하체를 무시무시한 기세로 휩쓸어 버렸다.

쌍두용아편법 제십칠초 쌍두와류폭(雙頭渦流暴)이다.

회의인들은 단검을 휘두르며 용아편의 소용돌이를 저지해 보려 했지만 소용이 없었다. 소용돌이에서 일어난 무서운 흡입력이 그들의 행동을 굼벵이처럼 느리게 만들었기 때문이다.

"크아악!"

대패로 수백 번 갈아버린 것처럼 하체가 부스러진 회의인들이 피비를 뿌리며 화살 맞은 기러기마냥 지면으로 추락했다.

쿵, 쿵.

황우령을 공격한 회의인들의 사정도 비슷했다. 아니, 처참하기로는 더했다.

황우령의 전면을 공격했던 자들은 허리가 늑대의 이빨에 물어뜯긴 것처럼 참혹하게 양단된 모습으로 핏구덩이에 누워 있었다.

황우령의 애검 혈랑검은 검신이 톱날처럼 들쑥날쑥하게 되어 있어 검에 격중되면 베인 것이 아니라 뜯겨 나간 듯한 상처가 생긴다. 그의 외모와는 전혀 어울리지 않는 병기였지만 그가 혈랑검을 휘두르는 모습을 보면 둘이 어울리지 않는다고 말할 사람은 없다. 적을 상대할 때의 그는 가히 미친 늑대처럼 광포하게 변하기 때문이다.

관산호가 황우령과 호연찬이 싸우는 곳에 도착했을 때 서 있는 적은 한 사람도 보이지 않았고 황우령과 호연찬은 이미 사오 장 밖을 달리고 있었다. 그들의 상체와 하체에는 두어 군데의 상처가 생겨나 있었고 피가 흘렀지만 움직임을 제약할 정도는 아니었다. 셋을 셀 시간도 지나지 않았는데 이십팔사의 열둘은 모두 죽은 것이다.

그들의 뒤를 따르는 이단양은 눈을 부릅뜬 채 쉴 새 없이 침을 삼켰다.

스승 시경의 손을 잡고 개방에 입문한 이래 십오 년 동안 숱한 싸움을 본 그였지만 이처럼 끔찍한 전투는 본 적이 없었다. 일 년 반 전 관산호와 합류한 이후에도 그는 길 안내와 시경과의 연락을 중재했을 뿐, 관산호가 싸우는 것을 보지는 못했다. 그런 그에게 눈앞의 전투는 충격 그 자체였다.

말도 없고 한 치의 양보도 없다.

허를 드러내면 죽는다.

오직 서로를 죽이려는 자들의 강렬한 투기만이 계곡을 지배하고 있었다.

그리고 무심한 눈빛으로 정면을 응시하며 성큼성큼 걸음을 옮기는 관산호.

이단양은 자신이 보고 있는 것이 마치 누군가의 이야기를 듣고 있는 것처럼 현실감이 떨어져 자신의 뺨을 꼬집었다.

'어이쿠!'

볼살이 떨어져 나가는 듯한 통증은 그가 지금 보고 있는 전투가 현실이라는 것을 알려주고 있었다.

'혈전단이 지독한 사람들이라는 말은 사부님께 여러 번 들었지만 정말 듣던 것보다 더하구나. 싸우는 사람들이나 지켜보는 사형이나… 소름 끼칠 정도로 냉정하고 손속에 사정을 두지 않아… 이분들이 사마외도의 인물들이 아니라는 것이 천하의 홍복이라는 사부님의 말씀이 정말 실감이 나네……'

관산호는 눈앞에서 벌어지는 싸움에 관심이 없는 듯 무표정한 얼굴로 걷고 있었다. 하지만 장내의 어떤 일도 그의 시야를 벗어나지 못했고, 황우령과 호연찬의 움직임 또한 마찬가지였다.

'흠, 혈전생사도법의 쾌(快)와 중(重), 다변(多變)의 요결들을 자신들의 독문무공과 배합해 실전에 사용하는 데 별 무리

가 없는 것을 보니 그동안 노력들을 많이 했군.'

관산호는 황우령과 호연찬의 움직임에 군더더기가 없는
것을 보며 내심 고개를 끄덕였다.

황우령과 호연찬은 그에게 현천진기와 혈전생사도법을 배
웠다. 하지만 그들의 자질이 드물게 좋은 것이라고 해도 이
년을 배워서 그 무공들의 제 위력을 내는 것은 가능하지 않은
일이었다. 관산호가 오 년을 배우고도 완성하지 못한 무공들
이 그것들이다.

그동안 시간이 날 때마다 그들을 가르친 관산호도 그들이
무공을 수련하는 것에 집착하지 않았다. 혈전생사도법과 현
천진기가 한두 해 사이에 성과를 볼 수 있는 무공들이 아니라
는 것을 누구보다 잘 아는 사람이 그였다.

대신 그가 집중한 것은 황우령과 호연찬이 본래 익히고 있
던 무공의 허점을 보완하고 혈전생사도법의 요결들을 그들의
독문무공과 접합시키는 것이었다.

그렇게 이 년의 시간을 노력한 결과가 오늘 그의 눈앞에서
확인되고 있었다.

이십팔사는 지난날 그가 상대했던 태행오흉보다 더 나은
무공을 소유한 자들이었는데도 황우령과 호연찬의 일초를 받
아내지 못했던 것이다.

높은 무공과 상처를 두려워하지 않는 무서운 투지, 강렬한
분노와 살기로 중무장된 막강한 기세. 이 모든 것들에서 이십

팔사는 두 사람의 적수가 되지 못했다.

면사로 가려진 관산호의 입가에 가는 미소가 그어졌다.

이 년 동안 그가 상대한 자들은 사도무림의 거물들이었고, 그들을 상대하며 그는 힘든 싸움을 해왔다.

무정도를 사용했다면 삼초지적이 될 만한 자들이 없었지만 그는 오직 적수공권만으로 그들을 상대했기에 목숨이 위태로운 위기도 여러 차례 겪어야만 했다.

그가 마지막으로 싸웠던 것은 육 개월 전이었고 상대는 중주 지방 사도무림의 거물, 중주칠사(中州七邪)였다. 그 후 계속된 폐관. 그리고 오늘에 이르렀다.

그는 사도의 거물들을 찾아 중원 전역을 돌아다니면서도 한시도 쉬지 않고 무공을 수련했다. 끝없는 명상과 폐관, 이동과 전투가 이 년 세월 동안 그가 한 전부였다.

황우령과 호연찬이 그들의 배움을 확인했듯이 이제는 그도 자신의 배움을 확인해야 했다.

호로병 같은 통로의 길이는 이십오 장이었다. 하지만 통로에는 더 이상의 적이 없었다. 그들이 적을 만난 것은 통로를 벗어나 넓은 분지 형태의 광장에 들어섰을 때였다.

광장은 백여 장의 넓이였고 끝에는 삼층으로 이루어진 웅장하고 화려한 전각이 서 있었다. 십이월의 한겨울임에도 광장은 따듯했는데 곳곳에서 솟아오르는 아지랑이와 계절을 잊고 피어난 꽃들이 신기하고도 아름다웠다.

종초기의 악명과는 너무나 동떨어진 풍경이었다. 하지만 이곳에 있는 사람 중 풍경 따위에 관심을 쏟을 사람은 없다.

챙챙챙—

관산호가 통로를 벗어났을 때 황우령과 호연찬은 이미 적들과 정신없이 드잡이질을 하고 있었다.

그들의 상대는 통로에서 만난 자들과 같은 회의를 입은 열두 명의 중년인이었다.

격렬한 싸움의 중심을 향해 가면서도 관산호는 걸음을 멈추지 않았다.

그의 눈은 황우령 등의 전장을 넘어 전각의 앞에 서 있는 다섯 명을 보고 있었다.

황금빛 곤룡포를 입고 선 청수한 풍모의 노인과 그를 사면에서 호위하듯 서 있는 네 명의 회의중년인.

가운데 있는 곤룡포를 입은 노인은 눈가에 흐르는 사기(邪氣)가 없었다면 보는 사람의 마음에 절로 존경심을 우러나게 할 만큼 고아한 분위기를 갖고 있었다.

관산호는 탈속한 풍모의 노인이 종초기임을 어렵지 않게 알 수 있었다. 서 있는 대형에서도 알 수 있었지만 그보다는 종초기의 전신에서 일어나고 있는 기세에서 회의인들의 기세와는 비교할 수도 없는 힘과 무게를 느낄 수 있었기 때문이다.

그가 걷는 동안 황우령과 호연찬이 상대하는 회의인 중 세

명이 시체가 되어 쓰러졌다. 회의인들은 통로에서 황우령 등이 상대한 자들보다 강한 자들이었다.

하지만 전장을 바라보는 종초기의 눈은 수하들이 죽는 것을 전혀 알지 못하는 것처럼 평온하고 온화하게 느껴질 정도로 부드러웠다.

관산호와 종초기의 눈이 부딪쳤다.

종초기의 눈에 이채가 떠오르며 그가 말문을 열었다.

"이 년 전부터였던가? 강호상에 사파의 인물들만을 골라 죽이는 활염라(活閻羅)라는 자가 활동을 하기 시작했다는 소문을 들었지. 흑의에 흑면사를 쓰고 다니는 키가 큰 자라는 것이 목격자들의 일치된 말이었고, 소문으로는 혼자 다니는 놈이라고 하던데 일행이 있어서 처음에는 조금 헛갈렸다. 그 미친놈이 너인 듯하구나."

활염라(活閻羅).

생김새도 이름도, 어디에서 왔는지 무엇이 목적인지도 알려지지 않은 채 이 년 전부터 정마의 고수들도 손쓰길 꺼려하던 사도무림의 거물들을 쓰러뜨리고 다니는 신비로운 인물.

사도인이라면 그를 만나는 순간 목숨을 내놓아야한다고 알려진 대협객. 그리고 이 년이 지난 지금은 천하십대고수에 비견되는 강자로 은연중 인정되고 있는 절세고수.

그에 대해 알려진 것이라고는 그의 주력무공이 권법이라는 것 정도였다. 그것도 죽은 자들의 상처를 통해 알려진 것일 뿐. 그가 싸우는 모습을 보았거나 그를 만나 대화를 나누었다는 사람은 아직 나타난 적이 없었다.

종초기는 관산호를 그 신비로운 고수 활염라로 단정지어 말하고 있었다.

"본래 미친놈 눈에는 제정신 가진 사람이 미친 것처럼 보이는 법이지."

음의 고저가 없는 무심한 어조. 하지만 자신이 활염라임을 부인하지 않는 말이었다.

관산호의 매몰찬 응대에 종초기의 눈이 조금씩 커졌다.

"우하하하하! 좋구나 좋아. 내 앞에서 너처럼 말하는 자를 본 지도 정말 오랜만이다. 간만에 흥겨워졌어."

종초기는 고개를 젖히고 웃으며 말했다.

대화를 나누는 동안 관산호는 황우령 등이 싸우는 전장의 끝을 통과했다.

그 순간이었다.

한 자루의 단검이 관산호의 우측 목을 노리고 무서운 속도로 날아들었다. 호연찬을 상대하던 회의인들 중 한 명이 관산호를 공격한 것이다.

회의인과 관산호의 거리는 불과 여섯 자.

단검을 내뻗으면 바로 목이 닿을 만큼 가까운 거리였고, 회의인은 그 공세에 필생의 공력을 담았기에 단검의 속도는 가히 한줄기 유성이 흐르는 듯했다.

회의인도, 그리고 종초기도 관산호가 단검을 피할 수 없을 것이라고 생각했다. 그만큼 회의인의 공격은 불시에 이루어졌고, 종초기와 대화를 나누는 관산호는 방비가 되어 있지 않았다.

회의인은 자신의 단검이 관산호의 목에 닿았음을 알았다. 그의 눈에 목에 구멍이 뚫린 관산호의 모습이 들어왔다. 하지만 그것은 그의 착각이었다.

쾅!

뭐가 어떻게 돌아가는지 느끼기도 전에 도끼에 맞은 것처럼 목이 절반쯤 움푹 패인 회의인은 눈을 까뒤집으며 즉사했다. 무공을 모르는 자라도 한눈에 목뼈가 으스러졌다는 것을 알 수 있는 처참한 죽음이었다.

모든 것을 지켜보고 있던 종초기의 얼굴에서 미소가 씻은 듯이 사라졌다. 그의 눈에는 숨길 수 없는 경악이 떠올라 있었다. 그도 회의인이 어떻게 죽어갔는지 보지 못했던 것이다.

관산호는 아무 일도 없었다는 듯 여전히 무심한, 처음의 눈빛 그대로 여전히 걷고 있었다. 걸음을 옮기던 그가 왼손을 활짝 펼쳤다. 그러자 그의 손에서 한 줌의 쇳가루가 땅에 우수수 떨어져 내렸다. 동시에 그의 손을 감싸듯하며 신기루처럼 어른거리던 은은한 황금빛이 씻은 듯이 사라졌다.

땅에 떨어지는 쇳가루를 본 종초기는 그제야 죽은 회의인의 손에 단검이 없다는 것을 알아차렸다.

어떻게 했는지 보지는 못했지만 상황이 그의 머릿속에서 그려졌다. 활염라이라는 자는 왼손으로 단검을 가로채면서 아마도 오른손으로 수하의 목을 친 듯했다.

문제는 그가 그 장면을 보지 못했다는데 있었다. 활염라라는 자는 등골에 전율이 일어날 만큼 빠르고 강한 자였다. 그것이 그의 마음속 살기를 자극했다.

그의 청수한 얼굴이 밀납처럼 희게 변하며 귀기 어린 살기로 가득 찼다.

적이 강할 때 두려움에 앞서 자극을 받는 것은 무공을 익힌 자들에겐 숙명과도 같은 것.

사파에 몸을 담고 있어도 그는 거물 소리를 듣는 자였다. 강자를 보면 꼬리를 말고 도망치는 뒷골목 잡배들과는 차원이 다를 수밖에 없었다.

종초기를 응시하며 계속 걸음을 옮기던 관산호의 눈이 번뜩였다.

종초기가 입술을 우물거리며 무언가를 중얼중얼거리기 시작했던 것이다. 동시에 귀에 거슬리고 머리끝을 쭈뼛거리게 만드는 괴이한 소리가 광장에 퍼져 나갔다.

그리고,

관산호는 종초기를 호위하던 사내들의 옷 밖으로 드러난 피부에 적색 선이 거미줄처럼 생겨나는 것을 보았다. 그 선들은 마치 수면 아래 잠복해 있다가 위로 솟아오르는 물고기처럼 갑자기 나타나더니 회의인들의 피부를 뒤덮었다.

그들의 피부를 뒤덮은 적색선들이 기괴한 형태의 부적과 같은 모습이라는 것을 깨달은 관산호의 눈빛이 깊어졌다.

'귀문의 진전을 이은 자라고 했었지… 사술의 일종인가?

귀문은 활동하던 시절 사술의 온상이라고 불렸었다. 일백 수십 년 전 그들의 악행을 보다 못한 환우오강의 일인 검선 태허 진인에 의해 그 존재가 소멸될 때까지 귀문은 마교구류(魔敎九流)의 일맥이던 천사문과 자웅을 결할 만큼 강력한 힘을 자랑했었고, 혹자들은 그들이 전설상의 배교의 후예가 아닐까 추측할 만큼 신비롭고 괴기한 행적을 무림사에 남겼던 문파였다.

귀문과 천사문의 차이점은 천사문이 정신과 혼백과 관련된 대법에 능했던데 비해, 귀문은 살아 있는 사람의 신체를 대상으로 그 내부의 힘을 끌어내는 술법에 능했다는 것이다.

그들은 사람의 신체를 대상으로 술법을 행해야 했기에 필연적으로 수많은 백성들이 그들에게 납치되어 괴물이 될 수밖에 없었다. 그리고 그것이 무당의 심산에 거주하며 신선 같은 생활을 하던 태허 진인을 격노하게 만들었고, 노한 그의 창궁검에 의해 귀문은 멸문당했다.

"흐흐흐, 솜씨가 괜찮다만 지옥색혈귀(地獄索血鬼)는 그리 쉽지 않을 것이다. 한 번 놀아보거라!"

그의 지시를 들었음인지 지옥색혈귀라 불린 네 명의 회의

인이 허리춤에서 한 자 반 길이의 단검 두 자루를 꺼내 움켜
쥐었다. 그들은 천천히 종초기의 앞을 막아서며 관산호를 향
해 걸어갔다.

괴소와 함께 나온 종초기의 말에 안색이 변한 사람이 있었
다. 하지만 그 사람은 회의인들과의 거리가 이 장으로 좁혀진
관산호가 아니라 멀찌감치에서 장내를 구경하고 있던 이단양
이었다.

"지옥색혈귀! 설마 그……."

안색이 창백하게 변한 이단양이 관산호를 향해 있는 힘껏
외쳤다.

"사형! 지옥색혈귀는 귀문의 마지막 병기라고 전설이 전하
는 괴물입니다. 그들은 생강시의 일종으로 신체가 금강불괴
에 가까울 정도로 단단해서 어지간한 보검으로는 흠집도 낼
수 없다고 하니 조심하십시오!"

그의 외침을 들은 종초기의 시선이 이단양을 향했다.

그가 재미있다는 표정으로 싱긋 웃었다.

"어떤 놈이 그렇게 자세히 아나 했더니 개방의 거렁뱅이였
군! 개방의 거렁뱅이가 사형이라고 부르는 자라… 클클클, 그
럼 너도 거렁뱅이란 말이냐! 재미있는 일행이야."

아무리 살펴보아도 관산호가 거지로는 생각되지 않자 그
는 고개를 갸웃했다. 하지만 곧 상관없다는 듯 승부의 끝을
본 사람처럼 고개를 젖히고는 통쾌하게 웃어댔다.

'지옥색혈귀… 시 사숙에게서 들었던 적이 있다. 태허 진인도 그들을 없애는데 애를 먹었다고 했었지.'

관산호의 무심하던 눈에 화살처럼 긴장이 스쳐 지나갔다.

지옥색혈귀는 제련이 극히 까다로워 지난날 그처럼 강력했던 귀문도 십여 구를 만들어내는 데 그쳤었다.

하지만 그 십여 구만으로도 무림사에 한 획을 그었던 절대 초강고수 태허 진인을 고생시켰다는 전설의 주인공들이 그들이었다.

그 위력이야 불문가지.

생각은 짧고 움직임은 빠르다.

어느새 관산호와 회의인들의 거리가 일 장으로 좁혀졌다. 그리고 관산호와 지옥색혈귀의 싸움이 시작되었다.

관산호의 전면에 있던 회의인의 신형이 흐려졌다.

쐐애액

귀를 찢는 파공음.

관산호는 가볍게 고개를 옆으로 숙였다.

그의 귓불을 스치며 단검 한 자루가 스쳐 지나갔다.

그 단검을 필두로 여덟 자루의 단검이 관산호의 전신을 노리며 파상적으로 날아들었다.

지옥색혈귀는 살아 있는 사람을 제련하여 만드는 것이라 죽은 자로 제련되는 강시와는 그 움직임부터가 달랐다. 정신은 파괴되고 시술자의 명령만을 듣게 변하지만 관절은 살아 있는 사람과 마찬가지로 유연하며 운신의 속도는 일류고수를 능가했다.

게다가 몸은 독과 신병이기에도 손상을 입지 않는 금강불괴에 가깝고 외공수련시 필연적으로 발생하는 조문(罩門)도 없는 자들이라 태허 진인이 그들을 제거할 때 사용했다는 검강지경에 도달하지 않은 자라면 사실 상대할 방법이 거의 없는 괴물들인 것이다.

한 자루의 단검을 옆구리로 흘려보내던 관산호의 우수(右手)가 번개처럼 단검을 쥔 자의 가슴을 후려쳤다.

쾅!

벽력탄이 터지는 듯한 굉음과 함께 회의인의 신형이 이 장여를 튕겨 나가 땅에 나뒹굴었다.

회의인의 심장 부위는 옷이 가루가 되어 있었고, 적색의 문양으로 뒤덮인 가슴은 한 치 가까이 주저앉아 있었다. 금강과도 같다는 그들의 몸도 관산호의 일격을 감당하지는 못한 것이다.

종초기의 안색이 충격과 두려움으로 딱딱하게 굳어졌다.

그가 만들어낸 지옥색혈귀지만 그가 전력을 다해서 친다 해도 그들의 가슴에 저런 상처를 남기지는 못하기 때문이었다. 그리고 지옥색혈귀의 파상공세를 견디어내는 관산호의 운신도 그의 마음속에 공포를 불러일으키고 있었다.

관산호의 신형은 그리 빠르지 않은 듯했다. 잔상이 남을 정도도 아니었고 공력을 돋구지 않아도 그 움직임을 놓치지 않을 정도였으니까. 그럼에도 지옥색혈귀들의 공세는 관산호의 흑의에 조그마한 손상도 가하지 못했다.

종이 한 장의 차이, 정말 그 차이로 관산호는 지옥색혈귀들의 공세를 피해내고 있었다.

종초기는 절정의 고수.

그는 그런 관산호의 운신이 단지 우연이 아니라는 것을 너무도 잘 알고 있었다. 관산호는 지옥색혈귀들의 움직임을 정확하게 읽고 최소한의 움직임으로 공세를 피해내고 있는 것이다. 그것은 관산호의 진재 실력이 지옥색혈귀와는 차원이 다른 것이라는 것을 알려 주고 있었다.

종초기만큼이나 관산호의 눈빛도 굳어 있었다.

막대한 타격을 받고 튕겨 나갔던 회의인이 꿈틀거리더니 다시 일어나 그를 향해 신형을 날리고 있었던 것이다. 회의인의 지체는 불과 눈 한 번 정도 깜박일 시간에 불과했다.

다른 회의인들의 단검을 간발의 차로 흘리던 그의 눈빛이 강렬해졌다.

'창궁검이라는 절세신병에도 부서지지 않았다고 하더니 명불허전이로군. 순수한 공력만으로는 부술 수 없는 신체다.'

마음을 정한 관산호는 내력을 끌어올렸다. 하단전이 용광로처럼 달아오르며 절대의 파괴력을 가진 진기가 경락을 타고 그의 전신으로 퍼져 나갔다.

그의 전신에서 아지랑이처럼 보일 듯 말 듯한 황금빛의 기류가 어른거렸다. 그리고 한순간 그 은은한 황금빛은 그의 양 손목에 집중되었고, 눈을 찌르는 강렬한 황금빛으로 화했다.

'응?

종초기는 물론이고 이단양과 어느 정도 싸움을 마무리짓고 있던 황우령과 호연찬의 시선도 일제히 관산호를 향했다. 그리고 어리둥절해졌다.

관산호의 손이 변해 있었다.

하지만 이상하게도 그의 손은 방금 전 눈을 찌르게 했던 황금빛과는 상관이 없는 칙칙한 검은빛으로 변해 있었다. 마치 강철로 만든 장갑을 낀 듯한 모습이다.

종초기는 당연했고, 황우령 등도 본 적이 없는 광경이어서 어리둥절해지지 않을 수 없었다.

관산호의 변화한 손을 가장 먼저 상대한 자는 왼쪽에서 단검으로 그의 목을 베어오던 회의인이었다.

관산호의 신형이 바람에 휘청이는 버드나무처럼 가볍게 흔들리며 단검을 목 앞으로 흘렸다. 그리고 그의 왼손이 번개처럼 회의인의 어깨를 움켜잡고는 앞으로 끌어당겼다. 동시에 그의 오른손이 회의인의 뒷목을 도끼로 패듯 내리쩍었다.

꽝!

날벼락이 떨어지는 듯한 소리와 함께 목이 완전히 떨어져

나간 회의인이 비명도 없이 피분수를 뿌리며 허물어지듯 지면으로 무너져 내렸다. 죽은 회의인의 전신에서 적색선이 씻은 듯이 사라졌다.

시신이 된 회의인을 놓고 두 걸음을 전진한 관산호의 앞으로 그의 손에 가슴이 내려앉았던 회의인이 단검을 교차시키며 날아들었다.

스팟!

교차되는 단검의 사이에 끼인다면 잘 썰린 생선처럼 될 것이다.

하지만 관산호는 눈을 빛내며 단검 사이로 불쑥 왼손을 집어넣었다. 싸움을 마무리짓고 관산호와 지옥색혈귀와의 싸움을 지켜보던 황우령 등은 모두 아연실색했다.

지옥색혈귀의 공세를 어렵지 않게 피하는 관산호의 움직임은 기이하게도 그리 빠르지 않아 사람들은 그의 일거수일투족을 모두 볼 수 있었고, 관산호가 회의인의 단검 사이로 손을 집어넣는 것 또한 볼 수 있었던 것이다.

채캉!

회의인의 붉은 눈이 커졌다.

관산호의 왼 팔목과 부딪친 쌍단검에서 금속음이 터졌기 때문이다.

그리고 회의인이 단검을 회수하려고 하는 순간 관산호의 우권(右拳)이 무너졌던 회의인의 심장을 재차 강타했다.

쿵, 콰득!

괴이한 소음이 울려 퍼지며 검은빛의 주먹이 회의인의 심장을 뚫고 등 뒤 쪽으로 빠져나왔다.

스윽!

관산호가 회의인의 가슴에서 오른손을 빼낼 때 드러난 그의 등에 남은 두 회의인의 단검이 작렬했다.

조각난 흑의자락이 꽃잎처럼 허공에 뿌려졌다. 사고가 정지된 회의인들이었지만 이상한 점을 느낀 듯 그들의 행동이 멈칫했다.

단검에 적중된 관산호의 등은 흑의가 크게 잘려 나가며 햇살 아래 환하게 드러나 있었는데 탄탄한 근육으로 뭉친 그 등에는 몇 가닥의 붉은 선이 그어져 있을 뿐, 상처가 보이지 않았던 것이다.

"…금강… 불괴……."

전장을 지켜보던 종초기의 입술 사이로 떨리는 음성이 흘러나왔다.

쾅쾅!

무심한 표정으로 돌아선 관산호의 두 손이 허공으로 쭉 뻗어나가고, 이어 폭음과도 같은 굉음이 두 번 울리는 것으로 싸움은 끝이 났다.

나머지 지옥색혈귀 둘이 머리가 터져 나간 처참한 모습으로 땅에 쓰러졌다.

지옥색혈귀를 죽이는 방법은 보통의 사람을 죽이는 것과 다를 바가 없었다. 그들도 허리나 목이 양단되거나 심장이나 머리가 부서지면 죽는다. 하지만 그들의 단단한 몸과 일류고수를 능가하는 무공이 그들을 그런 방법으로 죽이는 것을 불가능하게 했던 것인데, 오늘 그 불가능하다고 알려졌던 일이 너무나 수월하게 가능해졌다.

하지만 면사로 가려진 관산호의 얼굴은 창백했다. 그는 지옥색혈귀를 죽이기 위해 세 가지 무공과 한 가지 병기를 동시에 사용했다.

천외금강벽, 대적천류보 그리고 염왕진혼박.

마지막으로 절대신병(絶對神兵) 무적패왕수(無敵覇王手).

수월해 보이던 겉모습과는 달리 그 네 가지의 조합은 막대한 내공과 심력의 소모를 동반하는 것이었다.

장내는 침묵에 빠졌다.

"…저게 뭔 무공이래?"

넋이 달아난 것 같은 눈으로 관산호를 응시하던 이단양이 입가로 한줄기 굵은 침을 흘리며 중얼거렸다. 그러나 그 질문에 답을 할 수 있는 사람이 있을 리 없다, 황우령과 호연찬도 멍한 눈이기는 이단양과 다를 바가 없었으니까.

자신의 일 장 앞에서 걸음을 멈춘 관산호를 보며 침을 삼키던 종초기가 시선을 내렸다. 그는 입술을 악물고 고개를 들려 했지만 실패했다. 관산호에 대한 공포가 그의 기세를 처참하게 무너뜨린 것이다.

그는 저항을 포기했다.

지옥색혈귀 네 구는 그가 평생 동안 온갖 노력을 다해 만들어낸 피조물들이었다. 그는 그들을 창조한 자, 죽이려고 한다면 간단한 일이지만 적이 되어 상대한다면 그들 중 단 하나도 상대할 능력이 없었다. 더구나 육장으로 그들을 죽인다는 것은 상상도 못할 일. 그것을 가능하게 하는 자가 당금 무림에 존재하리라는 생각조차 해본 적이 없는 그였다.

그런데 불가능하다고 생각한 그 일을 태연하게 해낸 자가 그의 눈앞에 서 있는 것이다. 그는 그런 자와 싸우고 싶은 생각은 전혀 없었다. 결과가 뻔한 일을 하기에 그는 너무 늙었다. 그리고 살아서 하고 싶은 일도 아직 많이 남아 있었다.

고개를 숙인 채 그가 입을 열었다.

"나는 살고 싶소… 이 전각 지하에는 내가 평생을 모은 재화가 있소이다. 황금 이천 냥이 넘을 것이오. 그것을 모두 드리겠소. 살려주시오."

그는 천천히 무릎을 꿇고 머리를 땅에 댔다.

관산호는 자신에게 오체복지한 종초기를 내려다보았다.

목숨을 구걸하는 사파의 거두.

정면대결을 한다면 그의 십초를 받을 수 있는 절정의 고수였다.

그의 눈에 삭풍이 몰아쳤다.

진정한 무인이라면 죽어야 할 때를 알아야 한다. 그 순간을 모면하려 하면 종초기처럼 된다.

스웃!

그의 소맷자락이 미세하게 흔들렸다.

파앗!

머리가 흔적도 없이 사라진 종초기의 목에서 굵은 핏줄기가 분수처럼 허공으로 치솟았다.

"단양!"

"예, 사형!"

즉각 대답한 이단양이 번개처럼 관산호의 옆에 나타났다. 그는 아직도 충격이 가시지 않은 듯 멍한 얼굴이었고, 관산호를 보는 그의 눈은 경외감으로 가득 차 있었다.

"이자가 말한 황금을 챙겨라. 그 돈으로 백성들을 돕는 건 개방이 맡아."

"염려 마십시오, 사형. 그런 일이라면 사부님께서 소맷자락을 걷어붙이실 겁니다."

이단양이 고개를 주억거리며 대답할 때 봇짐에서 흑의 한 벌을 꺼내어 관산호에게 건네던 황우령이 물었다.

"그런데… 대사형, 그건 뭐였습니까?"

질문하는 그의 눈은 관산호의 손을 보고 있었다.

관산호의 손은 종초기를 죽인 후 곧 본래의 모습을 되찾았다. 황금빛도, 그 가슴을 무겁게 만들던 칙칙한 검은빛의 수

갑도 지금은 보이지 않았다.

흑의를 걸치던 관산호가 덤덤한 어조로 대답했다.

"무적패왕수."

가공할 위력만큼이나 패도적인 이름이었다.

"무적패왕수?"

관산호의 대답을 듣고 모두 고개를 갸우뚱했다. 시경에게 배워 견문이 해박한 이단양도 처음 들어보는 이름이었다.

황우령 등이 계속해서 물어보려는 것을 관산호는 간단한 손짓으로 틀어막았다.

"돌아간다."

그의 지시에 사람들은 모두 입맛을 다셨다. 하지만 누구도 그의 지시에 토를 달지 않았다, 방금 전 보았던 신위를 되새기는 것만으로도 그들의 가슴은 끊임없이 고동치고 있었기에.

신형을 돌린 관산호는 계곡의 입구를 향해 걸었다.

지난 이 년간 그는 단 한순간도 쉬지 않고 노력했다.

그리고 오늘,

그는 자신의 노력이 헛되지 않았음을 알았다.

그는 시선을 들어 하늘을 올려다보았다.

흰 구름 몇 조각이 흘러가는 푸른 하늘에는 병약한 모습의 중년인이 따스한 눈길로 그를 내려다보며 서 있었다.

‘아버지……’

아직 충분히 만족스러운 것은 아니었지만 이제 그는 하고
자 하는 일을 시작할 수 있는 최소한의 힘을 얻었다.

제7장

일보(一步)

鐵
血
無
情
路

위패들 앞에 놓인 항아리에 향을 꽂은 관산호는 허리를 숙여 절을 했다.

위패들의 수는 모두 스물일곱.

바다처럼 깊이 가라앉은 눈으로 위패들을 하나씩 돌아보던 그는 다시 한 번 허리를 숙여 절을 하고 신형을 돌렸다.

그가 문을 나서자 황우령과 호연찬이 사당의 문을 닫았다. 무거운 얼굴들이다.

사당 앞에는 혈전문의 전 제자들이 모여 있었다.

"내가 못나 스물일곱이나 죽었다."

사당을 나서는 관산호를 보며 상익청은 허허로운 음성으

로 말했다.

“사부님…….”

관산호는 차마 스승의 눈을 똑바로 보지 못하고 고개를 숙였다.

그가 가슴이 찢어질 듯한데 그들을 직접 이끌었던 스승의 마음이야 오죽하랴.

오대산에서 천진으로 돌아가던 그가 시경이 보낸 스승의 귀환 소식을 듣고 말을 재촉해 이십 일 만에 무연촌에 도착한 것이 일 다경 전이었다.

그가 도착하자마자 상익청은 그를 폐관연공하던 동굴이 있던 뒷산으로 이끌었다. 그리고 도착한 곳이 이 사당이었다.

이곳에 위패로 모셔진 사람들은 모두 왜국에서 전쟁 중에 죽어 뼛가루로 돌아온 관산호의 사제들이었다.

상익청은 눈 밑에도 그늘이 져 있었다. 하지만 상익청과 관산호는 더 이상 말을 하지 않았다. 그리고 슬픔을 내색하지도 않았다. 그들은 이미 슬픔을 가슴에 묻는 것이 익숙해진 사람들인 것이다.

두 사람이 어깨를 나란히 하고 걸음을 옮기자 뒤에 있던 혈전문 무사들의 중간이 썰물이 빠지듯 갈라지며 길을 만들었다. 모두 굳은 얼굴이었지만 눈물을 흘리는 사람은 없었다.

말없이 걷는 그들의 뒤를 따르는 사람들 중 속정이 깊은 시경만이 가끔 소매를 들어 눈물을 훔칠 뿐이었다.

*   *   *

“머리 아프군.”

중얼거리는 천태세의 미간에 굵은 주름이 겹으로 잡혔다.

“머리 아플 것까지야 있습니까, 형님?”

좌홍의가 차가운 얼굴에 작은 미소를 지으며 말을 받았다.

“무연촌이 다시 사람으로 꽉 찼다는 소문이 난 후 진왕평이 난리야. 천주님 앞에서 얼굴을 들 수가 없다.”

천태세가 보통 사람 두 배는 됨직한 머리를 좌우로 흔들며 말했다, 짜증이 잔뜩 묻어나는 음성으로.

좌홍의는 고대한 체구인 천태세의 얼굴이 붉으락푸르락하는 것이 재미있다는 듯 차가운 얼굴에 미소를 떠올리며 말문을 열었다.

“후후후후, 천주님은 아무렇지도 않아 하십니다. 그리고 한 번 창피당했으면 됐어요. 다시 강산호에게 손을 댈 수 없는 상황이라는 건 진왕평도 잘 압니다. 게다가 이 년 전 일입니다. 소문도 나지 않은 일이고요. 괘념치 마십시오, 형님.”

“어떻게 신경 안 쓸 수가 있겠나! 그런 개망신을 당했는데?!”

천태세가 특유의 우렁우렁한 음성으로 고함을 지르자 그들이 있던 대청이 무너질 듯 뒤흔들렸다.

좌홍의는 싱긋 웃었다.

"당시 무련의 목적이 무엇이었는지는 아직도 의혹이지만 어쨌든 그들도 강산호를 잡지 못하지 않았습니까? 형님만 망신당한 거 아닙니다."

웃음이 스쳐 지나간 좌홍의의 얼굴이 평소의 냉정한 얼굴로 돌아갔다.

"어쨌든 강산호가 혈전단과 함께하는 한 그를 건드리는 것은 화산의 맥을 건드리는 것이나 다름없는 것이 현실입니다. 이제 상익청이 이 년 동안 왜국에서 어떤 일을 하고 왔는지 모르는 남해의 백성들은 없습니다. 백성들에게 상익청과 혈전단은 살아 있는 신화나 생불과 같은 지경인데 우리가 강산호에게 손을 댄다면 군마천은 남해에서 모든 백성을 적으로 삼게 될 것입니다."

"개방의 농간이야."

천태세가 으르렁거리는 어조로 말하자 좌홍의는 고개를 끄덕였다.

"저도 그렇게 생각합니다. 거지들이 남해 전역에서 입을 나불거렸겠죠. 하지만 상익청이 대단한 사내라는 것은 인정해야 합니다. 그가 아니라면 누가 적지 한복판까지 가서 왜구의 근거지를 부수고 올 생각을 하겠습니까."

"무련에서도 그놈에게 관심이 많던데… 그냥 있을까?"

"저희가 어쩌지 못하는 형국인데 그들이라고 뾰족한 수가 있겠습니까? 특별한 계기가 없는 한 그들도 지켜볼 겁니다."

천태세는 입맛을 다셨다. 그의 침묵은 좌홍의의 말에 대한 무언의 긍정에 다름 아니었다.

상익청과 혈전단이 왜국에 갔다고 소문이 난 것은 그들이 무연촌을 떠나고 나서 반년쯤이 지났을 때였다. 그때까지 혈전단이 남해를 버렸다고 생각했던 백성들은 상익청이 혈전단을 이끌고 왜구의 본거지를 공격하기 위해 직접 왜국에 갔다는 소문을 듣고 환호하며 상익청을 기다렸다.

소문은 과장된 것이었지만 그 진실을 확인할 수 있는 방법은 없었다. 그리고 남해의 백성들은 그 소문을 진실이라고 믿었다. 그럴 수밖에 없는 일들이 이 년 동안 벌어졌기 때문이다.

혈전단이 없는 동안에도 왜구는 계속해서 남해에서 노략질을 했다. 그러나 예전과 같은 대규모의 공격은 없었다. 그것이 혈전단의 덕이라고 생각한 남해 백성들 사이에서 상익청과 혈전단은 신화가 되었다.

그리고 어느 날 갑자기 돌아온 상익청과 혈전단.

그들이 무연촌에 도착했다는 소문이 남과 동시에 남해 해안가를 노략질하던 왜구들은 일제히 해상으로 물러났다. 그것이 남해의 백성들을 더욱 환호하게 했다.

현재 무연촌은 남해의 성역과 같았고, 백성들은 상익청을 생불처럼 존경했다. 그리고 백성들은 상익청의 유일한 제자이며, 혈전단의 차기 단주로 알려진 강산호에게도 상익청에 버금가는 존경을 바치고 있었다.

이런 상황에서 만약 군마천이 강산호를 공격하고 그것이 소문난다면 적어도 남해에서 군마천은 설 자리를 잃게 될 것임은 삼척동자라도 추측할 수 있는 일이었다.

"형님, 진왕평에게 창피한 것은 사실이지만 그걸 만회하려다가 정말 치명적인 악수를 둘 수 있습니다. 지금은 무연촌을 지켜보는 것이 최선입니다. 언젠가 진왕평을 달랠 기회가 오겠죠."

천태세는 혀를 차며 고개를 끄덕였다.

좌홍의의 말이 옳다는 것을 그도 안다.

그는 씁쓸한 얼굴로 입술을 뗐다.

"그렇게 하도록 하지."

*   *   *

"……."

관산호가 이야기를 마친 후에도 방 안에는 길고 무거운 침묵이 흘렀다.

상익청이 감고 있던 눈을 떴다.

어둡게 가라앉은 눈이다.

"업(業)이로다. 갈 수밖에 없는 일이로구나!"

“…….”

관산호는 말없이 고개를 숙였다.

그는 상익청에게 선친의 유언에 대해 말했다. 오랜 고민 끝에 내린 결정이었다.

지난 이 년 동안 그는 믿기 어려울 만큼 강해졌다. 그리고 자신의 능력에 대한 자신감을 얻은 그는 이제 선친이 남긴 업을 풀기 위해 떠나야 했다, 그것은 그에게 운명이었으니까. 하지만 스승에게 아무런 말도 없이 떠날 수는 없었다, 어쩌면 영원히 돌아오지 못하는 길이 될 수도 있었기에.

상익청의 입술 사이로 긴 한숨이 새어 나왔다.

“이럴 때는 네가 좀 더 약한 사내이기를 바라게 된다. 너무 강하기만 하면 부러질 수 있다는 것을 잘 알면서도 네가 그렇게 성장하는 것을 바라보기만 한 것이 가끔은 후회스럽다.”

“…죄송합니다, 사부님.”

관산호는 고개를 들지 못했다.

평생 고집스럽게 한길을 걸으며 하늘을 우러러 한 점 부끄러움이 없이 살아온 노스승이 제자에 대한 안타까움으로 자신의 선택을 후회스럽다고 말하고 있는 것이다.

무슨 할 말이 있겠는가.

“시작을 어떻게 할 생각이냐?”

“…….”

“네 성격대로라면 아마도 이곳을 떠나는 대로 그들을 찾아갈 생각이겠지, 그래서 고민일 것이고. 찾아간다고 그들을 어찌할 방법이 없는 게 현실이니까. 맞느냐?"

"……."

관산호는 굳은 얼굴로 말이 없었다. 그가 생각하고 있던 모든 것을 상익청이 읽고 있었다.

상익청 또한 굳은 얼굴로 말을 이었다.

"네가 찾아가려는 그들의 힘은 당대 최고다. 네가 그들에게 지난날의 잘못을 추궁한다고 순순히 잘못을 인정할 자들이 아니야. 오히려 너를 죽여 살인멸구하려고 할 가능성이 충분하고, 또 그럴 수 있는 힘을 보유하고 있는 자들이다. 이미 과거에 네 부친과 너를 죽이려고 한 전력이 있는 자들이 아니더냐. 직접 찾아가 그들을 추궁하는 것이 가능하지도 않을뿐더러 그런다고 해서 해결될 일도 아니다."

"가르침을 주십시오, 사부님."

"시간이 걸리더라도 돌아서 가거라, 그들이 너를 무시하지 못하게. 그리고 그들이 자신의 잘못을 인정할 수밖에 없도록 만들어라."

상익청의 음성은 불을 뿜는 듯했다. 왜구에 의해 고통받는 백성들을 수없이 보며 단련된 그였다. 하지만 그런 그도 관산호의 얘기를 들으며 크게 분노해야만 했다. 마음 같아서는 관산호와 함께 모두를 쓸어버리고 싶은 생각까지 들 정도였다. 그러나 관산호에게 얽힌 인과는 그런 식으로 처리될 수 없는 것이었고, 그 사실을 그는 너무나 잘 알고 있었다.

그는 말을 이었다.

"네가 그들과 충돌할 각오를 갖고 있고, 충돌 자체를 피할 방법이 없는 한, 네가 당대의 무림에 깊숙이 개입하게 되는 것은 필연이 된다. 그리고 네가 무림에 개입하는 것은 어떤 형태로든 무림의 정세를 뒤틀리게 만들 여지가 있다."

관산호의 눈에 곤혹스러워하는 빛이 떠올랐다.

상익청의 말을 이해하지 못할 바는 아니었지만 그런 식으로 생각한 적은 없었기 때문이다.

하지만 상익청은 자신의 생각에 확신을 갖고 있었다. 관산호가 권마의 무공을 수습했다는 것을 알고 있는 그였다.

관산호는 그와 마찬가지로 무림에 관심이 없기 때문에 스스로의 무공과 능력이 무림에서 어떤 힘을 갖고 있는지 정확하게 파악하지 못하고 있었다.

하지만 상익청은 노회한 사람, 권마의 무공을 수습한 관산호가 무림에서 활동을 하게 되었을 때 어떤 상황이 벌어지게 될지 충분히 읽고 있는 것이다.

"너 개인이 아무리 강해도 그들을 혼자서 상대한다는 것은 가능성을 최대로 잡는다고 하여도 양패구상(兩敗俱傷)이다. 게다가 그들을 상대하게 되면 무련과의 충돌도 각오해야만 해. 그들이 네가 하는 일을 수수방관할 가능성은 전무하다. 자신들의 전력 중 핵심이 되는 세력이 대혼란에 빠지게 될 터인데 그것을 좌시할 리가 없지. 당대 정파무림에서 무련의 뜻을 거스를 집단은 없어. 그만큼 강력한 힘과 영향력을 가진 집단이다. 소림과 개방 같은 거대문파도 그들을 견제하지 못하는 것이 현실이 아니더냐. 네가 홀로 움직이면 그들은 최단시간 내에 너를 제거하려 할 것이고, 너는 네가 하고자 하는 일을 하기도 전에 죽게 될 것이다.”

상익청의 눈빛이 타는 듯 강렬해졌다.

“조급해하지 말고 시간이 걸리더라도 돌아서 가거라.”

관산호는 말없이 앉아 있었다.

시간이 흘렀다.

상익청은 관산호가 생각을 정리할 수 있도록 따뜻한 시선으로 그를 바라보며 기다렸다. 지금 그가 할 수 있는 것은 그것밖에 없는 것이다.

관산호가 굳게 다물고 있던 입술을 뗀 것은 이각이 지난 후였다.

“알겠습니다, 사부님. 시간이 걸리더라도 그들이 제 말을 들을 수밖에 없도록 만들며 일을 진행하겠습니다.”

그의 말을 들은 상익청의 입가에 미소가 번졌다.

미소와 함께 그가 말문을 열었을 때 화제는 바뀌어 있었다. 관산호의 입에서 분명한 대답을 들은 이상 같은 말을 반복할 필요가 없기 때문이다.

“그 여아도 데리고 가거라.”

“예?”

반문하던 관산호는 상익청이 말한 여아가 누군지 깨닫고 눈살을 찌푸렸다.

“그 여아는 혈전단에 대한 환상이 너무 크다. 단순한 감상으로 찾아온 것도 아니고 각오가 남다르다는 것도 잘 알지만 이곳은 그 아이를 품고 있을 여유가 없어. 데리고 가거라. 그 아이는 대의를 따라 살고 싶어하지만 네가 하고자 하는 일이 자신의 이상과 틀리다는 것을 알면 저절로 떨어져 나가겠지”

상익청은 싱긋 웃고 있었다. 하지만 관산호는 웃지 못했다. 혹이 따라붙는 것이다. 하지만 어찌 거절할 수 있을까.

“알겠습니다.”

관산호는 대답을 하고 자리에서 일어섰다.

이제 떠날 준비를 할 시간이었다.

*　　　*　　　*

“형님, 간덩이만 부은 제자 놈 좀 어떻게 말려보시라구요!”

성질이 날 대로 난 시경이 차를 마시고 있던 상익청을 향해 버럭 소리를 질렀다.

하지만 상익청은 뉘 집 개가 짓느냐는 표정으로 느긋하게 차를 마시며 나뭇잎이 떨어져 을씨년스럽게 보이는 나무로 뒤덮인 문밖의 뒷산을 바라볼 뿐이었다. 열린 방문으로 찬바람이 들이쳤지만 추위를 느끼는 사람은 하나도 없었다.

시선을 돌려 얼굴이 붉어진 시경이 씩씩대는 것을 본 상익청이 찻잔을 탁자 위에 놓으며 입을 뗐다.

"저놈 고집 알면서 나보고 말리라는 거냐?"

무덤덤한 어조였다.

"그럼 냅둘거유? 저놈이 혼자서 무슨 짓을 할 건지 알면서?"

"그래, 내버려 둘 거다."

"섬나라 다녀오시더니 머리가 어떻게 되신 거 아니유? 제자 놈이 죽으러 간다는데 이렇게 태평하실 수가 있느냐구요!"

시경이 머리를 벅벅 긁으며 다시 소리쳤다.

하지만 상익청의 표정은 담담하기만 하다. 그가 다시 찻잔을 들며 심드렁한 어조로 말했다.

"제 정신이야. 그리고 죽기는 왜 죽어? 자신있으니까 가는 거지."

"혼자서 해상을 제패하고 있다시피 한 자들을 상대하러 가는데 자신이 있다구요? 형님, 답답한 소리 좀 하지 마슈. 이 년 동안 저놈이 강해진 건 사실이지만, 그렇다고 혼자서 그런 짓을 벌일 만큼 강하지는 않다구요. 독보무적이 무슨 애들 장난처럼 가능한 일입니까!"

시경이 쉴 새 없이 소리치자 상익청이 손가락을 들어 귀를 후볐다. 귀찮은 기색이 역력하다.

"시끄러! 못 본 사이에 는 건 말밖에 없냐! 하고 싶은 일을 하겠다는데 어떻게 말려. 그거 하려고 살아온 놈인걸."

"뭔 일이요?"

시경이 어리둥절한 표정으로 물었다. 그는 자신이 말한 일과 상익청이 말한 일이 틀린 것이라는 것을 바로 알아차렸다.

상익청이 고개를 저으며 대답했다.

"말 못 해. 말 안 하기로 약속했다."

융통성이 없기는 제자나 스승이나 매일반이어서 상익청도 약속은 어떤 일이 있어도 지킨다.

"그 제자에 그 스승이네. 정말 잘났수다!"

"잘나긴 했지."

상익청의 태연스런 대답에 이를 갈아붙이던 시경이 인상을 찌푸리며 물었다.

"그건 그렇고, 이번 일도 그놈이 하려고 하는 일과 관련이 있는 겁니까?"

"상관이 있을 수도 있고, 없을 수도 있지."

시경이 입을 딱 벌렸다.

"형님, 그게 대답이유? 사람 말려 죽이려고 작정하셨수?"

"너 죽는다고 득 될 거 하나 없다."

태평하게 대답하는 상익청을 보며 시경은 이마를 탁자 위에 쾅쾅 찍었다. 답답해 미치겠다는 표정이다.

고개를 든 그가 다시 소리쳤다.

"형님! 제자 놈이 죽으러 간다는데 어디 출신인지 정체도 모르는 계집아이 하나 붙여놓고 이렇게 태평하게 앉아 있을 때냐구요!"

"우령과 찬, 단양이도 있어. 게다가 계집아이는 하나가 아니라 둘이야. 흥분했어도 말은 똑바로 해야지. 그렇게 저놈 죽는 꼴 보기 싫으면 필요한 정보나 제때 챙겨줘."

"정보야 내가 알아서 챙겨줄 겁니다. 그리고 애들과 유향은 빼고 말하는 거 아니유!"

"다른 한 여아도 나는 정체를 알아. 그러니 정체불명 아니다."

"예? 근데 왜 나한테는 말해주지 않수?"

"그 아이가 자기에 대해 아무에게도 말하지 말아달라고 부탁하더라."

"아니, 형님, 그런다고 저한테까지 말을 안 해주신단 말입니까!"

시경이 뜨악한 표정으로 상익청을 보았다. 하지만 상익청은 태연한 얼굴이다.

"그러마고 약속했다."

"어이구!"

그 말에 시경은 어깨를 늘어뜨리며 한숨을 내쉬었다.

시경이 한숨을 푹푹 내쉬는 것을 보며 상익청은 생각에 잠졌다.

'그 여아의 정체를 산호에게는 말해줄 걸 그랬나… 제 앞가림을 할 능력이 충분한데다 똑똑한 아이라서 산호의 옆에 있도록 한 건데…….'

생각을 하던 상익청의 입가에 가느다란 미소가 떠올랐다. 자신의 생각이 솔직하지 못하다는 것을 느꼈기 때문이다.

'매력이 넘치는 여아가 옆에 있으면 녀석도 많이 부드러워지겠지. 그리고 그 여아와 잘 되면 그 녀석도 목표만 보며 똑바로 나아가는 것만이 삶의 전부가 아니라는 것을 알게 될지도 모르지.'

"형님, 뭔 생각을 그리 하슈? 혼자 미친 사람처럼 웃고?"

상익청이 혼자 벙긋벙긋 웃는 것을 본 시경이 의아한 표정으로 물었지만 상익청은 대답할 생각이 없는 듯 얼굴에 미소를 지우고 차만 들이킬 뿐이었다.

"휘유……."

상익청의 굳게 다문 입을 바라보며 허파가 다 빠져나올 것만 같은 긴 한숨을 내쉰 시경은 망연한 표정으로 무연촌의 정문 쪽 길을 바라보았다. 방금 전 관산호가 떠난 그 정문이었다.

관산호가 무연촌에 머문 시간은 이틀이었다. 그리고 다시 떠난 것이다.

시경을 따라 시선을 돌린 상익청의 담담하던 눈가에 아련한 빛이 어렸다. 팔 년 전 열 다섯 살의 소년이 호위무사 한 명과 함께 지친 얼굴로 넘어왔던 그 길이다.

그는 시경이 모르게 내심 탄식하며 시선을 돌렸다.

그는 알고 있었다, 그가 사랑하는 제자를 다시 보지 못할 수도 있다는 것을.

하지만 막을 수 없는 길이었다.

반드시 해야만 하는 일이 있는 사내를 막을 수 있는 방법은 없는 것이다. 그리고 그의 제자는 그가 아는 최고의 사내였다.

상익청은 천천히 찻잔을 들었다.

사람은 누구나 자기 몫의 삶이 있다.

관산호는 이제 그 자신 몫의 삶을 찾아 떠났다.

그 몫을 찾는 일이 성공한다면 그는 다시 관산호를 볼 수 있을 것이다, 떠나기 전 관산호는 그에게 살아남는다면 돌아오겠다고 굳게 약속했으니까.

관산호가 입 밖으로 내뱉은 약속은 무슨 일이 있어도 지킨다는 것을 누구보다 잘 아는 사람이 상익청이다. 그리고 그는 관산호가 평소의 성격대로 그 약속을 지킬 수 있기를 간절히 바랐다.

잔을 내려놓은 상익청은 자리에서 일어섰다. 일어서는 그의 왼손에 장도 한 자루가 들려 있는 것이 보였다.

시경도 울상을 지은 채 상익청을 따라서 일어섰다.

“그놈은 제 할 일을 하기 전에는 죽을 놈이 아니야. 걱정하지 않아도 돼. 우리는 우리 일이나 잘하면 돼. 남해가 평화로워지는 것, 그게 정말 그놈을 돕는 거다.”

상익청의 담담한 말에 시경은 어쩔 수 없다는 듯 고개를 끄덕였다.

상익청은 큰 걸음으로 방을 나섰다.

개방의 제자가 절강에 왜구가 침입했다는 소식을 갖고 무연촌을 찾아온 건 한 시진 전이다. 출동 준비를 하라고 했으니 지금쯤이면 혈전단은 완전무장을 하고 그를 기다리고 있을 터였다. 설령 그가 관산호를 도와주고 싶어도 함께 갈 수 있는 상황이 아닌 것이다.

*　　　*　　　*

하문(夏門).

구룡강이 바다와 만나는 지점에 있는 둘레 육십 리의 섬이다. 고래로 어항이면서 무역항의 구실을 하며 번성했던 이 섬은 가정제가 해금정책을 시행하고, 왜구의 발호로 인해 백성을 해안가에서 소개하는 정책을 시행하면서 쇠퇴일로를 걸었다. 하지만 지난날의 영화에 비할 바는 아닐지라도 아직 하문에는 많은 사람들이 살았다.

뱃사람이 바다를 떠나 어디에서 살 것인가. 정치와 왜구가 무서워도 살 사람은 살아야 하는 것이다.

하문의 해안가에서 사오 리 떨어진 구릉자락에 금방 허물어질 듯 위태롭게 서 있는 초옥 한 채가 있었다. 사람의 손길이 닿은 지 오래된 폐가였는데 그곳에서 사람의 목소리가 나고 있었다.

초옥 안.

맨 흙에 마른 풀만 깔려 있는 바닥에 쭈그리고 앉은 이단양은 눈살을 잔뜩 찌푸리고 있었다.

"사형, 배를 구하기가 쉽지 않습니다. 사형의 정체를 밝힌다면야 배를 띄워줄 사람들은 많겠지만 정체도 밝히지 않고 배를 구하는 건 정말 힘듭니다."

머리를 긁적이며 말하는 그의 음성에는 곤혹스러운 기색이 가득 했다.

관산호는 소리없이 웃으며 이단양의 말을 받았다.

"이곳에 올 때부터 쉬울 거라고는 생각하지 않았다. 왜구도 왜구지만, 사해등룡방이 지배하는 바다 멀리까지 나가고 싶은 사람이 많을 리 없지."

이단양은 혀를 차며 고개를 끄덕였다. 관산호의 말이 맞는 것이다. 그의 이마에 굵은 내천자가 생겼다. 생각보다 시간이 오래 걸릴 것 같았기 때문이다.

그들이 하문에 도착한 것은 오시 초였는데 어느새 해가 뉘

엿뉘엿 서편으로 지고 있었다.

그때였다.

차분하지만 맑고 고운 음성이 초옥 안에 울려 퍼졌다.

"사해등룡방에 가서 무엇을 하시려는지는 짐작할 수 있어요. 하지만 왜 사해등룡방이죠? 그들이 남해상에서 여러 나라의 상선들을 노략질하고 관선까지 손을 대는 대담한 해적이라고는 하지만 지금까지 일반 백성들에게 해코지를 했다는 얘기는 들어본 적이 없어서 궁금하군요."

관산호의 시선이 음성의 주인을 향했다.

그의 시선이 닿은 곳에는 아름다운 여인이 앉아 있었다.

간편한 화의 경장 차림의 여인은 관산호와 비슷한 또래로 보였는데 이목구비가 그린 듯 곱고 눈빛이 그윽해서 지혜로운 느낌을 주었다.

관산호가 입을 열기 전 황우령이 먼저 여인의 질문에 답했다.

"그들이 일반 백성들에게 손을 대지 않는다구요?"

황우령의 반문에는 안타까움과 은은한 분노가 뒤섞여 있었다. 그 의미가 무엇인지 그녀처럼 총명한 여인이 깨닫지 못할 리 없다.

"제가 모르는 것이 있군요."

"예, 모 소저께서는 사정을 모르시겠지만 사해등룡방은 지금까지 많은 일반 백성들을 죽였습니다. 게다가 왜구와 손을 잡고 움직이고 있죠. 그들은 무공을 익힌 자들이고 사실상 왜구보다도 더 위협합니다."

여인, 모수란의 얼굴에 놀란 빛이 떠올랐다. 들어본 적이 없는 얘기였기 때문이다. 하지만 혈전단 소속의 황우령이 말하는 것인 데다가 이곳에 있는 다른 사람도 이의를 제기하지 않는 것은 그것이 사실이라는 뜻으로 해석해야 했다.

"사해등룡방이 백성들을 죽이고 왜구와 밀통한다는 말인가요? 그것은 반역이나 다름없는 짓인데 왜 그런 일이 소문이 나지 않았죠?"

"소문을 내려면 살아 있어야 하죠. 그런 짓을 하는 그들을 본 사람들은 모두 죽었습니다. 어떻게 그 일이 소문나겠습니까!"

"하지만 여러분은 알고 계시잖아요. 여러분이 소문을 내면 그들도 그런 짓을 하지 못할 텐데요."

"소저께서는 남해의 상황을 잘 모르기 때문에 그렇게 생각하시는 겁니다. 일이 그렇게 단순하지 않습니다."

황우령이 쓴웃음을 지으며 말하자 모수란은 고개를 갸웃했다.

"모 소저께서 알고 계셨던 것처럼 사해등룡방은 일반 백성들에게 해를 끼치지는 않는다고 세간에 알려져 있습니다. 그런 만큼 그들도 한 가지의 경우, 즉 왜구와 함께 움직이는 때 이외에는 일반 백성들을 건드리지 않습니다. 그 이외의 경우

는 아직 우리가 모르기 때문에 말씀을 드릴 수는 없지만 왜구
와의 밀통시 그들이 어떻게 행동하는가는 확실히 압니다. 우
리가 직접 경험했던 사실이니까요. 그런데 우리가 그들이 하
는 짓을 백일하에 폭로하고 소문을 낸다면 그들이 어떻게 행
동하겠습니까?"

"그들이 망설이지 않고 일반 백성들에게 해코지를 할 것이
라는 말씀이군요."

"그렇습니다. 적어도 남해에서는 혈전단에서 그들이 한 짓
을 폭로한다면 그들이 어떤 변명을 하더라도 소용이 없습니
다. 그렇게 되면 아마도 그자들은 거리낌없이 남해의 백성들
을 노략질하고 살육하겠죠. 그래서 그들의 행각을 폭로하려
면 사해등룡방이 백성들에게 해를 끼칠 수 없는 상황을 만들
어놓고 해야 합니다. 그것이 지금 대사형께서 사해등룡방을
찾아가는 첫 번째 목적이죠."

"그럼 다른 목적도……?"

"등룡방을 침묵시킬 수 있다면 남해의 백성들뿐만 아니라
혈전단도 왜구를 상대하기가 좀 더 수월해질 것이 분명하죠.
무공을 익힌 자들이 함께하는 왜구는 아무래도 위험하니까
요."

모수란의 질문에 답하며 황우령은 싱긋 웃었다.

모수란은 고개를 끄덕였다.

짧은 대화였지만 그것으로 충분했다. 그녀는 모든 것을 이

해할 수 있었다.

그녀는 맑은 눈으로 관산호를 바라보았다.

모수란이 무연촌을 찾아온 것은 넉 달 전이었다.

혈전단이 돌아오지 않았을 때여서 마을 사람들만 있던 그곳에서 그녀는 자신이 배운 의술로 아픈 사람들을 돌보아가며 혈전단을 기다렸다.

그리고 상익청과 혈전단이 돌아왔을 때 상익청에게 자신도 혈전단에 가입시켜 달라고 부탁했다. 물론 그 부탁은 일언지하에 거절당했다.

상익청은 가입 부탁을 하는 그녀에게서 그녀의 신분과 배움을 모두 들었다. 하지만 그로서는 허락할 수 없는 일이었다.

혈전단의 생활이란 것이 항상 죽음과 입맞춤을 해야 하고, 여자라고는 단 한 명도 없는 집단인데 능력이 있다고 해서 여자를 받아들일 수는 없는 일이었다. 여자가 많은 집단이라면 상익청도 생각을 달리 했을 여지가 있었겠지만.

같은 동료라고 해도 여자 동료라면 아무래도 더 신경 쓰이고 보호해 주게 되는 것이 사내들의 자연스러운 심리여서 전장에서의 여자 동료는 방해만 될 것이 자명했던 것이다.

상익청의 단호한 거절에도 불구하고 모수란은 물러서지 않았다. 그녀는 혈전단과 더불어 생활하며 자신의 배움을 백

성들을 위해 쓰고 싶어했고, 그 마음은 순수했으며 열정적인
것이었다.

상익청도 그녀가 비현실적인 감상에 가득 차서 혈전단을
찾아온 것이 아니란 것을 알고 고민한 끝에 무연촌을 떠나는
관산호에게 그녀를 맡겼다.

모수란은 그것이 상익청이 양보할 수 있는 최선이라고 이
해하고 관산호와의 동행을 받아들였다. 그녀가 상익청의 제
안에 어떤 뜻이 담겨 있는지 알 수는 없는 일이었다.

그녀는 무연촌을 떠나는 관산호가 어떤 일을 하려고 하는
지 알지 못했다. 하지만 혈전단의 차기 후계자인 관산호의 행
보였기에 동행하며 자신이 세운 뜻을 펼 수 있으리라는 것이
그녀의 판단이었던 것이다.

하지만 그녀는 그 판단이 자신을 무림사상 가장 거칠고 험
난했던, 그리고 한없이 가슴 아픈 시대의 한복판으로 안내하
리라는 것을 상상도 하지 못했다.

관산호를 보는 모수란의 시선은 차분한 가운데 깊었다. 생
각에 잠겨 있던 그녀가 말문을 열었다.

"강 공자님, 사해등룡방을 어떻게 상대하실 건지 계획을
말해주실 수 있나요?"

"계획?"

관산호가 되물었다.

“지금 여기 있는 분들만으로 사해등룡방을 공격하실 생각
은 아니겠지요? 공자님과 황 소협, 호연 소협의 능력을 무시
하는 것은 아니지만 그런 자들을 상대하려는데 여기 있는 사
람들의 수는 너무 적다는 생각이 들어서요.”

그녀의 말을 묵묵히 듣고 있던 관산호의 눈이 번뜩였다.

상익청은 그녀를 그에게 동행토록 하며 그녀가 대단한 천
재이며 병법, 특히 진법의 대가일 뿐만 아니라 의술에도 일가
를 이룰 만한 실력을 가진 여인이라고 했었다.

남을 쉽게 칭찬하지 않는 상익청의 성품으로 그 정도의 언
급이면 극찬이라고 할 수 있었다.

때문에 관산호도 모수란을 그저 여인으로만 보지는 않았
다. 동료로서의 여인은 내키지 않았지만 스승이 극찬할 정도
의 능력을 가진 여인이라면 마다할 이유가 없었다, 게다가 그
와 함께 있는 사람 중에 여인이 없는 것도 아니었고. 이제는
그의 분신이나 다름없는 유향이 이번에도 동행하고 있는 것
이다.

그가 말문을 열었다.

“우리만으로 할 거요.”

“예?”

모수란의 눈이 커졌다.

남해에서 진왕평의 명성은 관산호의 스승인 상익청에 비
견될 정도였다. 그런 진왕평과 그의 수하들이 우글거리는 해

왕도를 그녀까지 포함하더라도 달랑 여섯 명이 공격하려 한
다는 것은 너무 비현실적이었던 것이다.

"가능하다고 생각하세요?"

그녀의 질문에 관산호는 말없이 웃을 뿐이었다. 그 미소에
서 의지를 읽은 그녀의 눈빛이 다시 차분해졌다. 결정된 일이
라면 그것을 가능하게 하는 것이 중요했다.

"사해등룡방이 자리 잡고 있는 해왕도는 배가 출입할 수
있는 단 한 곳을 제외하면 사면이 깎아지른 암벽으로 되어 있
는 천연의 요새라고 들었어요. 게다가 그 안에서 왕처럼 군림
하는 진왕평은 절정의 고수이고, 그의 지휘를 받는 자들 중
일류 수준의 무인들도 백을 넘는다고 하더군요. 계획이 있으
신가요?"

"정면으로 그들을 상대하기엔 우리 수가 부족하다는 것과
해왕도가 들어가기 어려운 곳이라는 것은 나도 알고 있소. 그
래서 시간이 좀 걸리더라도 그자를 밖으로 끌어낼 생각이
오."

모수란은 그의 말에 숨은 뜻을 단번에 알아차렸다.

"조금 변형되긴 했지만 타초경사(打草驚蛇:일부러 적을 놀라
게 한다), 조호이산(調虎離山:호랑이를 산에서 끌어낸다)에 이일
대로(以逸大路:때가 올 때까지 참고 기다린다)의 병법이로군요."

관산호의 눈에 감탄의 빛이 스쳐 지나갔다. 짧은 문답을 통
해서 그는 스승이 그녀를 그처럼 극찬했던 이유를 충분히 이

해하게 되었다.

"해왕도 인근에서 출입하는 배들을 하나씩 제거하고, 이에 분노한 진왕평이 해왕도를 벗어났을 때 잡는다는 공자님의 전술은 가능성이 충분할 뿐만 아니라 대단히 훌륭해요. 하지만 두 가지 문제가 있는데 생각해 보셨는지 모르겠군요."

칭찬 뒤에 이어지는 질문.

관산호는 내심 쓴웃음을 지었다. 어린아이 취급을 당한 기분이었지만 그리 나쁘지 않았다. 그녀의 말은 경청할 가치가 충분했으니까. 그리고 그는 어떤 면에서든 자신보다 한 가지라도 더 나은 사람의 의견에 귀를 기울일 줄 아는 사람이었다.

"말해보시오."

"첫 번째는 진왕평이 늙은 여우처럼 해왕도에 틀어박혀 수하들의 출입을 금하고 자신도 아예 나오지 않거나 나오더라도 있는 세력 모두를 끌고 나오는 경우 어떻게 할 것인지, 두 번째는 진왕평을 제거하고 나서 사해등룡방의 방도들이 과연 현재와 같은 해적 활동을 하지 않고 평범한 백성들로 돌아갈 것인가 라는 문제예요. 제가 알고 있기로는 사해등룡방은 백 년이 넘는 전통을 갖고 있을 뿐만 아니라 규율이 엄하고 조직도 상당히 체계적이라고 들었어요. 그런 조직이 우두머리와 핵심 인물 몇몇이 제거되었다고 단숨에 붕괴되리라고 생각하는 것은 조금 무리인 듯해요."

무덤덤하게 그녀의 말을 듣고 있던 관산호의 얼굴이 심각해졌다. 그녀의 말은 부드러웠지만 그가 간과했던 문제들을 날카롭게 집어내고 있었던 것이다.

첫 번째 문제는 그도 내심 우려하던 바였다.

해왕도에 거주하는 사람도 상당하고, 해적의 특성상 출입이 빈번할 것은 분명했지만 그 안에 비축해 둔 식량이 충분하다면 진왕평이 안에서 움직이지 않을 가능성도 배제할 수는 없었던 것이다.

그러나 진왕평이 밖으로 나왔을 때 그가 대규모 세력을 끌고 나올 가능성은 없다고 보았다. 해상에서 일어나는 기습전이기는 해도 여러 차례 반복되면 습격자의 세력이 어느 정도인지 파악한 후 나올 텐데 단 한 척의 배를 상대하기 위해 해왕도의 전세력을 동원한다는 것은 가능성이 희박한 일이기 때문이었다.

하지만 두 번째 문제는 솔직히 생각해 본 적이 없었다. 그는 진왕평을 비롯한 사해등룡방의 핵심 인물들을 제거할 생각을 갖고 있었고, 그 일이 성공하면 우두머리를 잃은 사해등룡방은 자연스럽게 지리멸렬하리라고 생각했기 때문이다.

그것은 그가 오랜 전통과 체계를 가진 방대한 조직의 생리를 이해하지 못한 데서 나온 실수였다. 그는 그런 조직에 몸담아 봤던 경험이 전무한 사람인 것이다.

천천히 팔짱을 끼며 모수란을 응시하는 그의 눈빛이 강해졌다.

"두 가지 모두 쉬운 문제가 아니라는 점을 인정하겠소. 당신의 생각을 말해보시오."

모수란의 눈이 빛났다.

자신의 실수를 인정하는 것은 쉬운 일이 아니다. 더구나 관산호처럼 자부심이 강하고 주변에 있는 사람들의 경외를 받는 사람에게는 더욱 그렇다.

그녀가 다시 만난 관산호는 좀 더 중후한 분위기를 풍기고 있었지만 이 년 전 처음 만났을 때 본 모습과 크게 달라지지 않았다.

무표정한 얼굴, 감정을 읽을 수 없는 무심한 눈빛. 조금 달라진 것이라면 그 당시보다 미소 짓는 횟수가 조금 늘었다는 정도.

그녀가 재회한 그와 동행한 것은 이제 일주일도 채 되지 않았다. 하지만 관산호를 바라보는 그녀의 눈빛에는 이 자리에 있는 다른 사람들의 눈빛에 보이는 것과 같은, 그에 대한 신뢰의 빛이 조금씩 스며 나오고 있었다.

이제 그녀도 혈전단의 다른 사람들이 왜 관산호를 그렇게 신뢰하는지 남해의 백성들이 그를 왜 그처럼 존경하는지 조금씩 이해해 가고 있는 것이다.

그녀가 입을 열었다.

"첫 번째는 일단 공자님의 생각대로 타초경사의 계를 시행하면서 진왕평의 반응을 보고 결정할 문제죠. 그가 나오지 않는다면 당연히 우리가 들어가면 되고요. 해왕도의 구조상 문제는 있겠지만 그럴 경우 우리에게는 선택의 여지가 없어요. 만약 그가 상대하기 힘들 정도의 전력을 끌고 나온다면 주위상책(走爲上策:도주)을 써야 할 것이고요.”

그녀는 가볍게 웃으며 말했다. 관산호가 도망가는 모습은 상상이 되지 않은 탓이다.

“두 번째는 진왕평이 제거되고 나서도 사해등룡방이 흩어지지 않는다면, 설령 계속 유지되어도 현재와 같이 왜구와 함께 활동할 수 없게 만들어야 하겠죠. 이 두 문제는 별개인 듯하면서도 서로 연관되어 있어요. 묻고 싶은 것이 있는데 대답해 주시겠어요?”

“뭐요?”

“사해등룡방을 와해시키는데 소요되는 시간을 얼마로 잡고 계시죠?”

“최대한 빨리.”

짧고 간단한 그리고 무미건조하기 이를 데 없는 대답.

관산호의 성격을 어느 정도 파악한 모수란도 이번에는 한숨을 내쉴 수밖에 없었다.

“진행이 제가 문제를 제기한 형태로 흘러간다면 시간은 오래 걸릴 거예요.”

“문제는 풀면 되지. 그리고 문제가 무엇인지 알고 있으니

해법도 알고 있을 것 아니오."

"생각한 것은 있지만 지금 구체적인 방법을 말씀드릴 수는 없어요. 사해등룡방과 남해의 해적들에 대한 보다 많은 정보가 필요해요. 한 가지 분명한 건 지금은 움직일 때가 아니라는 거예요. 며칠 늦어지더라도 충분한 가능성이 있는 계획을 세우고 나서 움직이는 것이 오히려 더 시간을 아끼는 길이 될 거예요."

관산호는 고개를 끄덕였다.

그녀의 의견을 받아들인 것이다.

"제 사형이 계셨다면 좀 더 나은 계획을 세울 수 있었을 텐데, 아쉽군요."

"사형이 있소?"

"그럼요. 제가 진법과 의술에 매진한 반면에 사형은 병법에 매진하셨죠. 전략과 전술에 대해서는 제가 그분을 따라가지 못해요."

관산호의 눈에 호기심이 어렸다. 그 눈빛을 읽은 것일까. 모수란의 눈에 의미심장한 미소가 떠올랐다.

"공자님도 그분을 보면 무척 반가워하실 거예요. 아는 분이거든요."

"……?"

관산호는 어리둥절한 얼굴이 되었다. 그가 아는 사람 중에는 그녀가 말한 것과 같은 병법의 달인이 없었다.

하지만 모수란은 그의 의문을 풀어줄 생각이 없는 듯 그저 웃기만 할 뿐, 말이 없었다. 대답할 생각이 없는 사람에게 강요하는 것은 결례다.

관산호의 시선이 다른 사람들을 향했다.

황우령과 호연찬은 물론이고 이단양도 얼이 빠진 얼굴로 모수란을 바라보고 있다가 그의 시선에 화들짝 놀라며 정신을 차렸다. 모수란에게 놀라지 않은 사람은 관산호 외에는 무엇에도 관심을 보이지 않는 유향뿐이었다.

"단양!"

"예, 사형."

"얘기 들었지?"

"예."

"사해등룡방과 남해에서 활동하는 해적들에 대한 자료를 최대한 모아와라."

"알겠습니다."

"이틀 주마."

"헉!"

이단양의 얼굴이 노래졌다.

"사형, 며칠 더……."

"이틀. 모레 이맘 때 보자."

관산호와 타협의 여지가 없다는 것을 깨달은 이단양의 어깨가 축 늘어졌다.

이단양에게서 시선을 뗀 관산호는 황우령과 호연찬을 번갈아 보며 말했다.

"너희들도 단양을 도와라."

"배는……?"

황우령의 질문에 관산호는 간단하게 고개를 저었다.

"현황 파악이 먼저다. 정보를 취합하고 계획을 세운 후 배를 구한다."

관산호가 어떤 사람인지 너무도 잘 아는 황우령 등이 토를 달 리가 없다. 그들은 고개를 숙이며 대답했다.

"알겠습니다, 대사형."

"가라."

황우령 등이 초옥을 나서자 관산호는 방구석으로 가서 털썩 누웠다. 그러자 유향이 허리를 꼿꼿이 세우고 그 옆에 앉았다. 그들의 모습은 마치 새끼를 지키는 어미새와 같은 모습이어서 모수란의 고운 눈썹이 살짝 찌푸려 들었다.

황우령 등에게는 익숙한 모습이었고, 그녀도 동행 중 노숙을 하며 여러 차례 보아서 이제는 그리 낯설지 않은 장면이었다. 하지만 관산호가 누군지 아는 그녀에게 그가 누군가의 보호를 받는 듯한 모습은 자연스럽게 받아들이기 힘든 광경이었다.

'유향… 대체 저 여인은 누구일까? 그리고 저렇게 강 공자에게 집착하는 이유가 대체 무엇일까?

모수란의 가슴에 의문이 소용돌이쳤다.

그녀는 유향이 관산호와 어떻게 만나게 되었는지 알지 못했다, 아무도 얘기해 주지 않았기 때문에. 하지만 그녀가 정상이 아니라는 말은 이미 무연촌에서 들었다.

그래도 항상 관산호의 옆에 그림자처럼 머무는 유향을 보는 것은 그리 유쾌하지 않았다.

그녀는 살짝 고개를 저었다.

왜 기분이 유쾌하지 않은지 정확한 이유를 알 수도 없었고, 아무리 아름다워도 제 정신이 아닌 여자에게 언짢은 감정을 갖는 자신도 그리 마음에 들지 않았던 것이다.

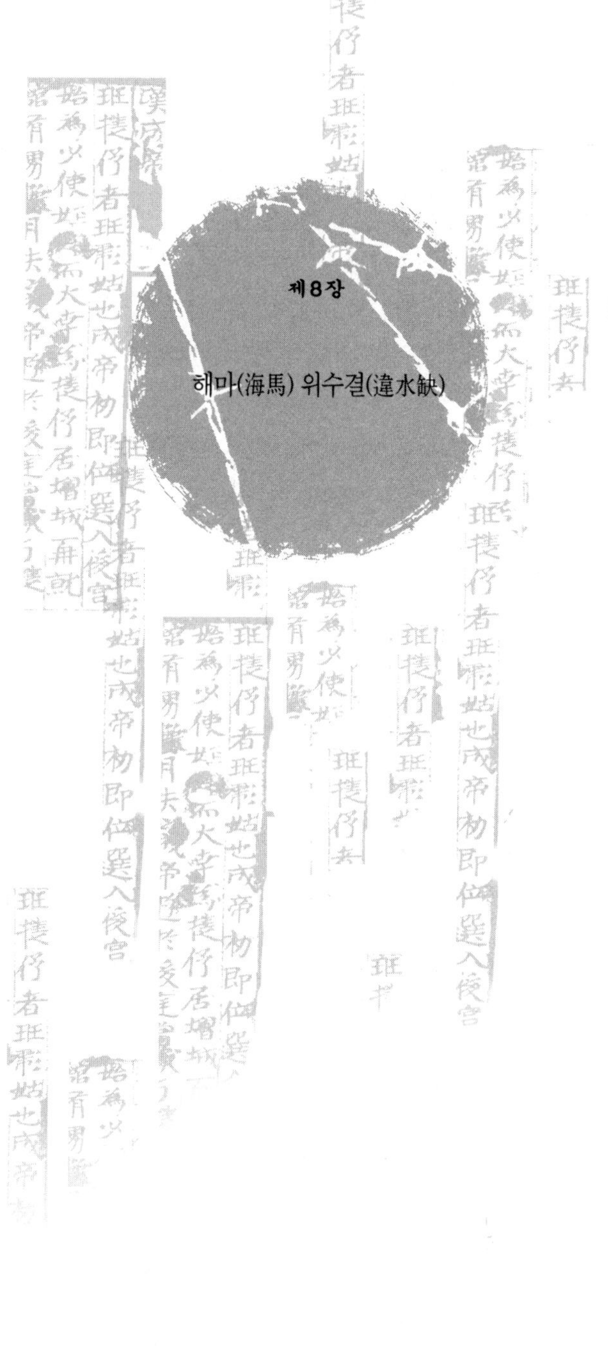

제8장

해마(海馬) 위수결(違水缺)

鐵
血
無
情
路

쾅!

막대한 힘이 담긴 진각이 대전 바닥을 울렸다. 바닥에 깔려 있던 대리석이 파편이 되어 사방으로 튀어나갔다.

"으드득. 군마천, 이 개만도 못한 놈들… 그동안 처먹을 건 다 처먹고 내 부탁을 외면해?!"

야수가 포효하는 듯 이를 갈며 소리를 질러대는 진왕평을 보며 채익은 속으로 한숨을 내쉬었다. 진왕평의 노화를 풀어 주고 싶은 마음이야 굴뚝같았지만 달랠 방법이 없었다.

대전 바닥의 대리석 절반을 밟아 부수고 난 진왕평은 그제 야 조금 진정이 된 듯 움직임을 멈추고 채익을 돌아보았다.

진정이 되었다고는 하지만 아직도 살기에 푹 젖은 눈빛이어서 채익은 감히 시선을 들어 진왕평을 보지 못하고 고개를 숙였다.

"군마천에서는 강가 놈이 무연촌에 있다는 것을 확인해 주는 것이 내게 해줄 수 있는 전부라고 한다. 게다가 지금 강가 놈을 죽여서는 안 된다며 오히려 내게 침묵을 종용하고 있다. 이 년 동안 그놈을 기다린 내게 말이다. 이게 있을 수 있는 일이라고 생각하느냐?"

"……."

진왕평의 눈치를 살피던 채익은 입을 열지 못했다. 그가 현재의 상황을 어떻게 보고 있는지 사실대로 말하기에는 진왕평이 너무 흥분해 있었다.

"왜 말이 없느냐?"

거친 숨을 고르던 진왕평이 채익을 보며 물었다. 채익은 숨을 크게 들이마셨다. 재촉하는데 대답하지 않을 수는 없는 노릇이다.

"방주님… 군마천은 배은망덕하지만 그 판단은 귀담아들을 만하다고 생각합니다."

진왕평의 눈빛이 무시무시해졌다. 채익은 코가 땅에 닿을 것처럼 허리를 숙였다. 하지만 말은 계속되었다. 진왕평은 아무리 노해도 이유없이 부하들에게 손을 쓰는 미친 짓을 하지는 않는다.

"무연촌은 남해 백성들에게 성역과 다름없습니다. 강가 놈이 그 안에 있는 이상 군마천도 그놈을 어찌할 수는 없습니다."

진왕평은 이를 갈았다. 하지만 채익이 말하는 것이 틀리지 않다는 것은 그도 안다, 단지 그런 현실을 참을 수 없을 뿐.

"내가 그놈을 죽일 수 있는 방법이 있느냐?"

"일단은 참으면서 사정을 보아야 합니다. 개방이 혈전단을 돕는 것은 비밀도 아니어서 어설피 움직이면 개방에 포착당해 역공당할 우려가 있습니다. 그래서 군마천도 참는 것이고요. 그리고 일신류가 상익청에게 괴멸적인 타격을 받은 후 오토모 씨와의 전쟁이 불리해진 쇼니 씨가 남해로 병사들을 보낼 여력을 잃고 있으니 그들과 연합해 강가 놈을 끌어내는 것도 어렵습니다."

"우리 단독으로 그들을 끌어내는 건?"

"우리가 육지를 밟는다면 혈전단은 당연히 무연촌에서 기어나오겠지만 그 방법을 써서는 안 됩니다. 혈전단을 이긴다고 해도 그 피해는 극심할 것이고, 우리의 힘이 약화되는 것만을 기다리는 자들에게 기회를 주게 될 것입니다. 전에도 그런 가능성 때문에 군마천에 부탁을 했던 것이 아닙니까? 군마천에서도 우리의 부탁을 언제가 되었든 이행하겠다고 했으니 그들에게 맡기고 기다리는 것이 현재로서는 최선의 방책이라고 생각합니다."

채익의 대답을 들은 진왕평은 이를 갈았다. 하지만 이번에 그가 이를 간 대상은 관산호가 아니었다.

"으드득, 위수결, 이 쥐새끼 같은 놈!"

분노한 진왕평의 포효가 사해지존전을 뒤흔들었다.

*　　　*　　　*

끼이익.

귀를 거슬리는 소리와 함께 등 뒤로 문이 닫혔다. 기세 좋게 방 안으로 성큼성큼 들어서던 위수결은 방 안을 뒤덮고 있는 어둠에 인상을 찡그렸다.

환한 대낮인데도 이렇게 방 안이 어두운 것은 하나밖에 없는 창문을 천으로 가려놓았기 때문인데, 한순간 앞이 전혀 보이지 않으니 갑자기 섬뜩한 기분이 들었던 것이다.

칠흑처럼 깊은 밤에도 사물을 분별할 만한 안력을 소유한 그였지만 빛과 어둠이 교차하는 순간에도 사물을 볼 수 있다는 허실생동의 경지에는 아직 이르지 못했다.

그의 기분을 읽은 것일까.

어둡던 방 안이 희미하게 밝아졌다.

누군가 초롱불을 밝힌 것이다.

어둠과 불빛이 익숙해진 위수결은 급조한 탁자를 중심으로 의자에 앉거나 선 채 자신을 바라보는 흑포를 입은 세 명의 사내와 면사로 얼굴을 가린 두 명의 여인을 볼 수 있었다. 그의 뒤에 따라 들어온 거지까지 합하면 사남이녀다.

눈이 익숙해진 위수결은 자신의 앞에 있는 사람들을 훑어보았다. 그리고 이들 중 의자에 앉아 팔짱을 낀 채 자신을 바라보고 있는 흑포청년이 가장 윗사람임을 알 수 있었다.

그의 눈썹이 역팔자가 되며 하늘로 치솟았다.

앉아서 자신을 맞이하는 상대의 오만함에 화가 난 것이다. 비록 사해등룡방에 가려 빛을 보지 못하고 있지만 그와 그가 거느린 집단을 이처럼 홀대하는 것은 참기 어려운 일이었다.

그가 노한 눈빛으로 입을 열려 할 때 그와 눈이 마주친 흑포청년, 관산호가 불쑥 말문을 열었다.

"그대가 참룡선단주(斬龍船團主) 해마(海馬) 위수결(違水缺)이오?"

관산호가 말한 시점은 공교로워서 위수결의 분기가 최고점에 도달하기 직전이라 그의 기세는 멈칫할 수밖에 없었고, 자연히 기세가 약해졌다. 쉽게 말해 김이 새버린 것이다.

하늘로 치솟았던 위수결의 눈썹이 제자리를 찾았다. 그는 탐탁지 않은 눈으로 자신에게 말을 한 흑포청년의 말을 받았다.

"그렇소. 그런데 그처럼 급하게 나를 찾던 사람치고는 접대가 영 시원찮구먼."

관산호의 입가에 흰 선이 그어졌다.

그 미소를 본 위수결의 안색이 딱딱해졌다.

무어라 말할 수 없는 전율이 그의 몸에 소름을 돋구었기 때문이다. 그는 침을 삼키며 관산호의 눈과 마주친 자신의 눈에 힘을 주었다. 하지만 그는 셋을 셀 시간도 버티지 못하고 시선을 내렸다. 그의 이마에 식은땀이 송골송골 솟아나고 있었다.

위수결의 기세가 완연히 약화된 것을 본 관산호가 말문을 열었다.

"급하지 않았으면 당신을 볼 일도 없었을 거요. 대접이 불만이면 가서도 좋소."

담담하지만 그 어조에는 위수결이 방을 나가지 못할 것이라는 확신이 담겨 있었고, 그 확신대로 위수결은 방을 나가지 못했다. 그를 급하게 찾은 것은 관산호가 맞았지만 실상 그와 관산호 중 더 급하고 아쉬운 사람은 그였다. 이 자리에 그가 직접 올 수밖에 없도록 만든 것을 관산호는 갖고 있었다.

"신경전 벌이기에는 시간이 아깝소. 앉으시오."

관산호의 말에 위수결은 못이기는 척 관산호의 맞은편 자리에 앉았다. 그는 남해에서 손꼽히는 고수였고, 오만하기는 무공보다 더 한 사람이었다. 하지만 눈앞의 사내가 스물을 갓 넘긴 젊은이라고 해도 그를 무시할 생각은 이미 하늘 저편으로 날아가 버렸다. 두려움이 마음속에 자리 잡은 것이다.

올해 마흔일곱인 위수결의 해마라는 별호는 키가 크고 다리가 긴데다 길죽한 말상인 그의 외모에서 유래된 것이지만 또 바다에서도 말처럼 빠르고 자유롭게 움직일 만큼 물에서의 싸움에 능하다는 의미도 포함되어 있었다.

"얘기는 들었을 것이오. 우리가 원하는 것은 배와 해왕도까지의 안내요. 준비해 줄 수 있으시오?"

관산호의 말을 들은 위수결은 자신의 옆에 앉은 이단양을 힐끔 보고는 대답했다.

"정말 진왕평을 죽일 수 있는 거요?"

"가능하지 않다고 생각했으면 당신을 찾지도 않았을 거요."

관산호의 대답을 들은 위수결의 눈매가 조금씩 떨리기 시작했다. 그는 자신도 모르는 사이 거푸 침을 삼키고 있었다.

사해등룡방은 삼십 년이 넘는 세월 동안 남해를 석권하며 강력한 힘을 행사하고 있는 것이 현실이었다. 하지만 등룡방이 아무리 강력한 힘을 갖고 있다 하더라도 모두가 그 힘에 경도되어 따르기만 하는 것은 아니었다.

등룡방의 근본은 해적 집단.

힘이 있다면 누구나 진왕평과 등룡방 것과 같은 권력과 영화를 누릴 수 있는데 그것을 차지하기 위해 힘쓰는 자가 한 명도 없었다면 그것이 오히려 비정상인 것이다.

그렇게 등룡방의 현재 위치를 차지하기 위해 싸우고 있는

해적 집단이 참룡선단이고, 그 선단을 이끄는 자가 해마 위수
결이었다.

진왕평은 남해의 해적 집단 중 자신에게 복속하지 않는 자
들이나 자신에게 대항할 가능성이 있는 자들은 잔혹하게 제
거하며 현재의 등룡방을 이룩했다.

그 과정에서 제거된 사람 중 가장 강했고 또 가장 강력하게
등룡방에게 대항하다가 진왕평에게 제거된 사람이 해마 위수
결의 부친 위정목이었다.

스무 살에 부친의 죽음을 맞은 위수결은 부친을 따르던 몇
명과 함께 간신히 목숨을 부지한 후 무공을 수련하는 한편,
등룡방에 의해 제거된 해적 집단의 잔당들을 모아 십여 년 전
참룡선단을 만들어 오늘에 이르고 있었다.

부친의 복수를 명분으로 하고 있었지만 그들의 진정한 목
적이 등룡방이 갖고 있는 권력과 이권이라는 것은 자명했다.
그러나 그들의 세력은 등룡방에 비하면 십분지 일도 되지 않
는 규모인 데다가 그 수장인 위수결의 무공도 진왕평의 백초
를 받을 정도에 불과한 터라 등룡방을 어찌한다는 것은 꿈도
꿀 수 없는 일이었다.

오죽하면 그들이 확실한 근거지도 만들지 못하고 배에서
생활해야만 했을까.

참룡선단에 선단이라는 용어가 붙어 다니는 데는 그런 사
연이 숨어 있었다.

위수결은 휘하 해적들에게 고생을 하면 등룡방이 갖고 있는 권력과 부를 차지할 수 있을 것이라는 미래를 역설해 왔다. 하지만 시간이 지나며 그가 말한 미래가 이루어질 가능성이 희박하다는 것을 서서히 깨닫게 되자 최근에는 급격하게 선단을 이탈하기 시작한 것이다. 그래서 선단의 존립 자체가 위협받고 있는 것이 참룡선단이 현재 처해 있는 상황이었다.

위기였지만 참룡선단을 해체할 수도 등룡방과 정면 대결을 해서 산화할 수도 없는 진퇴양난 속에서 고민하고 있던 그에게 한줄기 희망이 나타난 것은 이틀 전이었다. 관산호의 지시를 받은 이단양이 그를 찾아왔던 것이다.

관산호는 마주 앉은 위수결의 안색이 촌각 중에도 여러 차례 변하는 것을 무심한 눈으로 바라보고 있었다.

위수결의 떨리던 눈매가 진정되었다.

"배를 내주는 것은 어려운 일이 아니오. 해왕도까지 가는 것도 문제없소, 남해를 나보다 더 잘 아는 사람은 없으니까. 하지만 정말 바라는 게 이것뿐이오?"

관산호의 옆에서 대화를 듣고 있던 호연찬의 눈빛이 싸늘해졌다. 그들은 지금 위수결에게 상당한 대우를 해주고 있었다. 그들이 혈전단에 몸담고 있는 상황에서 위수결을 만났다면 위수결은 그들을 보는 순간 목이 떨어졌을 것이다. 혈전단의 주적(主敵)은 왜구와 해적이니까.

그가 위수결을 향해 말했다.

"바라는 게 있으면 말했을 겁니다. 그리고 단주가 그렇게 자신하는 바다 위가 아닙니까. 그곳에서 우리가 엉뚱한 생각을 할 여지가 있습니까? 게다가 단주는 우리에게 배와 해왕도까지 안내하는 것뿐이니, 우리가 진왕평을 죽이는 데 성공하든 실패하든 단주한테는 전혀 손해날 일이 없지 않습니까!"

공대를 해주고는 있지만 짜증이 잔뜩 묻어나는 말투였다.

위수결은 자신보다 이십 년은 연하인 자가 짜증을 내자 울컥했다. 이들에게서는 자신을 어려워하는 기색을 읽을 수가 없었다. 그것이 그의 자존심을 상하게 했다. 평소의 그였다면 당장 애병인 아미자를 꺼내 휘둘렀을 것이다. 하지만 그는 그렇게 하지 못했다.

그가 발작하지 못한 것은 진왕평을 죽이겠다고 호언하는 상대의 실력에 대한 경계심 같은 이성적인 이유 때문이 아니었다. 그의 뇌리에는 마주 앉아 있는 흑포청년의 눈과 마주쳤을 때 전율했던 순간이 각인되어 있었고, 그 기억이 그의 발작을 억제했다.

"내가 당신들의 제안을 거절한다면?"

성질대로 하지 못하기는 했지만 그도 자존심이 있는 사내. 나오는 말이 곱지만은 않았다.

위수결의 말에 분위기가 차갑게 경직되는 것을 느낀 관산호가 말문을 열었다.

“난 아까 말했던 것처럼 쓸데없는 신경전으로 심력을 소모하는 것을 좋아하지 않는 사람이오.”

관산호의 눈빛이 서늘해졌다.

“이것은 거래요. 당신이 우리가 요구한 것을 제공하면 우리는 당신에게 시체가 된 진왕평을 보게 해줄 거요. 진왕평이 사라진다면 당신이 남해의 패권을 차지할 가능성은 훨씬 많아지지. 이번 거래는 당신에게 분명 기회요. 지금 결정을 내려주시오. 우리는 시간이 많은 사람들이 아니오. 만약 당신이 거절한다면 우리는 진왕평을 포기하고 돌아가겠소.”

그의 말은 단호했다.

협상이 막바지라는 것을 깨달은 위수결의 안색도 진지해졌다. 진왕평의 죽음은 그의 소원이다. 그 소원을 이루어주겠다는 자가, 그것도 능력이 있어 보이는 자가 나타났는데 상대의 말대로 신경전을 벌이는 것은 득 될 것이 하나도 없었다.

위수결이 고개를 끄덕였다.

“좋소. 원하는 것을 제공하겠소.”

“오늘 저녁까지 가능하오?”

“물론이오.”

“그럼 동쪽 해안에서 자시 초에 봅시다.”

관산호의 말을 마지막으로 협상은 끝났다.

자리에서 일어서는 위수결의 안색은 흥분으로 붉게 상기되었다.

위수결이 허둥지둥 초옥을 떠나자 황우령이 관산호를 향해 통명스러운 어조로 물었다.

"기세는 상당하지만 아무리 봐도 한 지역의 패주감은 아닙니다. 왜 저런 자에게 기회를 주시는 겁니까?"

그가 찬, 단양과 함께 정보를 모아오고 그것을 모수란과 함께 이틀 동안 분석한 후 관산호가 그에게 내린 지시는 위수결을 찾아서 데리고 오라는 것이었다.

위수결과의 연락은 이단양이 맡았다. 개방은 위수결에 대해 상당한 정보를 갖고 있었기 때문이다. 하지만 위수결이 왜 필요한지에 대한 사전 설명이 없었기에 그는 방금 전 이루어진 협상을 잘 이해하지 못했다.

모수란이 싱긋 웃으며 황우령의 질문을 받았다.

"저자의 인품이 패주감이었다면 협상을 할 이유가 없죠."

호연찬과 이단양이 의아한 눈으로 그녀를 보았다. 그녀의 말에 숨은 뜻을 읽어내지 못한 탓이다. 하지만 황우령은 그녀의 말을 대번에 이해했다.

그의 입가에 괴상한 미소가 떠올랐다.

"진왕평이 죽어도 그자는 사해등룡방을 흡수하지 못하겠군요."

"그래요."

모수란은 부드러운 눈길로 황우령을 보며 말을 이었다.

"위수결은 진왕평과 사해등룡방의 핵심 전력이 사라진다

해도 등룡방의 인물들을 흡수할 역량을 갖고 있지 않아요. 꿈은 크지만 그것을 실현할 재능을 타고나지 못한 자가 위수결이죠. 그래서 우리가 선택한 것이기도 하고요.”

말을 하며 그녀는 관산호에게 시선을 돌렸다.

“공자님, 적수당주 채익의 풍모는 잘 기억하셨나요?”

관산호는 말없이 고개를 끄덕였다.

“진왕평과 그 측근들을 제거할 때 그는 꼭 살려두셔야 해요.”

“채익이요? 그자는 무공은 좀 부족하지만 진왕평의 모사일 뿐만 아니라 등룡방 내에서 진왕평보다도 더 사람들이 따른다는 자가 아닙니까? 그런 자를 살려두는 것은 너무 위험하지 않겠습니까?”

황우령이 놀란 듯 눈을 크게 뜨며 물었다.

그를 비롯한 이단양과 호연찬은 진왕평과 남해의 해적들에 대한 정보를 모은 장본인들이다. 때문에 그는 채익이 어떤 자인지 잘 알고 있었다.

“위험해서 살려두는 거죠. 그래야 그가 등룡방의 남은 잔여 세력을 이끌고 위수결과 싸울 테니까요.”

“그녀의 말대로다.”

관산호가 불쑥 말문을 열어 대화에 끼어들었다.

모두의 시선이 그를 향했다.

“너희가 모아 온 정보를 토대로 등룡방을 전멸시키는데 필요한 시간을 계산해 보았다. 대략 육 개월 정도가 걸리더군. 그렇게 긴 시간 동안 이곳에 머물 수는 없다. 결국 최초의 계획대로 진왕평과 그 측근들을 제거하는 것으로 만족해야 하는데, 정보를 여러모로 분석해 보았지만 그 일이 성공한다 해도 등룡방이 완전히 붕괴되지는 않을 것이라는 결론이 나왔다.”

“아, 그래서!”

관산호의 설명이 이어지자 호연찬과 이단양도 위수결이 왜 필요한지, 그리고 채익을 왜 살려두어야 하는지 깨달았다. 병법을 체계적으로 공부한 황우령만큼은 아니었지만 그들도 어느 정도의 병법은 아는 사람들이다.

“채익과 위수결이 반목하면 남해의 백성들과 혈전단은 당분간 해적을 걱정하지 않아도 될 것이다. 그들은 진왕평에 비할 수는 없어도 어느 한쪽에게 쉽게 패할 자들도 아니니 그 반목은 꽤 오랜 시간 동안 유지될 것이고.”

말을 마친 관산호는 입을 다물었다. 하지만 이단양은 아직 완전히 의문이 해소되지 않은 듯 이맛살을 찌푸리며 물었다.

“사형, 그놈들이 싸우지 않고 공존을 모색할 수도 있지 않을까요?”

이단양의 질문에 대한 답은 관산호가 아닌 모수란이 했다.

“제가 두 사람을 고른 것은 그들은 대등한 적과의 공존을 용납하지 못하는 성격이기 때문이에요. 그리고 채익은 잔인

하긴 해도 권력욕이나 재물에 대한 욕심이 그리 크지 않아 위
수결과의 공존을 모색할 가능성이 있지만 위수결은 달라요.
최악의 경우 채익이 공존을 하고자 해도 위수결은 채익을 그
냥 놔두지 않을 거예요. 지난 십 년간 진왕평과 싸워온 그의
행적을 보면 진왕평의 사후 전개가 어떻게 진행될는지 어렵
지 않게 추측할 수 있죠. 정말 문제는……."
　말끝을 흐린 그녀의 시선이 관산호의 무심하게 가라앉은
눈과 부딪쳤다.
　"여기 있는 사람들만으로 해왕도의 제왕이나 다름없는 진
왕평과 그의 측근들을 제거할 수 있느냐 하는 것인데, 그것은
공자님이 알아서 하실 일이죠."
　이미 결정된 일이기에 그녀는 최선을 다하고 있었다. 하지
만 관산호의 무공을 직접 본 적이 없는 그녀의 마음 속에 일
말의 불안이 자리 잡고 있음은 부인할 수 없었다.
　대화는 끝났다.
　이제는 자시를 기다리는 일만 남았다.

*　　　*　　　*

　해왕도는 하문에서 동쪽으로 사백 리 떨어진 해상에 있었
다. 순풍을 받은 데다 바다도 잔잔해서 관산호 일행이 탄 배
를 비롯한 참룡선단 소속의 여섯 척의 배는 이틀 만에 해왕도

에서 오십여 리 떨어진 곳에 도착할 수 있었다. 해가 중천을 막 넘어가는 시간이었다.

배들은 길이가 십오 장에 달했는데 장폭비(長幅比)가 그리 크지 않아 속도는 조금 느렸지만 요동이 적었다. 각 배당 선원은 팔십여 명이었고, 관산호 일행이 탄 배를 지휘하는 사람은 위수결이었다.

관산호가 원한 것은 한 척의 배였지만 위수결은 참룡선단 전체를 끌고 왔다. 그가 어떤 마음을 품고 있는지는 명백했지만 관산호는 신경 쓰지 않았다.

위수결의 행동은 관산호 일행이 진왕평과 측근들을 죽였을 때 등룡방을 공격하겠다는 뜻이었다. 수뇌부를 잃은 등룡방은 분명 참룡선단의 기습에 수세로 몰릴 터였고, 참룡선단에 패할 가능성도 배제할 수 없었다.

하지만 모수란은 두 세력 가운데 승자는 나올 수 없는 싸움이라며 누가 더 강하든 그들은 양패구상을 할 수밖에 없는 운명이라고 장담했다. 그러면서 그녀는 관산호를 보고 웃었는데 그 웃음에 담긴 의미를 이해한 관산호는 위수결의 행동에 제동을 걸지 않았다.

위수결이 압도적으로 승리할 수 있는 상황이 벌어지면 아마도 그는 관산호 일행에게 뒤통수를 맞아야 할 것이다. 그것이 모수란의 미소에 담긴 의미였다.

해왕도 인근에 도착한 위수결은 너비가 이백여 장에 달하는 거대한 암석으로 된 돌섬 뒤쪽에 선단을 숨겼다.

선상에서 바람을 맞던 위수결은 선실에 있어야 할 관산호가 그를 향해 걸어오는 것을 보았다. 관산호는 안에서 무엇을 하는지 이틀 동안 선실 밖으로 나온 적이 한 번도 없었다.

그는 의아한 얼굴로 말문을 열었다.

"밤이 되려면 아직 시간이 많이 남았는데……."

그가 이곳에 도착한 후 황우령에게 들은 계획은 밤이 되었을 때 해왕도를 정탐하는 것이었다. 그 이후의 계획은 아직 듣지 못했다. 하지만 진왕평을 죽이겠다는 관산호 일행의 뜻이 확고함을 알게된 후 그는 관산호 일행을 돕는데 전력을 다하고 있었다. 이것이 하늘이 그에게 준 기회임을 직감했던 것이다.

"알고 싶은 게 있어서 나왔소."

"알고 싶은 거? 그게 뭐요?"

"해왕도의 출입구가 알려진 그 하나밖에 없소?"

"사람이 드나들 수 있는 곳은 그곳이 유일하오. 여러 곳이었다면 해왕도가 관군도 정벌할 수 없는 요새라는 말을 듣지는 못했을 거요."

위수결의 대답을 들은 관산호의 눈빛이 날카롭게 빛났다.

"그럼 사람이 드나들 수 없는 출입구가 있소?"

"있기야 있지만……."

위수결은 관산호의 서늘하게 빛나는 눈을 보며 침을 삼켰다. 관산호의 눈만 보면 위축되는 자신이 이상했지만 아무리 애를 써도 위축된 기세는 회복되지를 않아서 이제는 포기한 참이었다.

그는 말을 이었다.

"이제는 아는 사람이 거의 없지만 해왕도의 서쪽에 나룻배 하나가 드나들 수 있는 동굴이 하나 있소. 예전에 직접 내 눈으로 보았으니 동굴이 있는 것은 틀림없소. 하지만 나도 그 안으로는 들어가 보지 못했소. 오래전 돌아가신 아버님께 들은 애기로는 그 동굴이 해왕도 내에 있는 마을과 직접 연결되어 있다고 하였소만… 그것은 그곳에서 사람이 사용하는 물건이 가끔 흘러나와서 하는 추측일 뿐, 아무도 확인한 적이 없소. 그 동굴 주변에는 일 장이 넘는 크기의 식인 상어들이 떼로 모여 득실거리는 판이라 사람의 몸으로는 출입이 가능하지 않기 때문이외다."

관산호는 팔짱을 끼고 바다를 바라보며 생각에 잠겼다. 비린내 섞인 바람이 그의 흑포 자락을 펄럭이며 지나갔다.

관산호가 팔짱을 푼 것은 반 각 정도의 침묵이 흐르고 나서였다.

"고맙소."

"……?"

난데없는 말에 위수결이 어리둥절한 표정을 지었지만 관산호는 말없이 신형을 돌려 선실로 들어가 버렸다.

　혼자 남은 위수결은 관산호가 툭 던지듯 말한 마지막 말이 무슨 뜻인지 이해할 수 없어 인상을 잔뜩 찌푸린 채 끙끙거리기 시작했다.

　"계획을 변경한다."

　관산호의 호출을 받고 그의 선실에 모여 있던 사람들은 눈을 크게 떴다. 관산호가 어떤 계획을 변경한다는 것인지 못 알아들은 사람은 아무도 없었다.

　하지만 모수란을 제외한 황우령 등은 관산호가 한 번 세운 계획을 변경하는 것을 경험한 적이 없었기에 그의 말은 모두에게 혼란을 주었던 것이다.

　황우령은 어리둥절해진 얼굴로 물었다.

　"대사형, 갑자기 무슨 말씀이십니까?"

　그들이 최초에 세운 계획은 해왕도를 왕래하는 배들을 보이는 대로 침몰시키거나 나포해서 안에 있는 진왕평을 밖으로 끌어내는 것이었다.

　무식한 방법이었지만 효과는 의심할 여지가 없을 정도로 확실했다. 등룡방뿐 아니라 다른 어떤 조직이라도 그런 상황을 수수방관할 수뇌는 아무도 없으니까.

　문제는 그 방법을 사용했을 때 시간이 얼마나 걸릴 지 예측하기 어렵다는 점이다. 그 때문에 위수결은 참룡선단에 속한 일곱 척의 배 중 한 척을 따로 떼어내 열흘에 한 번씩 식수와 식량을 조달하도록 한 상태였다.

그런데 지금 관산호는 그 계획을 폐기한다고 말하고 있었다. 황우령 등은 어리둥절해하지 않을 수 없었다.

"해왕도의 서쪽 절벽 아래에 해왕도 안으로 통하는 작은 동굴이 있다고 한다. 사람이 드나들기에 충분한 규모의 동굴이라고 한다. 그곳으로 들어가겠다. 성공한다면 진왕평을 제거하는데 필요하리라고 예상했던 시간을 많이 단축시킬 수 있을 것이다."

"위수결이 준 정보입니까?"

"그렇다."

조용히 대화를 듣고 있던 이단양이 고개를 갸웃하며 대화에 끼어들었다.

"사형, 제가 해왕도에 대해 정보를 모을 때 그런 곳이 있다는 얘기를 한 사람은 아무도 없었는데요? 그런 동굴이 있다면 아는 사람이 하나라도 있지 않겠습니까?"

이단양의 말에는 위수결에 대한 불신이 담겨 있었다.

"사람이 출입할 수 없는 곳이라 소문이 나지 않았다고 하더군."

"출입을 할 수 없는 곳이라고요?"

어리둥절한 얼굴로 되물은 사람은 황우령이었다. 처음에는 사람이 드나들 만한 규모의 동굴이라고 하더니 바로 사람이 출입할 수 없는 곳이라는 정반대의 말에 납득을 할 수 없었던 것이다.

"길이 일 장이 넘는 식인 상어들이 꽤 많은 모양이다."

"식인 상어요!"

모두 눈이 휘둥그레졌다.

과장이라는 것을 모르는 관산호가 꽤 많다고 표현할 정도면 정말 많다는 말.

무공이 아무리 높아도 육지와 달리 물속에서는 운신이 제한되기 마련이다. 호흡도 자유롭지 않고, 수족을 놀리는 것도 자연스럽지 않다. 게다가 물속에 일 장이 넘는 크기의 식인 상어가 한두 마리도 아니고 무리를 이루고 있을 정도라면 그곳을 통과하는 데 목숨을 걸어야 할 수도 있다.

모수란의 맑은 눈에 걱정스런 기색이 떠올랐다.

짧은 시간이지만 관산호가 한 번 결정한 일은 지금과 같이 특별한 경우가 아니라면 번복하지 않는다는 것을 충분히 느낀 그녀였다.

"괜찮으시겠어요?"

"나는 바닷가에서 자란 사람이오."

관산호는 그녀를 향해 흰 이를 드러내며 싱긋 웃었다.

관산호는 광동성의 바닷가에서 유년 시절을, 장강변의 의창에서 소년 시절을 보냈다. 그리고 물놀이를 할 여유는 없었지만 남해 바다가 지척인 복건성에서 청년이 되었다. 그런 사람이 물질을 잘하는 것은 당연한 일이다.

그의 시선이 황우령과 호연찬을 향했다.

"우령과 찬은 나와 함께 간다."

"사형, 저는요?"

이단양이 서운한 기색이 역력한 얼굴로 물었다.

"물속을 통과해야 해. 네가 깨끗해지면 사숙이 나를 용서하지 않으실 거다."

"사형! 그런 말도 안 되는 이유가 어디 있어요!"

이단양이 황당하다는 얼굴로 소리를 질렀지만 관산호는 더 이상 이단양의 말을 받아주지 않았다. 결정된 것이다.

"유향."

"네, 오라버… 니"

아직도 떠듬거리기는 했지만 유향의 대답은 장춘곡에서보다 많이 또렷해졌다.

"너는 단양과 함께 있어라."

"예."

"모 낭자도 단양과 함께 있으시오. 그리고 싸움이 시작되면 내가 합류할 때까지 위수결의 선단이 너무 밀리지 않도록 도와주시오."

"알겠어요."

모수란은 순순히 고개를 끄덕였다. 그녀는 하고 싶은 말이 있었지만 분위기가 그것을 허락하지 않았다. 기이하게도 이 자리에 있는 사람 중에 관산호의 계획이 성공할 것인지 불안해하는 사람은 그녀뿐이었던 것이다.

"오늘 밤이 되면 바로 출발하겠다. 충분히 쉬어두도록."

"알겠습니다, 대사형."

황우령과 호연찬은 나직하지만 힘있는 음성으로 대답했다.

관산호가 팔짱을 끼며 눈을 감자 유향을 제외한 모두가 자리에서 일어섰다. 이제는 모수란까지도 익숙해진 회의의 결말이었다.

제 9 장

사해등룡방(四海騰龍幫)

鐵血無情路

해왕도에서 십여 리 정도밖에 떨어져 있지 않음에도 선상에 서 있는 사람들에게 해왕도는 그 모습을 보여주지 않았다. 달빛도 보이지 않는 짙은 어둠이 바다를 집어삼킨 때문이다.

위수결은 방금 전 물속으로 사라진 사람들을 생각하며 입맛을 다셨다.

"이거야… 위험하다고 그렇게 말려도 소용이 없구만. 정말 고집 세네……."

그의 옆에서 조용히 수면을 내려다보던 모수란의 면사에 가려진 얼굴에도 쓴웃음이 스쳐 지나갔다.

위수결은 옆에 있는 여인이 자신의 말을 받아주지 않자 입을 다물었다. 특별히 할 말도 없었다.

그들이 타고 있는 배의 뒤편으로 다섯 척의 배가 굼실거리는 파도를 타며 조금씩 거대한 동체를 출렁이고 있었다.

이제는 떠난 사람들의 성공을 기원하며 기다리는 일만 남은 것이다.

"다 와 간다."

모깃소리처럼 작은 음성, 전음이었다. 하지만 귀를 파고드는 그 음성을 들은 순간 황우령과 호연찬의 눈이 긴장으로 새파랗게 날이 섰다.

수면에 머리를 내밀어 전방을 살핀 관산호가 호흡을 바꾸고 먼저 내려온 그들의 앞으로 가라앉고 있었다. 흑의 경장에 소매와 바지 자락을 끈으로 묶은 모습이었지만 물에 의해 부푼 관산호의 모습은 평소보다 두 배는 더 커 보여 조금 우스꽝스러웠다. 하지만 스산한 살기에 젖은 그의 눈을 보고 웃을 만큼 간이 큰 사람은 아마도 없을 것이다.

"내가 앞장선다. 너희는 상어를 손대지 말고 뒤를 따라라. 피를 보게 되면 안 돼."

"알겠습니다, 대사형."

황우령 등도 전음으로 대답하며 고개를 끄덕였다. 그들이 전음을 사용하게 된 것은 장춘곡 전투 직전부터였다. 이 년간의 수련이 가져다준 결과물이었다.

물고기처럼 유영하는 그들의 신형이 정면을 향해 전진했다. 모두 물에 익숙한 사람들이어서 그 움직임은 자연스럽고 빨랐다. 하지만 그들의 마음처럼 속도가 많이 나지는 않았다.

그처럼 속도가 나지 않는 것은 장소가 물속이라는 것보다는 시야 때문이었다. 물속은 칠흑처럼 어두워서 관산호도 삼십 장 앞을 정확하게 보기 어려울 정도였다, 그가 그런 상황인데 황우령 등은 말할 필요도 없었고. 그것이 그들의 전진 속도를 느리게 만들고 있었다.

삼십여 장을 전진하고 호흡을 바꾸는 것을 두어 번 했을까. 관산호의 뒤 일 장 떨어진 곳에서 헤엄을 치던 황우령은 물의 흐름이 바뀐 것을 느낄 수 있었다.

'동굴이 멀지 않다.'

그는 생각을 하자마자 자신의 생각이 맞다는 것을 확인할 수 있었다. 그들의 앞으로 거대한 상어들이 물살을 가르며 나타나기 시작했던 것이다.

'헉! 일 장이라고요? 저건… 이 장도 넘겠다!'

상어를 본 황우령은 놀라 속으로 비명을 질렀다.

그의 눈에 들어온 상어는 대략 십여 마리. 크기는 들쭉날쭉했지만 그중 대여섯 마리는 길이가 이 장이 넘었다. 게다가 원뿔형의 거대한 주둥이에 가장자리가 톱니처럼 생긴 이빨. 등 쪽은 회색이었고 배 쪽은 흰색으로 경계가 뚜렷했는데 보는 것만으로도 가슴을 섬뜩하게 만드는 덩치와 위세를 가진 놈들이었다.

놀란 눈으로 상어들을 바라보던 그는 상어들과 관산호가 뒤엉키는 것을 볼 수 있었다. 사람들 사이에서는 장신에 속하는 관산호였지만 상어들과 뒤엉킨 그의 모습은 눈에 잘 들어오지도 않을 만큼 작았다.

관산호는 다리를 휘저어 몸의 중심을 잡으며 양손을 번갈아 뻗었다. 그의 양팔을 중심으로 작지만 강력한 소용돌이가 거세게 일어났다. 그리고 막대한 무형의 경력이 담긴 그의 손바닥이 소용돌이 속에서 불쑥 튀어나오며 그를 향해 입을 벌리고 달려들던 상어들의 이마를 슬쩍슬쩍 짚어나갔다. 하지만 자세히 본다면 그의 손은 상어들의 이마에서 세 치 정도 떨어져 있었다.

나비를 쫓는 듯 가벼운 손짓이었다. 하지만 상어들에게 그 손짓은 치명적인 것이었다. 그의 손바닥에서 쏟아져 나온 현천진기에 의해 뇌가 뒤흔들린 상어들은 순간적으로 정신을 잃으며 바다 밑으로 가라앉아 갔다.

물속이 아니었다면 황우령과 호연찬은 입을 떡 벌렸을 것이다. 바닷속에서 격산타우(隔山打牛)의 신기를 보게 될 줄은 생각도 못했기 때문이다.

격산타우는 촌경의 발전된 형태이고 절정에 달한 고수들이라면 어렵지 않게 시전할 수 있는 무공이다. 하지만 관산호처럼 직접 손을 대지 않고 허공을 격한 상태에서 대상물에게 치명적인 타격을 가하는 것은 절정고수들이라 할지라도 쉽게 시전할 수 없는 것이었고, 그것을 저렇게 연속적으로 시전하는 것, 그것도 물속에서 시전하는 것은 생각도 못할 일이었다.

황우령과 호연찬이 놀라 움직임이 느려진 것을 느낀 관산호가 전음을 날렸다.

"따라와!"

"저놈들 죽은 겁니까?"

"본능에 충실한 것은 죄가 아니다."

죽이지는 않았다는 말.

대답을 들은 황우령은 내심 웃으며 관산호의 뒤를 따랐다.

'대사형이 예전보다 분명히 부드러워졌어. 이유가 뭐지?

하지만 본인도 잘 모르는 이유를 그가 알 턱이 없다. 그는 고개를 저었다. 그가 딴생각을 하는 동안에도 상어들은 가을바람에 날리는 낙엽처럼 바다 밑으로 추락하고 있었다.

"우령, 너무 쉬운 거 아냐?"

황우령에게 전음으로 묻는 호연찬의 음성은 얼떨떨한 빛이 완연했다. 관산호가 동굴로 들어온다고 했을 때도 상어들에게 곤란을 당할 것이라고는 생각하지 않았지만 이처럼 수월하게 진입할 수 있을 것이라고는 전혀 예상치 못했던 것이다.

황우령이 호연찬의 질문을 받았다.

"나도 그렇게 생각해. 하지만 쉬울수록 좋은 거지, 대사형의 무공이 우리가 생각했던 것보다 더 높다는 뜻이니까."

"아무래도 사부님이 우리에게 가르쳐 주지 않으신 무공을 대사형한테만 전수하신 모양이야."

호연찬의 어조는 평소처럼 냉정한 가운데서도 완연한 기쁨을 읽을 수 있었다.

관산호가 강해지는 것을 누구보다도 바라는 사람들이 바로 그들이었다.

상익청은 무연촌을 떠나려는 관산호에게 그들을 데리고 가게 했다. 관산호는 거절했지만 상익청의 고집과 데려가지 않으면 그 자리에서 죽겠다고 시위하는 그들에게 질 수밖에 없었다. 그 두 사람은 이 년여의 시간 동안 관산호와 함께 하며 그를 위해서라면 기꺼이 죽을 각오가 되어 있는 사람들이었다.

생사를 함께하겠다는 사람들이었다. 관산호는 자신이 하고자 하는 일을 그들에게까지 숨길 이유가 없었다. 때문에 그들은 무연촌을 떠나기 전 관산호가 어떤 일을 하려 하는지 이미 들어 알고 있는 상태였고, 그 일을 하기 위해서 관산호가 얼마나 강해져야 하는지도 잘 알고 있었다.

하지만 수월하게 보이는 겉모습과는 달리 관산호의 미간에는 희미한 내천자가 그려져 있었다. 염왕진혼박상의 모든 기법은 시전시 막대한 내력의 소모를 동반한다. 무림고수가 아닌 짐승을 상대로 펼치는 것이어도 그 소모는 덜하지 않았다. 지금 그는 호흡을 바꿀 수 없는 상태에서 연속적으로 공진침투경을 사용해야 했기 때문이다.

진력에 쌓이는 탁기를 통제하며 연속적으로 무공을 시전하는 것은 초강자의 반열에 오르고 있는 그에게도 힘겨운 것이었다. 하지만 그의 무표정한 얼굴에서 그것을 읽어내는 것은 쉬운 일이 아니었다.

동굴은 길었다. 삼백여 장을 넘게 갔어도 동굴은 관산호 일행에게 그 끝을 보여주지 않았다.

다행히 수면과 동굴의 천장 사이에 일곱 자 정도의 공간이 있었기에 간간이 머리를 내밀고 숨을 쉴 수는 있었지만 그러한 여유는 황우령과 호연찬만이 누릴 수 있는 호사였다.

수면의 폭은 삼 장 정도였고, 수면에서 동굴의 바닥까지의 깊이는 십오 장이 넘었는데 그 물속에는 상어들로 가득 차 있어 이백여 장을 전진하는 동안 관산호가 공진침투경(空震浸透勁)으로 가라앉힌 상어의 수는 백여 마리가 넘었다. 그럼에도 그에게 달려드는 상어의 수는 줄어들지 않았던 것이다.

공진침투경은 그가 염왕진혼박의 권법이론을 형(形)으로 구현하며 창안한 일곱 개의 수법 중의 하나로 일 장 이내에 있는 물체라면 허공을 격하고 그 내부를 부술 수 있는 가공할 위력을 갖고 있었다.

관산호가 상어들을 두들기고 있을 때 수면에 얼굴을 내밀고 숨을 들이마시던 황우령의 눈이 빛났다.

오 장 정도 앞에서 동굴의 천장이 사라진 것을 본 것이다. 물속으로 잠수한 그가 전면을 살핀 후 관산호에게 전음을 날렸다.

"대사형, 다 온 듯합니다."

달려들던 상어의 이마에 공진침투경을 먹이던 관산호가 고개를 끄덕였다. 상어를 잡기에도 바쁜 와중의 그도 숨을 쉴 수 있던 공간이 사라지며 완전히 물에 잠긴 폭 다섯 자가량의 동굴이 비스듬히 위로 뻗어 있는 것을 보았던 것이다.

"먼저 가라."

"예."

꾸물거리는 것은 오히려 관산호를 더 힘들게 하는 것이기에 황우령과 호연찬이 망설임없이 눈앞의 동굴로 헤엄쳐 들어갔다. 그들이 내공을 이용해 참을 수 있는 숨의 길이는 대략 이각. 그 안에 동굴을 벗어나지 못하면 질식으로 죽을 것이다.

그들은 동굴의 길이를 정확하게 알지는 못했다. 하지만 질식사하리라는 걱정은 하지 않았다. 그들이 지금까지 온 거리로 보아 동굴은 길어도 삼백 장을 넘지 않을 터였다.

해왕도는 그 둘레가 오십 리, 가장 긴 중앙의 폭이 십오 리 정도 되는 크지 않은 섬이었다. 그리고 중앙에 사람들이 머무는 마을이 있었는데 위수결은 동굴이 그 마을로 통한다고 했으니 남은 동굴의 길이가 삼백 장을 넘으면 해왕도의 중심을 벗어나게 되기 때문이다.

그들이 동굴 안으로 빨려든 직후 관산호도 거대한 입을 벌리고 달려드는 상어들을 뒤에 두고 동굴로 들어섰다.

장이구와 함께 연못을 둘러싼 담을 따라 털레털레 걷던 조일은 하품을 하며 털썩 주저앉았다. 왼쪽 옆구리에 차고 있던 박도가 바닥과 부딪쳐 챙그랑 소리를 냈지만 그는 신경도 쓰지 않았다.

그는 순찰을 점검하게 되어 있는 조장도 지금쯤은 어딘가에 처박혀 잠들어 있을 거라는 걸 잘 알고 있었다.

"제기랄, 상어들이 우글거리는 해저 동굴을 왜 지켜야 하는 거냐구! 얼마 전 내륙에서 잡아온 계집년들의 맛이 기가막히다는데 이런 데나 지키고 있어야 하구. 빌어먹을!"

그의 입술을 비집고 거친 투덜거림이 흘러나왔다.

그의 말을 들은 장이구가 실색한 얼굴로 주변을 살피며 조일의 장딴지를 걷어찼다.

연못 주변에는 단 하나의 횃불만이 켜져 있을 뿐이었지만 그 불빛만으로도 주변은 충분히 사물을 분간할 수 있었다. 연못은 다섯 자 높이의 담으로 둘러싸여 있었고, 담 밖은 폭 십 장 정도의 공터로 둘러싸여 있었다. 공터 너머는 집들이 연이

어 있었고.

장이구와 조일이 속한 조는 총 여섯 명으로 두 명씩 조를 짜서 밤새 교대하며 횃불이 꺼지지 않도록 관리하는 것이 주 임무였다.

장이구가 낮은 음성으로 말했다.

"누가 점검이라도 나오면 어쩌려구 그래? 쫄다구 신세가 어디는 다를까. 헛소리 말구 일어서, 임마. 벽에도 귀가 있다는 말 몰라? 흰소리하다 조장에게 걸리면 경을 칠 거다."

그와 조일은 등룡방에 몸담은 지 벌써 십 년이 넘었고, 둘 다 별 볼일 없는 무공 탓에 하급무사에 머문 지도 역시 같은 세월이 흘렀다.

"옘병!"

조일은 여전히 투덜거리며 뭉그적뭉그적 일어나서 엉덩이를 털었다. 그는 장이구가 진심으로 자신을 걱정해 주고 있다는 것을 알고 있었다. 자리에서 일어서던 그가 눈을 깜박였다.

잔잔하던 연못의 중앙에 작은 파랑이 생기는 듯했기 때문이다. 연못의 폭이 십 장 정도 되었는데 깊이가 팔 장이 넘는 터라 평소에도 어지간히 세찬 바람이 아니면 큰 물결이 일지 않았다.

조일은 허리를 숙이고 연못을 향해 몸을 앞으로 쑥 내밀었다. 그리고 그는 눈을 가늘게 뜨고 시선을 모았다. 횃불이 하나밖에 켜져 있지 않아서 자신이 잘못 본 것일 수도 있었다.

조일의 행동에 이상함을 느낀 장이구가 어리둥절한 얼굴로 조일을 바라보았을 때였다.

"헉!"

조일은 자신의 발목을 무엇인가가 꽉 부여잡는 것을 느끼며 안색이 희게 변했다. 그는 놀라 고개를 숙이려 했지만 그 행동은 실천에 옮겨지지 않았다.

그의 발목을 잡으며 연못 밖으로 솟아오른 그림자가 그의 마혈을 짚었기 때문이다. 조일의 움직임에서 이상을 느낀 장이구도 어떤 움직임을 취하기도 전에 조일과 다를 바 없는 신세가 되었다.

그들의 무공이 일류는 아니더라도 꽤 쓸 만한 것이었는데도 그들은 저항조차 하지 못했다. 나타난 자들은 그들로서는 상대할 수 없는 고수들인 것이다.

조일과 장이구를 하나씩 제압한 황우령과 호연찬은 막 연못가에 머리를 드러낸 관산호를 보며 싱긋 웃었다.

"경계가 형편없습니다."

허리를 숙이고 황우령의 옆으로 다가선 관산호가 입술을 달싹였다.

"상어들을 너무 믿은 탓이다."

"짐승을 그리 믿다니⋯ 바보들이군요."

"소수 정예로 자신들을 공격할 세력이 당세엔 없다고 마음

놓은 때문이겠지.”

관산호의 말에 황우령과 호연찬은 고개를 끄덕였다.

무련과 군마천이 서로를 견제하는 당대 무림에서 사해등룡방을 공격할 세력은 전무했다. 그들에게 최고의 경계 대상은 혈전단이었는데 혈전단도 왜구를 상대하느라 그들을 공격할 여력은 없는 것이다.

관산호의 눈이 조일의 눈과 부딪쳤다.

그의 눈과 부딪친 조일의 얼굴이 시퍼렇게 질렸다.

“묻고 싶은 게 있다. 대답을 하면 살려주지.”

조일은 자신의 귓전을 파고드는 음성에서 인간의 감정을 전혀 느끼지 못했다.

공포가 그의 머릿속을 하얗게 비웠다.

관산호는 조일이 정신없이 고개를 끄덕이는 것을 보며 정이구의 혼혈을 눌렀다. 둘은 필요없는 것이다.

조일에게서 필요한 것을 알아내는 데는 오랜 시간이 걸리지 않았다.

관산호는 조일의 혼혈을 누르며 고개를 들었다. 그의 시선이 담 너머 서쪽을 향했다. 그는 서쪽으로 이백오십여 장 떨어진 곳에 삼층으로 된 거대한 누각의 지붕을 보았다. 그 주변에는 이층 누각 네 개가 삼층 누각을 호위하듯 빙 둘러 세워져 있었으며 그들 누각들을 중심으로 원을 그리며 집들이 모여 있었다.

조일의 말로는 저 삼층 누각이 진왕평의 숙소이자 집무실인 사해지존전이었다.

가벼운 바람이 어느새 마른 그들의 옷자락을 흔들며 지나갔다. 내공으로 물기를 말린 것이다. 달빛이 있었다면 수증기가 보였겠지만 어둠이 그것을 가려주었다.

관산호의 입술이 떨어졌다.

"간다."

사해지존전은 삼층으로 된 단독 건물이지만 항시 거주하는 사람은 백여 명에 달한다.

삼층은 단 한 명, 진왕평을 위한 공간으로 그의 집무실이면서도 생활하는 집의 역할을 했고, 이층은 그의 수신호위들인 해룡대 삼십 명의 주거지였다.

일층은 적수당을 비롯한 사해등룡방의 사 개 당의 총당이 모두 위치하고 있어 그곳을 상시 호위하는 사람만 칠십여 명. 그 숫자는 밤이 되어도 줄어들지 않는다.

자시가 넘은 시각이었지만 삼층의 불은 꺼지지 않았다.

진왕평은 자신의 집무실 태사의에 앉아 생각에 잠겨 있었다. 늦은 시간인지라 방에는 그 혼자뿐이었다.

그의 미간에는 굵은 주름이 져 있었는데 그것은 최근 등룡방의 사업들이 곳곳에서 방해받고 있기 때문이었다.

'혈전단이 돌아오고 나서 왜국의 토호들과 내륙의 거상들이 모두 움츠러들었다. 혈전단… 혈전단… 그놈들을 없애야 해. 그렇지 않는 한 제대로 된 사업을 할 수가 없다.'

진왕평의 눈이 살기와 분노로 활활 타올랐다.

그에게 혈전단은 눈엣가시였다. 하지만 현실적으로 그가 그들을 어찌할 수 있는 방도는 없었다. 그것이 그를 더욱 분노하게 했다.

'군마천, 이놈들도 백성들 눈치나 슬슬 볼 뿐이고……'

창밖을 바라보며 이를 갈던 진왕평이 눈살을 찌푸렸다.

그는 고개를 갸우뚱했다.

방금 창가에 무언가 어른거리는 것을 보았는데 그가 그것을 경각했을 때는 아무것도 보이지 않았던 것이다.

'뭐였지? 착각이었나?

그가 있는 곳은 사해지존전이다.

일층과 이층에는 그의 충성스런 수하들 백여 명이 철통같이 호위를 하고 있을 뿐만 아니라 전각 주변에도 네 개 당의 당주 거처가 사면을 호위하듯 서 있고, 또 이백에 달하는 수하들이 경계를 펴고 있었다.

사해지존전은 사해등룡방의 무력이 집적되어 있는 곳인 것이다. 날개가 있는 짐승이 아니라면 삼층까지 접근하는 것이 가능하지 않았고, 진왕평은 그 사실을 한 번도 의심한 적이 없었다.

자신이 잘못 보았을 것이라며 다시 생각에 잠기려던 진왕

평의 눈이 튀어나올 것처럼 커졌다. 그는 자리에서 벌떡 일어
나며 소리쳤다.

"누구냐!"

삼층대전의 입구, 그로부터 오 장 정도 떨어진 곳에 흑의를
입은 장신의 청년이 등에 넉 자 길이의 장도를 맨 채 그를 무
심한 눈으로 바라보며 서 있었다.

"관산호라고 한다."

관산호는 담담한 어조로 대답하며 진왕평을 향해 걸음을
떼었다.

"흠, 너는 아마도 강산호라고 알고 있을 테지만."

"사신마도……!"

소리없이 웃는 관산호의 얼굴을 본 진왕평의 입술 사이로
탄성이 흘러나오며 그의 안색이 변했다. 하지만 그의 안색은
곧 평정을 되찾았다.

관산호가 이곳까지 무인지경으로 찾아온 것은 능력이 있
음을 분명하게 말해준다. 하지만 그 능력이 아무리 놀라운 것
이어도 긴장은 할지언정 겁을 먹을 정도로 진왕평이 졸렬한
인물은 아니다. 진왕평이 그 정도밖에 안 되는 인물이었다면
거칠기 짝이 없는 해적들을 다스리지도 못했을 것이다.

"흐흐흐, 위평의 핏값을 받아내기 위해 발바닥이 부르트도
록 찾아 헤매도 만날 수 없었던 놈이 제 발로 찾아왔구나. 고
맙다고 해야겠지? 그런데 어떻게 이곳까지 온 것이냐?"

"귀 아프다. 네 수하들이 미친 듯 뛰어올라 오는 소리가 들리니 내공을 섞은 말은 이제 그만해라. 어차피 말이 필요없는 상황 아닌가!"

관산호는 가볍게 귓전을 어루만지며 말했다.

여전히 담담한 어조.

대화를 나누는 동안 그와 진왕평의 사이는 삼 장으로 줄어들어 있었다. 그 정도는 그들과 같은 고수들에게 거리라고도 할 수 없다.

진왕평의 눈이 매의 그것처럼 번뜩였다.

"소문보다 더 간이 큰놈이로구나."

'나' 라는 말의 여운이 사라지기 전 진왕평이 움직였다. 관산호의 말처럼 이미 말이 필요없는 상황이었다.

진왕평의 양손에는 언제 뽑아 들었는지 한 자 반 길이의 아미자가 하나씩 들려 있었다.

그의 애병인 아미자는 창날처럼 뾰족한 세 치 길이의 두(頭)를 두께 한 치에, 길이 한 자의 둥근 철곤의 양쪽에 붙인 것이었는데 중간에 고리가 있어 손가락을 걸 수 있게 만들어져 있었다.

평소에는 그의 소매 안에 들어 있어 그의 무기가 무엇인지 아는 사람은 거의 없었다. 그렇게 소문이 나지 않은 이유는 그가 직접 상대했던 사람들이 예외없이 시체가 되었기 때문이기도 했지만.

쇄애액—

한 순간 공간을 접으며 무서운 살기를 담은 날카로운 경기가 관산호의 전신을 갈라갔다.

자신의 목과 허리를 노리며 날아드는 아미자를 응시하는 관산호의 눈빛이 차갑게 가라앉았다.

명불허전.

천하십대고수에 견줄 만하다는 진왕평의 명성은 헛된 것이 아니었다. 그를 노리는 경력은 무겁기 이를 데 없어서 천외금강벽을 운용하고 있는 관산호조차 그 경력에 격중당한다면 온전할 수 있다고 자신할 수 없을 정도였다.

게다가 움직일 때마다 은은한 보기(寶氣)를 뿌리는 쌍자의 모습은 그것들이 평범한 재질로 만들어진 물건이 아니라는 것을 말해주고 있었다.

목을 노리는 아미자는 수평으로 베어오고 있었지만, 허리를 노리는 아미자는 마치 수레바퀴처럼 회전하고 있었다. 변화가 극심한 무기라는 것을 한눈에 알 수 있을 만큼 진왕평이 아미자를 다루는 솜씨는 뛰어난 것이었다.

관산호의 신형이 미끄러지듯 우측으로 석 자를 비키며 아미자를 흘려보냈다.

자신의 공세가 빗나간 것을 안 진왕평의 가는 입술에 음산한 미소가 걸렸다. 관산호가 왜 도를 잡지 않는지 이상하다는 생각이 그의 뇌리를 스쳐 지나갔지만 그 의문은 곧 사라졌다.

그가 평생을 고련한 일월쌍자술(日月雙刺術)은 피하려 한다
고 피할 수 있는 게 아니었고, 그 속도는 관산호가 도를 잡을
여유를 주지 않고 있었기 때문이다.

"흥!"

그는 코웃음을 치며 아미자를 비틀었다.

마치 바늘을 따라가는 실처럼 아미자는 여전히 관산호의
목과 허리를 노리며 날아들었다. 아미자를 든 그의 팔이 순간
적으로 늘어난 것 같은 착각이 들 정도였으니 그의 보법은 무
기술만큼이나 놀라운 것이었다.

그때였다.

"방주님!"

문 밖에서 다급하게 외치는 소리와 함께 현관문이 왈칵 열
리며 청의를 입은 십여 명의 사내가 바람처럼 대전으로 뛰어
들어왔다. 그리고 그 숫자는 찰나지간 삼십여 명으로 불어나
며 대전을 꽉 채웠다.

청의인들은 자신들의 눈앞에 펼쳐진 정경에 넋을 잃었다.
진왕평의 내공을 담은 음성을 들었을 때도 심상치 않다고 생
각했지만 설마 사해지존전 안에서 진왕평이 적을 상대로 애
병을 꺼내 들고 싸우고 있을 줄은 생각지도 못했던 것이다.

'해룡대……'

관산호는 청의인들의 정체를 한눈에 알아차렸다. 청의인
들은 유명곡에서 상대했던 자들과 같은 옷차림에 손에는 삼

혈구를 들고 있었다.

그의 눈빛이 강해졌다.

해룡대의 무위는 익히 겪어본 그였다. 그들이 진왕평과 합류해서 그를 공격한다면 가볍게 여길 수 없었다.

바람에 흩날리는 갈대처럼 진왕평의 아미자를 간발의 차로 피하던 그의 전신에 순간적으로 황금빛이 흐르는 듯하더니 그의 양손이 팔꿈치까지 거무튀튀한 강철빛으로 화했다. 장춘곡에서 초현되었던 암흑마라수가 재현된 것이다.

진왕평은 관산호의 쌍수가 장갑을 낀 것처럼 변하는 것을 보았다. 그 손에서 왠지 섬뜩한 느낌을 받은 그의 머리끝이 곤두섰다. 하지만 이미 해룡대의 수하들이 그가 있는 방위를 제외하고 관산호의 삼면을 포위하며 운신을 제약하기 시작한 시점이었다. 그리고 해룡대와 함께라면 천하십대고수도 두려워하지 않는 사람이 그였다.

그는 일월쌍자에 혼신공력을 실어 관산호의 가슴을 찔러갔다. 일월쌍자의 형상이 마치 구절편처럼 꺾어지고 휘어지면서 귀를 찢는 파공성과 함께 관산호의 가슴을 뒤덮었다.

그가 자랑하는 쌍자구련쇄격(雙刺九連鎖擊)이었다.

팟팟팟!

관산호는 무심한 눈으로 자신의 가슴으로 쇄도하는 아미자를 보며 쌍수를 들어올렸다.

그리고 진왕평은 평생을 통해 보지 못했던, 그리고 볼 수 있으리라 상상도 하지 못했던 광경을 보게 되었다.

관산호의 움직임은 눈으로 볼 수 있을 만큼 느렸다. 손을 내밀면 곧 붙잡을 수 있을 것 같은 생각이 들 정도였다. 하지만 십대고수라도 피하지 못할 거라 자부하던 진왕평의 쌍자구련쇄격은 그 느릿느릿한 관산호의 옷자락도 건드리지 못했다.

그가 어찌 알겠는가, 관산호의 운신은 구성(九成)에 이른 절세의 대적천류보에 기반하고 있다는 것을.

그의 운신은 너무 빨라 느리게 보이는 동중정(動中靜) 부동지동(不動之動)의 경지에 도달해 있는 것이다.

그리고 그가 이룬 대적천류보의 성취가 구성이었기에 진왕평이나 해룡대가 그의 움직임을 볼 수 있는 것이지, 대적천류보가 십이성의 경지를 이룬다면 전설의 이형환위(移形換位)가 현실에 구현될 터였다.

쩡!

진왕평의 아미자를 피해 우측으로 세 걸음 이동하는 관산호를 코앞에서 맞이한 두 명의 청의인이 무서운 기세로 삼혈구를 휘둘렀다.

슈우욱!

바람을 가르는 소리와 함께 삼혈구가 관산호의 허리와 등을 노리며 날아들었다.

철썩!

기괴한 소리가 들리며 삼혈구를 휘두른 청의인들의 안색이 시퍼렇게 변했다. 그들은 경악과 어이없다는 빛으로 반쯤 넋을 잃고 있었다. 관산호가 두 손을 들어 그들의 삼혈구의 첨단, 손만 대도 베일 것처럼 날카롭게 날이 서 있는 그 부위를 하나씩 부여잡고 있었던 것이다.

그들이 경악으로 눈을 부릅떴을 때 삼혈구의 첨단을 놓은 관산호의 신형이 미끄러지듯 그들 사이로 파고들며 두 손을 수도로 세워 그들의 이마를 내리찍었다.

청의인들은 그 손을 피해야 한다고 생각했다. 그리고 손의 움직임 역시 운신처럼 그리 빠르지 않아 그들은 피할 수 있다고 생각했다. 하지만 그것은 그들의 착각이었다. 그들은 일류고수였지만 너무 빨라 느리게 보이는 경지에 오른 초강고수를 본 적이 없는 것이다.

쾅!

"크아악!"

벼락치는 듯한 소리와 함께 처참한 비명이 터져 나왔다.

거대한 둔기에 얻어맞은 것처럼 이마가 절반 이상 함몰된 청의인들이 피분수를 뿌리며 뒤로 튕겨 나갔다. 금강불괴라던 지옥색혈귀도 견디지 못했던 암흑마라수였다. 그들이 감당할 수 있을 리가 없었다.

청의인들이 쓰러지며 양초를 넘어뜨린 탓에 사해지존전은 칠흑 같은 어둠에, 청의인들의 마음은 공포에 휩싸였다.

삼혈구가 통하지 않는 자, 떨쳐 낼 수도 피할 수도 없는 무공을 사용하는 자.

어떻게 두렵지 않을 수 있겠는가.

그것이 시작이었다.

"우와악!"

"크악!"

끊이지 않고 이어지는 처절한 비명이 사해지존전을 뒤흔들었다. 그리고 머리가 깨지고 가슴이 부서지며 즉사한 청의인들이 태풍에 휘말린 가랑잎처럼 어지럽게 날아가 이리저리 나뒹굴었다.

비명이 잦아든 것은 서른을 헤아리기도 전이었다.

"……."

한줄기 태풍이 휩쓸고 지나간 것과 같은 괴괴한 적막이 어둠에 잠긴 사해지존전에 내려앉았다.

진왕평은 반쯤 눈이 풀린 모습으로 아미자를 늘어뜨린 채 대전의 중앙에 서 있었다. 적을 앞에 둔 사람이라고는 생각지도 못할 만큼 흐트러진 자세였다.

"…네가… 정말… 강산호냐……?"

그는 더듬거리며 물었다. 충격이 그의 사고를 찰나간 마비시킨 것이다. 관산호의 명성은 익히 들었고, 사해등룡방의 부방주 역할을 할 만큼 강했던 그의 동생이 그의 손에 죽었다는 것을 잘 알았지만 설마 이 정도의 강자일 줄은 상상도 해본

적이 없었기에 실제로 관산호의 무공을 보고 받은 그의 충격
은 막대했다.

관산호는 대답없이 주변을 돌아보았다.

해룡대 삼십 명은 전멸했다. 단 한 명도 살아남지 못한 것
이다. 무림의 인물들이 보았다면 그 손속의 잔인함과 과감함
에 치를 떨었을 것이다. 사마외도의 인물들이라도 한순간에
서른 명을 몰살시키고 그처럼 무표정한 자는 없을 터였다.

그리고 그의 모습에서는 진왕평에 대해 신경을 쓰는 기색
이 전혀 보이지 않았다. 그 모습에 진왕평은 더한 공포를 느
끼며 전율했다.

관산호의 시선과 진왕평의 시선이 부딪쳤다.

진왕평은 이를 악물었다.

그의 가늘게 찢어진 두 눈에 실핏줄이 터지며 시뻘건 핏발
이 섰다. 이미 위축된 기세였다. 하지만 더 이상 밀리면 그는
자신이 애병을 써보지도 못하고 죽게 될 것이라는 것을 너무
도 잘 알고 있었다.

진득한 독기가 가득 서린 눈이었다. 남해의 제왕으로 군림
하며 살아온 세월이 수십 년이다. 그는 상대가 아무리 강하다
해도 순순히 패배를 시인하고 목을 늘일 생각 같은 건 추호도
없었다.

무심한 시선으로 진왕평의 눈을 바라보던 관산호는 품에
서 한 자 길이의 통을 꺼냈다. 그리고 그 끝을 만지작거리며

창문 밖 허공으로 집어던졌다.

펑!

허공 수십 장을 가볍게 솟아오른 통이 폭발음과 함께 한줄기 불꽃을 피워 올렸다가 사라졌다. 그 시간은 극히 짧았지만 십 리 밖에서도 확인할 수 있을 만큼 환한 불꽃이었다.

신호통을 터뜨리면서도 관산호의 시선은 진왕평에게서 떨어지지 않았다. 그이 기세에 잠시 압도당해 있다 해도 진왕평은 무시할 수 없는 강자였으니까.

그는 진왕평의 눈을 보며 소리없이 웃었다. 그리고 예의 그 공포스런 검은 손을 들어올렸다.

무적패왕수(無敵覇王手).

그것은 권마 초륜이 숨겨 놓았다는 파천여의환의 신비 중 하나였다. 파천여의환의 구성 물질이 무엇인지는 초륜도 몰랐다. 하지만 여의환에 대해 연구한 그는 특정한 경로를 통해 여의환에 막대한 내공을 주입하면 일 회에 한해서 그 형상을 변화시킬 수 있다는 것을 알아냈다.

횟수가 제한된 것은 여의환의 원제조자가 이미 여의환에 안배를 해놓았기 때문이었다. 그 원제조자가 바라는 수준의 내공을 여의환에 주입하면 궁극의 형상이 나타난다는 것을 초륜은 알아냈지만 그조차도 그 궁극의 형상을 구현하지는 못했다.

대신 그는 금강진력이 구성 이상의 경지에 도달하면 자신이 원하는 형상이 드러나도록 안배해 놓았다.

그 안배의 정체가 무적패왕수였다.

무적패왕수의 묘용은 두 가지였다.

하나는 불괴(不壞)로 어떤 충격을 받아도 부서지지 않는다
는 것.

두 번째는 절대의 파괴력. 무적패왕수는 금강진력을 구성
으로 운용할 수 있는 내공이 뒷받침되면 그 자체만으로도 가
공할 파괴력을 발휘한다. 그리고 그 파괴력은 이미 장춘곡에
서 지옥색혈귀를 통해 이미 발휘된 적이 있었다.

권법이 극에 달하면 검의 검강과 같이 권강을 사용하는 것
이 가능해진다고 한다. 하지만 관산호는 권강에 대한 실마리
를 잡기는 했지만 아직 권강을 사용할 수 있는 경지에 오르지
는 못한 상태였다. 그럼에도 그는 장춘곡에서 권강을 사용하
는 것과 다름없는 파괴력을 발휘했었다.

육장으로 검강지경에 버금가는 파괴력을 발휘하게 해주는
귀물(鬼物), 그것이 무적패왕수였다.

이번에 먼저 움직인 것은 관산호였다.

슈웃!

섬뜩한 기음과 함께 허깨비처럼 그와 진왕평과의 사이에
있던 이 장 거리가 사라졌다. 동시에 굳게 움켜쥔 그의 주먹
이 진왕평의 미간으로 날아들었다.

“흡!”

거세게 숨을 들이마신 진왕평은 무서운 기세로 일월쌍자를 십자로 교차하며 뻗어냈다.

관산호의 주먹이 그의 머리를 때리면 그의 일월쌍자는 관산호의 목을 벨 것이다. 동귀어진을 각오한 수였다. 그의 신분으로 새카만 후배인 관산호에게 이러한 수를 썼다는 것을 사람들은 믿지 못할 것이다. 하지만 관산호는 그가 그렇게 할 수밖에 없도록 만드는 절세의 고수였고, 그도 이제는 그 사실을 인정하고 있었다.

바람처럼 진왕평의 코앞으로 접근했던 관산호의 신형이 푹 꺼지며 사라졌다. 일월쌍자가 그가 있던 자리를 휩쓸고 지나갈 때 진왕평은 두 다리를 교차시키며 측면으로 다섯 자를 물러났다.

그의 안색은 시체처럼 창백했다. 어느새 그의 좌측으로 이동한 관산호의 수도가 가공할 기세로 그의 목을 쳐 오고 있었던 것이다. 그의 실전 경험이 조금만 떨어졌어도 목이 부러진 시신이 되었을 무서운 일격이었다.

진왕평의 하체가 문어처럼 흐느적거리며 그의 신형이 두 자는 낮아졌다. 동시에 그의 신형이 한줄기 회오리바람처럼 두 바퀴를 회전했다. 그 회오리를 따라 그의 일월쌍자가 폭발적인 기세로 관산호의 상하체를 수십 회에 걸쳐 난자했다.

그가 자신하는 일월폭뢰(日月爆雷)였다.

관산호의 눈이 무시무시한 빛을 발했다.

따다다다당!

요란한 쇳소리가 사해지존전을 떨어 울리며 어둠을 밝히는 불똥이 쉴 새 없이 튀었다. 무적패왕수와 일월쌍자가 찰나간 사십여 회를 부딪친 것이다.

따다당!

불이 밝게 켜져 있었어도 일월쌍자와 무적패왕수의 모습은 볼 수 없었을 것이다. 관산호와 진왕평의 손은 눈에 보이지 않을 정도로 빠른 속도로 움직이고 있었기 때문에.

진왕평의 전신에서 땀과 뒤섞인 끈적한 피가 튀고 있었고, 얼굴과 손은 지렁이처럼 꿈틀대며 튀어나온 굵은 심줄들로 뒤덮였다.

일월쌍자로 막아내고 있기는 했지만 신병이기에 속하기에 부족함이 없는 강도와 예리함을 가진 쌍자의 날이 파편으로 부서져 날아가며 그의 전신에 생채기를 내고 있었다. 무적패왕수의 패도적인 힘이 만들어낸 결과였다.

하지만 그 사정은 관산호도 진왕평에 비해 그리 나아 보이지 않았다. 그가 입고 있는 흑의는 갈기갈기 찢어져 상체가 거의 다 드러나 있었고, 그 상체는 가늘게 그어진 상처들이 거미줄처럼 뒤엉킨 채 땀과 피에 절어 있었다.

일월쌍자의 변화는 기궤막측해서 한쪽 날을 막으면 어느새 원을 그리며 뒤집어진 반대쪽 날이 그의 몸을 그어댔다. 쌍자는 두 자루였지만 실제 진왕평의 운용은 네 자루를 휘두르는 것이나 다름없을 정도로 놀라웠다.

천외금강벽으로 방호하지 않았다면 치명적인 상처는 아니더라도 살갗이 한 꺼풀 껍질을 벗는 상처는 피할 수 없었을 것이다.

그는 대적천류보를 사용하지 않은 채 무적패왕수의 불괴의 묘용과 염왕진혼박상의 공방기법만으로 진왕평을 상대했다. 이 싸움은 반드시 해야만 하는 것이었지만 그는 싸움 속에서 자신이 익힌 무공과 무적패왕수의 실제 위력을 점검하고 있었다.

십대고수에 비견된다는 진왕평은 종초기와는 차원이 다른 진정한 고수였고, 점검의 대상으로는 더 이상 적절한 사람을 찾을 수 없는 적임자였다. 진왕평이 그의 내심을 알았다면 혀를 물고 죽을 일이었다.

하지만 이 점검이 말처럼 쉬운 것이 아니라는 건 그의 전신에 흐르는 땀이 적나라하게 말해주었다. 천외금강벽을 유지하기 위해서, 그리고 염왕진혼박을 사용하기 위해서는 막대한 내공의 소모를 감수해야 했고, 한 순간이라도 내공이 그들을 받쳐 주지 않는다면 무적패왕수를 낀 손을 제외한 그의 전신은 넝마처럼 찢겨 나갈 터였다.

쾅!

삼십여 초가 넘도록 이어지던 그들의 공방은 굉음과 함께 잠시 멈췄다. 관산호가 주먹으로 일월쌍자를 후려치며 뒤로 일 장을 물러난 것이다.

하지만 진왕평은 관산호의 후퇴가 싸움의 끝을 의미하지 않는다는 것을 너무도 잘 알기에 사력을 다해 관산호를 따라 붙었다.

일월쌍자가 자신을 찔러오는 것을 보며 관산호는 발끝으로 바닥을 찍었다. 진왕평은 일 장 앞에 있던 관산호의 신형이 연어가 강물을 거슬러 오르는 것처럼 그의 일월쌍자가 만들어낸 자영의 틈을 비집고 들어오는 것을 보았다.

관산호의 왼쪽 뺨과 오른쪽 어깨에서 피가 튀었다. 하지만 그것을 보는 진왕평의 얼굴에 절망의 빛이 뚜렷해졌다.

관산호의 상처는 피류의 상처에 불과하다는 것, 그리고 자신이 일월쌍자를 변화시켜 관산호를 막을 시간적 여유가 없다는 것을 그는 직감했던 것이다.

사해지존전에 들어선 후 처음으로 극성의 대적천류보를 펼친 관산호의 움직임을 상상을 초월할 정도로 빨라졌다.

시퍼렇게 질린 진왕평의 가슴을 관산호의 오른 주먹이 강타했다. 염왕진혼박 칠대수법 중 붕산격(崩山擊)이었다.

쾅!

날벼락이 떨어지는 듯한 소리와 함께 가슴에 거대한 구멍이 뚫린 진왕평의 신형이 그의 가슴을 친 힘의 여파를 이기지 못하고 대전의 벽까지 날아가 부딪치며 바닥에 휴지처럼 처박혔다. 볼 것도 없는 즉사였다.

천천히 손을 내린 관산호는 심호흡을 하며 진왕평의 시신을 보았다.

'강한 자였다. 하지만 스승님보다는 약하다. 십대고수에 근접했었을 수는 있지만 그들과 같은 수준은 아니야.'

그의 스승 상익청은 십대고수의 일인인 귀영자와 호각의 싸움을 한 적이 있었다. 그런 스승보다 약하다면 강호상에 유전된 진왕평의 무공은 과장된 것이라고 할 수 있었다. 하지만 그의 무공은 상익청에게 조금 뒤질 뿐, 절세라는 이름이 부끄럽지 않은 것이었다.

관산호는 진왕평의 시신에서 눈을 뗐다.

대전은 고요했다.

이상한 일이다.

그가 삼층에서 싸운 시간이 짧았다고는 하나 근 일각여.

해룡대는 전멸했지만 일층에는 상시 호위무사만 칠십 명이 넘는 데다 주변에 배치된 무사들의 수도 수백이었다. 그들이 모두 삼층에서의 소란을 듣지 못했다는 것은 말이 되지 않는 일이었음에도 삼층에 모습을 드러내는 사람은 없었다.

관산호는 대전의 문을 열고 밖으로 나갔다.

대전 밖은 바로 계단이었다. 계단을 내려가자 중앙에 큰 대청이 있고 사면에 십여 개의 방문이 보였다. 해룡대가 머물던 방일 것이다. 대청을 벗어나자 다시 복도가 나타났다.

그리고 복도가 끝나고 일층으로 향한 계단이 시작되는 곳

에 피를 뒤집어쓴 악귀 같은 모습의 황우령과 호연찬이 숨을
헐떡거리며 서 있었다.

그들의 앞은 시산혈해였다. 언뜻 보아도 몇 겹으로 포개진
채 계단을 가득 메운 시신들의 수는 삼십 구가 넘었다.

계단 밑에는 무기를 든 사내 수십 명이 있었지만 그들은 두
려움에 젖은 눈으로 황우령과 호연찬을 바라볼 뿐, 감히 공격
을 하지는 못했다. 그들은 일류에 근접한 무공을 보유하고 있
었고, 황우령과 호연찬에 비해 숫자는 수십 배였다. 하지만
지금 그들에게 머릿수는 아무런 도움이 되지 않았다.

무공 외에도 황우령과 호연찬은 그들이 결코 따라올 수 없
는 두 가지 강점을 갖고 있었다. 실전 경험과 죽음 앞에서도
결코 물러서지 않는 불굴의 정신력이 그것이었다.

삼층으로 올라온 자가 아무도 없었던 이유.

그 해답을 황우령과 호연찬은 자신들의 손에 든 핏물이 흐
르는 무기로 말해주고 있었다.

"이제 오십니까, 대사형!"

싱긋 웃으며 관산호를 맞은 황우령이 관산호의 상체를 보
며 말을 이었다.

"진왕평이 이름값을 했군요."

웃음기가 묻어나는 말과는 달리 황우령과 호연찬도 그리
좋은 상황은 아니었다. 그들의 전신에도 입을 벌린 상처들이
피를 토해내고 있는 것이다. 하지만 그들도 관산호도 상처에

는 관심이 없었다, 그들에게 상처란 늘 붙어 다니는 친구와 같은 것이었으니까.

황우령의 말에 묵묵히 고개를 끄덕이던 관산호가 물었다.

"그들은?"

"채익을 제외한 삼 개 당의 당주들은 모두 죽었습니다."

황우령과 호연찬이 관산호와 함께 삼층에 모습을 드러낼 수 없었던 이유였다.

"떠나자."

"이놈들은요?"

황우령이 묻자 관산호가 계단 아래의 사내들을 보았다. 그의 눈빛이 무서운 빛을 발했다.

"진왕평과 해룡대는 모두 죽었다. 너희가 우리를 막는다면 너희도 죽을 것이다."

관산호의 감정이 실리지 않은 음성을 들은 등룡방도들의 얼굴에 공포와 절망의 빛이 완연해졌다.

아무리 배운 것이 없는 해적들이지만 그들도 생각할 줄 아는 사람이다. 삼층에서 나는 굉음과 비명 소리를 듣고 이층으로 올라가려 할 때 그들의 앞을 막아선 황우령과 호연찬을 보면서도 불안해하던 그들이었다.

그런 그들 앞에 관산호는 이층에서 모습을 드러냈다. 그것은 이층에 있던 사람들이 전멸당했다는 것을 의미했고, 관산호는 그들의 불안한 예상을 확인해 주었다.

계단 아래 있는 등룡방도들의 수는 삼십오 명.

하지만 그 숫자로는 방주와 해룡대를 단신으로 죽인 것으로 추측되는 흑의인은 물론이고 지금까지 그들 앞을 막아섰던 두 명의 사내를 상대하는 것도 버거웠다.

누구에게나 목숨은 소중한 것. 그리고 그들은 무인이 아니라 해적들이다. 그들에게 무인의 도를 바란다는 것은 지난한 일.

조금씩 옆에 있던 사람의 눈치를 보던 사내들이 하나 둘씩 물러나기 시작했고, 잠시 후 계단 아래는 텅 비었다.

"쓰레기들!"

호연찬이 그때까지도 거두지 않고 있던 쌍두용아편을 팔뚝에 감으며 차가운 음성으로 뱉듯이 말했다. 그의 음성에서는 아직도 진한 살기가 묻어났다.

"저런 자들이 이때까지 남해를 활개 치게 놔두었다는 것이 가슴 아프구만."

혈랑검을 회수하던 황우령도 눈살을 찌푸리며 말했다.

입을 다문 그들은 어느새 한걸음에 계단을 내려간 관산호의 뒤를 따라 신형을 날렸다.

사해지존전 밖은 사람의 모습이 보이지 않았다. 근처에 있던 자들이 사해지존전에서 쏟아져 나온 방도들에게 얘기를 듣고 공포에 질려 도망간 탓도 있지만 그보다는 다른 이유가 있었다.

관산호는 해왕도의 부두가 있는 곳, 섬의 출입구 쪽이 연신 폭발음과 불꽃을 피워 올리고 있어 대낮처럼 환해진 것을 볼 수 있었다.

관산호의 한 걸음 뒤에서 그 광경을 본 황우령이 어이가 없다는 듯 고개를 젖히며 웃었다.

"하하하, 성질 급한 인간입니다. 우리가 동굴을 통과할 때 해왕도 근처까지 온 모양인데요. 벌써 공격을 시작한 걸 보면요."

관산호의 얼굴에도 쓴웃음이 떠올랐다. 신호를 올리긴 했지만 공격 시간이 그의 예상보다 많이 빨랐기 때문이다. 그의 신호를 받은 위수결이 해왕도를 공격하고 있는 것이다.

"가자, 모 낭자가 기다리고 있을 거다."

"예, 대사형."

황우령과 호연찬은 피에 절은 얼굴에 웃음을 머금으며 힘차게 대답했다.

수십 년간 남해를 휘저으며 위세를 떨치던 사해등룡방이 지옥으로 추락하는 밤이었다.

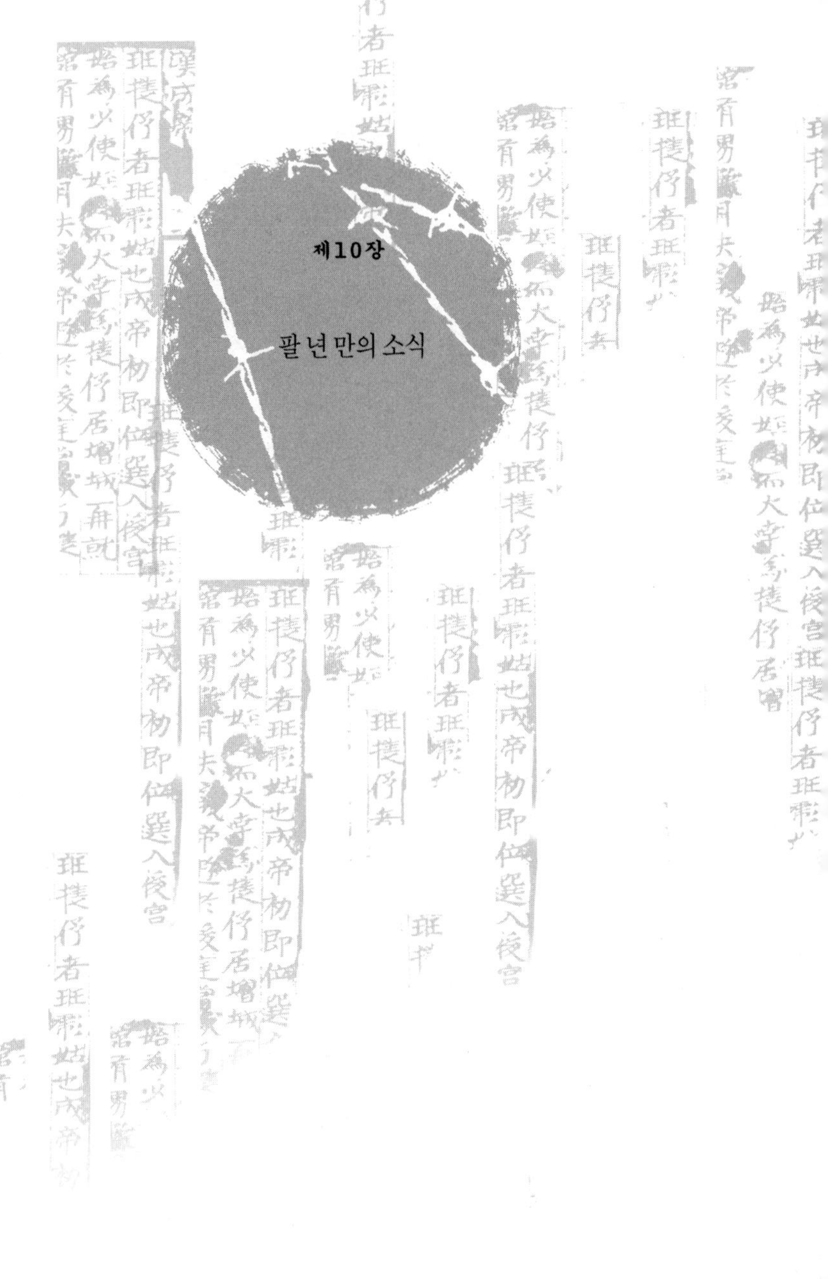

제10장

팔 년 만의 소식

鐵血無情路

우문뢰는 미간을 잔뜩 찌푸리며 좌홍의를 바라보았다. 좌홍의는 감히 그 눈을 받지 못하고 고개를 숙였다.

"진왕평이 죽고 사해등룡방이 해왕도를 버리고 도주했다고? 그 말을 지금 나보고 믿으라는 건가?"

"풍마이가 확인한 사실입니다, 천주님."

좌홍의의 조심스러운 대답을 들은 우문뢰가 어이없다는 듯 헛기침을 토하며 등을 태사의에 기댔다.

"허… 상익청이 왜국 본토를 휘저어놓은 후 왜국의 상인들이 움츠러들대로 든 탓에 왜국과 연결할 수 있는 유일한 통로 역할을 하던 것이 진왕평이었는데… 이 무슨 날벼락이란 말인가……."

서서히 그의 눈에 노여움이 어리기 시작했다.

좌홍의는 숨을 죽였다.

드넓은 군마대전이 우문뢰의 패도적인 기세에 짓눌리고 있었다.

"어떤 놈의 짓인가?"

"지금까지 알려진 바로는 참룡선단을 이끌던 위수결이란 자의 짓인 듯합니다만, 이해할 수 없는 점들이 있어 정보를 더 모으라고 풍마이에 지시를 내렸습니다."

"위수결? 들어본 적이 있는 이름인데……."

잠시 기억을 더듬던 우문뢰가 다시 말문을 열었다.

"위수결이라면 그 십여 년 동안 진왕평에게 쫓겨 다녔다던 부랑자 녀석 아닌가?"

"그렇습니다."

"그놈이 사해등룡방을 패퇴(敗退)시켰다고? 그건 더 믿을 수 없는 일이로군."

"그렇습니다. 위수결 단독으로는 불가능한 일입니다. 그가 방수를 끌어들인 것은 확실한데 그 방수가 누군지는 아직 파악이 되지 않았습니다. 하지만 열흘 안에는 모든 것을 보고드릴 수 있을 것입니다. 죄송합니다, 천주님."

"혹, 혈전단이 아닌가?"

"상익청은 아닙니다. 등룡방이 무너질 때 상익청은 혈전단을 이끌고 복건 북부를 침입한 왜구와 싸우고 있었습니다.”

우문뢰의 미간에 그어진 내천자가 더 굵어졌다. 하지만 내천자는 곧 사라졌다. 놀라운 일이었지만 등룡방의 붕괴를 기정사실로 인정하자 평소의 그로 되돌아온 것이다.

“등룡방을 누가 무너뜨렸는지 파악하는 것도 중요한 일이지만 더 중요한 것은 등룡방이 무너짐으로 인해 본 천과 왜국과의 밀무역에 문제가 발생한다는 것이네. 그들을 통한 밀무역은 본 천의 전력을 증강하는데 필수적인 자금줄 역할을 해왔네. 아직 우리가 직접 왜국과 밀무역을 할 수 있는 역량을 갖추지 못한, 이상 그들을 대체할 세력을 빨리 만들어내야 해.”

“알고 있습니다.”

“생각해 둔 것이 있나?”

“사해등룡방이 해왕도를 버리고 도주했지만 아직 완전히 무너진 것은 아닌 듯합니다. 일단은 그들과 접촉해서 현재 그들을 이끄는 자가 누구인지 파악하고자 합니다. 그 수뇌가 누군지 알아야 그들을 계속해서 우리가 부릴 것인지를 알 수 있고, 상황을 보아 그들을 직속의 예하로 흡수할 수도 있기 때문입니다. 하지만 그들이 그럴 만한 가치가 없다고 판단되면 그들을 폐기하고 차라리 위수결을 흡수하는 것도 하나의 방편이 될 수 있을 것입니다. 위수결은 능력이 있긴 해도 남해를 전역을 제압할 만한 역량은 되지 않는 자로 알려져 있으니, 등룡방이 아닐 경우 차선의 패 역할을 할 수 있을 것입니다. 하지만 위수결을 택하는 것은 등룡방을 폐기한 후에나 선택할 수 있는 패입니다. 그는 진왕평에게 쫓겨 다니기 바빠서 밀무역 쪽으로는 인맥과 경험을 축적해 놓지 못한 것으로 알고 있습니다.”

“흠, 전력을 기울여 등룡방의 잔존 세력과 접촉을 시도해 보게.”

“알겠습니다. 하지만 그들은 바다를 떠도는 자들이라 시일이 걸릴 것입니다.”

“알고 있네. 하지만 최대한 빨리 하도록 하게. 후기지수들의 십 년 수련이 끝날 시기가 다가오지 않는가. 그들이 자유롭게 움직이기 위해서는 막대한 자금이 필요해.”

“명심하겠습니다.”

고개를 숙이며 답하는 좌홍의의 이마를 바라보던 우문뢰가 입술을 뗐다.

“그리고 위수결의 방수라는 자를 반드시 찾아내게. 모르고 한 일일 테지만 그놈이 등룡방을 붕괴시킴으로 인해 본 천의 대업(大業)에 차질이 불가피해졌어. 대가를 치러야지.”

우문뢰의 어조는 담담했다.

하지만 좌홍의는 그 어조 속에 깃든 맹렬한 살기와 분노를 어렵지 않게 읽어냈다.

“최선을 다하겠습니다, 천주님.”

길게 읍을 한 좌홍의가 허리를 폈을 때 우문뢰가 지나가는
어조로 물었다.

"록은 어떻게 지내나?"

뜻밖의 질문인 듯 좌홍의는 고개를 퍼뜩 들었다. 놀란 눈빛
이지만 곧 입을 열어 우문뢰의 질문에 답했다.

"여전히 밤거리를 배회하고 계십니다."

"허… 그놈이 나를 도와준다면 천군만마를 얻은 것과 진배
없을 터인데… 그 탁월한 능력을 홍진 속에 묻어버리다니, 어
리석은 놈!"

우문뢰의 음성에는 안타까움과 아쉬움이 복잡하게 혼재되
어 있었다.

그 말을 듣는 좌홍의의 얼굴에도 안타까운 빛이 어렸다. 그
러나 '그'에 대한 일은 그가 언급할 수 있는 영역이 아니다.

허공 너머를 바라보며 탄식하던 우문뢰의 시선이 좌홍의
를 향했다. 차갑고 강렬한 눈. 그의 눈은 군마천 만인지상의
힘을 가진 자의 그것으로 돌아와 있었다.

"등룡방에 관한 안건은 모든 일에 우선하네."

"존명!"

짤막하게 대답한 좌홍의는 신형을 돌렸다.

군마대전을 나서는 그의 발걸음은 빨랐다.

해야 할 일이 산더미처럼 많은 것이다.

＊　　　　＊　　　　＊

해남도 해구(海口).

해구현은 해남도에서 가장 번성한 항구다. 내륙과 근접해서 배들이 수시로 드나드는 곳인 때문이다.

한때는 내륙과 해상의 유구국(琉球國:오끼나와)을 연결하는 중개 역할로 전성기를 누린 과거를 갖고 있었다. 비록 최근 수십 년간 왜구의 발호로 많이 한산해진 탓에 예전만은 못했어도 여전히 사람들의 왕래가 빈번한 곳이었다.

해구현 서부 외곽에 위치한 대해객잔(大海客棧) 별관.

어둠이 나락이 별관을 뒤덮었다.

그 별관 깊은 곳, 불이 꺼지지 않은 방에 다섯 명의 남녀가 앉아 있었다. 관산호 일행이다.

해왕도 전투가 끝난 지 일주일이 지났다. 그들은 전투의 와중에 위수결이 내준 배를 타고 해남도로 왔고, 해왕도에서 입은 상처를 치료했다. 관산호를 비롯한 황우령과 호연찬은 평소의 모습을 되찾은 상태였다. 유향은 여전히 면사로 얼굴을 가린 채 그림처럼 관산호의 옆에 앉아 있었다.

떨리는 눈으로 관산호를 응시하고 있던 모수란이 말문을 열었다.

"사해지존전에 있지 못했던 것이 이처럼 아쉬울 줄은 몰랐군요."

그녀는 일류가 아니라면 숨도 제대로 쉬지 못할 만큼 고수가 많은 곳에서 자랐다. 그러나 실제로 전투를 해본 적은 한 번도 없었고, 백 인 이상이 싸우는 대규모 전투는 구경도 못 해보았다.

그래서 해왕도에서 참룡선단과 등룡방의 전투를 지켜본 그녀는 전율했다. 천수백 명이 대포를 쏘고 칼을 휘두르며 싸우는 장면은 상상 속에서만 가능했던 일이었기 때문이다.

게다가 사해지존전에서 벌어졌던 전투는 비무를 쫓아다니는 낭인들조차 평생에 한 번 볼까 말까 한 대전(大戰)이었다. 그런 장관을 볼 수 없었으니 그녀가 아쉬워할 만했다. 예로부터 구경 중 가장 재미있는 것은 불구경과 싸움 구경이라고 하지 않는가. 여자라고 예외일 수는 없는 것이다.

"즐거운 광경이 아니었으니 오히려 잘된 일일 것이오."

관산호가 담담한 어조로 그녀의 말을 받았다.

예전처럼 차가울 정도로 무심한 어투가 아니었다. 비꼬는 느낌도 없었다. 그것을 알아차린 모수란의 눈이 반짝였다.

'이 년 전보다 웃음이 많아졌다고 생각했는데 내가 잘못 본 것이 아니었어. 해왕도를 다녀온 다음부터는 분명히 조금 더 부드러워졌고… 무엇인가가 그를 변화시키고 있는데 원인을 알 수가 없어 답답하구나…….'

잠시 그녀가 생각에 잠겼을 때 황우령이 관산호를 향해 말문을 열었다.

"대사형, 등룡방은 전력의 삼분지 일 정도를 보존했습니다. 그 정도면 참룡선단보다는 약세지만 쉽게 붕괴될 것 같지는 않습니다. 병법에 밝은 채익이 그들을 지휘하고 있으니 더 그렇구요. 사부님과 사형제들에게 조금이나마 도움이 된 듯해서 정말 기쁩니다."

그의 음성은 활기에 가득 차 있었고, 얼굴은 밝았다.

관산호의 얼굴에도 가는 미소가 떠올랐다.

"나도 그렇다."

피바다를 헤엄치고 있을 스승과 사형제에 대한 마음의 짐을 어느 정도 던 탓일까. 그의 얼굴에서는 그 나이 청년다운 가벼움을 느낄 수 있었다.

호연찬의 차가운 얼굴에도 환한 미소가 떠올라 있었다. 그가 물었다.

"대사형, 이제 어떻게 하실 생각인지 말씀을 해주십시오."

그의 질문에 황우령도 눈을 번뜩이며 관산호를 주시했다.

호연찬은 사해등룡방을 해결했으니 이제 관산호가 본래 하고자 했던 일을 어떻게 진행할 생각인지 계획을 듣고 싶다는 것이다.

고개를 끄덕인 관산호는 호연찬의 말에 대답을 하지 않은 채 모수란을 보며 말문을 열었다.

"모 소저는 내가 혈전단을 떠난 것이 등룡방을 처리하기 위해서라고 알고 있을 것이오.”

그의 말에 모수란은 어리둥절한 가운데 긴장한 표정이 되었다. 그의 말처럼 그녀는 관산호 일행이 혈전단을 떠난 것은 사해등룡방 때문이라고 알고 있었다. 그런데 관산호의 어투는 등룡방을 처리하는 것이 주된 목적이 아니라는 여운을 담고 있었다.

똑바로 자신을 바라보는 모수란의 시선을 받으며 관산호가 말을 이었다.

“등룡방은 선결할 문제이긴 했지만 부차적인 것이었소. 앞으로 내가 하고자 하는 일은 극히 개인적인 일이오. 그래도 당신은 나와 동행을 계속하겠소?”

모수란의 안색이 굳어졌다.

관산호의 말을 들은 그녀는 상익청이 자신을 떼어내기 위해 관산호와의 동행을 강권했다는 것을 깨달았다. 기분이 좋을 수 없는 일이었다. 하지만 무연촌을 자발적으로 찾아가 받아달라고 억지를 부린 것은 그녀였다. 상황을 깨달았다고 해서 화를 낼 수 있는 입장이 아닌 것이다.

그녀의 입술 사이로 긴 한숨이 흘러나왔다.

“그런 줄도 모르고 저는 어린아이처럼 좋아하고 흥분했네요.”

“속이려고 한 것은 아니오, 단지 혈전단이 당신을 받아들일 수 없는 상황이었을 뿐.”

“이해해요. 하지만 서운한 것은 어쩔 수가 없군요.”

“…….”

관산호는 말이 없었다.

위로를 할 이유도 필요도 없는 일이었다.

황우령과 호연찬은 묵묵히 그들의 대화를 들었다. 관산호가 호연찬의 말에 대꾸하기 전 모수란에게 질문한 의도는 명백했다. 함께할 사람이 아니라면 앞으로의 계획을 얘기할 수 없는 것이다. 그만큼 그가 해야 할 일은 보안이 중요했다.

모수란이 빛나는 눈을 들었다.

“앞으로 강 공자님이 하시고자 하는 일이 어떤 일인지 들어보고 결정할 수는 없나요?”

“그럴 수 없소.”

단호한 거절이다.

모수란은 생각에 잠겼다. 그녀의 고운 이마에 보일 듯 말 듯한 주름이 잡혔다.

관산호의 능력은 남해에 소문난 것과 비교할 수 없을 정도라는 것은 등룡방을 처리하는 과정에서 여실하게 증명되었다. 그 정도의 능력을 가진 사람이 저처럼 보안을 유지하며 하려고 하는 개인적인 일이라는 것이 대체 어떤 일일지 천재라는 그녀도 감이 잡히지 않았던 것이다.

“그럼 몇 가지 여쭤보고 결정하고 싶어요. 그건 허락해 주실 수 있겠죠?”

　궁정으로 끝나는 질문과 부정으로 끝나는 질문은 그 대상자의 마음에 미묘한 변화를 만든다는 것을 그녀는 잘 알고 있었다.

　관산호의 눈빛이 깊어졌다. 지금까지 동행한 여인이다. 그것까지 거절할 수는 없는 일이다.

　"질문하시오."

　"싸움이 수반되는 일인가요?"

　"…피하기 어려울 거요."

　"위험한 일인가요?"

　"대단히. 살 확률보다 죽을 확률이 더 높소."

　그의 대답에 모수란의 안색이 살짝 변했다.

　"개인적인 일이라고 하셨는데, 공자님이 그 일을 실천에 옮기셨을 경우 그 여파가 개인적인 선에서 그치는 일인가요?"

　관산호가 그녀의 질문에 담긴 의미를 읽어내는 것은 어려운 일이 아니었다. 이 년 수개월 전 상익청과의 대화가 있은 후부터 계속 고민해 온 문제였기 때문이다.

　"잘 풀리면 그럴 테지만… 최악의 경우 중원무림 전체가 소란스러워질 수 있소."

　"중원무림 전체……!"

　중얼거리는 모수란은 멍한 표정이었다. 도대체 그 일이 어떤 일이기에 개인적인 일의 여파가 중원 전체에 미친단 말인

가. 배경 설명이 전무한 상태다. 그 말을 이해하는 것은 가능
하지 않았다.

"민생에도 영향이 있을 정도인가요?"

"잘 풀리지 않는다면… 그럴 수도 있소. 최대한 그렇게 되
지 않도록 노력하겠지만 장담은 할 수 없는 일이오."

"마지막으로 여쭐게요. 이것은 방금 전 질문과 연관이 되
는 것이기도 해요. 그 일이 대의에 어긋나지 않는 일인가요?"

관산호는 침묵했다.

그녀의 질문은 즉시 대답할 수 있는 성질의 것이 아니었다.
대의에 어긋난다면 민생에 끼치는 영향은 악영향일 수밖에
없다.

일 다경 정도가 지났을 때 그가 입을 열었다.

"대의(大義)라는 것을 어떤 관점에서 보느냐에 달라지겠지
만 하늘을 우러러 부끄러움이 없는 일이라는 것은 말할 수 있
소."

모수란은 빛나는 눈으로 관산호를 응시하며 생각에 잠겼
다.

질문과 대답을 길지 않았고 관산호의 대답 속에서 유추해
낼 수 있는 것은 극히 적었다. 하지만 그녀는 범인과는 다른
두뇌의 소유자다, 유추해 내는 것 또한 범인과 다를 수밖에.

"공자님의 개인적인 일이 아마도 무련이나 군마천의 수뇌
부와 관련된 듯하군요. 그 일이 잘 안 풀릴 경우 중원 전체를

소란스럽게 만들 만한 저력을 소유한 세력은 당대에 그들밖에 없죠.”

관산호의 무심하던 눈에 찰나간 흠칫한 기색이 스쳐 지나갔다. 눈을 마주하고 있는 상태였기에 모수란은 관산호의 변화를 보았다. 그 변화에서 그녀는 자신의 생각이 맞다는 것을 확신할 수 있었다. 하지만 그녀는 내색을 하지 않은 채 말을 이었다.

“저는 공자님과 계속 동행하며 공자님을 돕겠어요. 그래서 중원무림이 소란스러워지지 않도록 최선을 다하겠어요. 그것이 평범하게 사는 사람들을 돕는 길이 될 테니까요. 받아주실래요?”

그녀의 눈은 강한 기대와 바람으로 뜨겁게 달아올라 있었다.

“당신이 나를 돕는다면 거절할 이유는 없소. 하지만 먼저 당신이 어떤 사람인지 분명하게 알고 싶소. 과거를 모르는 사람을 옆에 두기는 어려우니까.”

모수란의 얼굴에 환한 미소가 떠올랐다. 반승락인 것이다.

그녀는 웃음이 가득한 얼굴로 입을 열었다.

“제가 무림세가의 여식이라는 것은 짐작하고 계셨죠?”

“…….”

관산호는 말없이 고개를 끄덕였다. 높은 무공과 학식은 훌륭한 스승에게 배울 수 있는 것이지만 천목산에서 처음 만났을 때 보았던 값비싸고 귀한 옷차림과 지금까지 옆에서 지켜보며 느낀 그녀의 자연스레 몸에 밴 기품있는 행동들은 하루 아침에 만들어질 수 없는 것들이다.

"제 성은 가짜예요. 본성은 모용(慕容)이죠. 모용수란, 그것이 제 이름이에요. 본가는 산서에 있는 모용세가이고, 선친의 함자는 모용 비(飛) 자 룡(龍) 자세요."

"……!"

관산호는 말을 잊었다. 놀란 것이다.

황우령과 호연찬도 놀라 눈을 크게 떴다.

산서 모용세가(慕容世家).

흔히 절세모용가라고 불리는 이 전통의 명문세가는 중원 오대세가의 한자리를 당당히 차지하고 있을 뿐만 아니라, 섬서의 서문세가, 그리고 사천의 당가, 호북의 무당, 감숙의 공동, 호남의 형산, 섬서의 종남파와 함께 중원무림의 중추를 이루는 거대 가문이다.

놀람이 가라앉으며 관산호의 얼굴이 무겁게 변했다.

모용수란의 얼굴에서도 미소가 사라졌다.

방금 전까지 부드럽던 관산호의 눈빛이 쏘는 듯 날카롭게 변했기 때문이다.

그 기색에서 무언가를 읽은 그녀가 긴장된 어조로 입술을 뗐다.

"공자님이 하신다는 일의 대상이 무림이군요?"

묵묵히 그녀를 보고 있던 관산호가 천천히 고개를 끄덕였
다.

"당신 생각이 맞소. 그래도 동행하겠소?"

"설마 본가는 아니겠지요?"

모용수란의 음성이 극한 긴장으로 가늘게 떨렸다. 하지만
그 떨림은 관산호가 다시 고개를 끄덕이는 것과 함께 끝났다.

모용수란의 얼굴에 미소가 되돌아왔다.

"그렇다면 동행하겠어요."

"후일 모용세가와도 얼굴을 붉히게 될지 모르오."

"그렇게 되지 않게 하기 위해서라도 동행하겠어요."

모용수란은 단호하게 말했다.

관산호의 굳어 있던 얼굴이 풀렸다.

그가 본 모용수란은 머리가 좋은 것과 더불어 많은 장점을
갖고 있었다. 그녀는 여인이었지만 감정에 쉽게 휩쓸리지 않
았고, 뜻이 높고 성격이 대범했다. 어지간한 남자보다 훨씬
나은 것이다.

그가 불쑥 입을 열었다.

"내가 볼일이 있는 사람은 서문굉천이라는 사람이오."

"검지혼!"

눈을 크게 뜬 모용수란은 참지 못하고 탄성을 토했다.

그가 앞으로 하고자 하는 일의 대상을 밝힌 것은 그녀를 동
행으로 받아들이겠다는 뜻. 하지만 그것을 기뻐하기도 전에

그가 언급한 이름이 그녀의 정신을 혼미하게 만들었다.

어찌 놀라지 않겠는가. 전대 중원제일고수이자 중원무련의 태상련주에게 볼일이라니!

놀람을 추스른 그녀의 맑은 눈이 깊게 가라앉았다.

"그분은 일선에서 물러나신 지 십여 년이 넘었어요. 그리고 물러나시기 전까지 그분이 일관되게 보여준 모습은 사리에 밝고 공명정대한 것이었다고 들었어요."

"그럴 수도 있지… 하지만 나는 그에게 볼일이 있소."

"그분을 만나기는 쉽지 않겠지만 거듭 청하면 거절하지는 않을 텐데요? 제가 알기로 서문세가는 찾아오는 사람을 문전박대하는 그렇게 경우없는 가문이 아니에요."

"당신 말처럼 쉬운 일이었다면 내가 이렇게 먼 길을 돌아가고 있지는 않을 거요."

"……?"

"이십삼 년 전에 갓 태어난 아기를 죽이려 했던 자들이오. 아마 그들이 내가 누군지를 안다면 역시 같은 행동을 하려 할 거요. 당시나 지금이나 상황이 변한 것은 아무것도 없소. 오히려 더 치열하게 살인멸구를 시도하겠지. 군마천과 첨예하게 대립하는 당대의 상황에서 나란 존재는 눈엣가시 같을 테니까."

"그런 짓을!"

모용수란은 연이은 충격에 더 이상 놀랄 기력도 잃었다. 당사자, 그것도 관산호와 같은 사람이 그렇게 말을 하는데 믿지 않을 수도 없는 일이다.

"공자님의 신상에 얽힌 일을 알고 싶어요. 공자님의 추측대로라면 일이 일파만파로 커질 가능성이 큰데 그 여파를 최소화하려면 일의 전말을 아는 것이 도움이 될 거라고 생각해요."

그녀의 바람은 충분한 설득력을 갖고 있었지만 관산호는 간단하게 고개를 젓는 것으로 그녀의 바람을 꺾어버렸다.

오랫동안 아무도 입을 열지 않았다.

그 침묵을 깬 사람은 관산호였다. 그의 시선은 호연찬을 향해 있었다. 이제 호연찬의 물음에 답할 차례였다.

"이 일은 내 개인의 신상에 얽힌 일이지만 그 일을 함에 있어서 무림의 정세를 완전히 배제할 수는 없는 상황이다. 상대가 서문세가이기 때문이다. 마음 같아서는 당장이라도 서문세가를 찾아가고 싶다. 하지만 지금 내가 서문세가를 찾아간다면 서문굉천이 나를 만나줄지도 의문이지만 만난 후에 그곳에서 살아 나올 수 있다고 자신할 수도 없다. 서문굉천은 은거하기 전에도 우문뢰와 더불어 전대의 환우오강에 가장 근접한 초강자로 평가받던 사람이다. 아마 지금쯤이면 괴물이 되어 있겠지. 지금의 나로서는 그와의 승부에서 승리를 장담하지 못한다."

모용수란은 말을 하고 있는 관산호의 눈 깊은 곳에 차갑게 끓어오르고 있는 활화산을 보았다.

"가능한 방법은 그들이 내가 누군지 알아도 나를 핍박할 수 없는 상황에서 만나는 것이다. 그러기 위해서는 내가 더 강해져야겠지만 동시에 그들을 상대할 수 있는 세력이 있어야 한다. 내 무공이 아직 부족하다는 것을 알면서도 사부님 곁을 떠난 것은 세력을 만들어야 하기 때문이다. 그것은 일조일석에 이룰 수 없는 일이니까."

"대사형, 당대의 서문세가는 세가 창립 이래 최고의 전성기를 맞이하고 있다고 합니다. 게다가 유사시에는 무련이 그들의 뒤를 받쳐 줄 거구요. 그런 그들을 상대할 수 있는 세력을 단시간 내에 만들 수 있겠습니까?"

황우령의 눈가에는 옅은 그늘이 져 있었다.

관산호의 상대가 서문세가라는 것을 안 후 그들을 상대하기 위해 오랜 고민을 했지만 딱히 방법을 찾아내지 못한 그였다. 그만큼 서문세가는 강력했다.

"한두 해 사이에 되지는 않겠지. 하지만 불가능한 것만은 아니다. 그 계획은 좀 더 다듬은 후 말해주겠다."

관산호는 모용수란을 보며 말을 이었다.

"모용 소저께서 내가 세운 계획을 검토해 주시오."

그는 그녀의 전략과 전술에 대한 재능을 인정하고 있었다.

"알겠습니다, 공자님."

모용수란은 차분한 음성으로 답했다.

"내일 아침 해남도를 떠난다. 목적지는 귀주성(貴州省)이
다."

왜 귀주성인지 묻는 사람은 없었다.

그들이 들어야 할 필요가 있었다면 관산호가 설명을 해주
었을 것이기 때문이다.

그들의 대화가 끝났을 때 복도를 울리는 발자국 소리가 들
렸다. 그리고 잠시 후 이단양이 방으로 들어왔다.

그는 인상을 잔뜩 찡그리고 씩씩거리고 있었는데 그것은
관산호가 배를 구해놓으라고 그를 지목하며 심부름을 시켰기
때문이었다.

"사형, 구했습니다."

"고생했다."

이단양의 노고를 위로한 것은 관산호가 아니라 황우령이
었다. 관산호는 당연하다는 듯 가볍게 고개만 끄덕였을 뿐이
다.

"내일 오전에 출발하는 배라 일찍 나가야 합니다."

"알았다."

"그런데요……."

이단양이 말끝을 흐렸다.

"왜?"

시킨 일을 마무리지었음에도 더 할 말이 있는 듯한 이단양
을 바라본 관산호가 물었다.

“의창에 가보셔야 할 것 같습니다.”

“의창에?”

관산호가 눈을 깜박이며 물었다. 갑작스레 튀어나온 지명인 탓에 어리둥절해진 것이다.

이단양은 관산호가 앞으로 어떤 일을 할 것인지 아무것도 알지 못한다. 그에게 말을 하면 그 말이 시경에게 들어가는 것은 당연지사. 관산호를 끔찍하게 아끼는 시경이 어떤 행동을 할지는 예측 불가능하기 때문이었다.

이단양이 뺨을 벅벅 긁으며 대답했다.

“개방에서 연락이 왔는데 사형께서 꼭 가보셔야 할 일이 의창에 생겼답니다.”

그의 손톱에 국수가락 같은 때가 말렸다. 하지만 이미 익숙한 터라 아무도 신경 쓰지 않는다.

“말 돌리지 마라.”

관산호가 눈살을 찌푸리며 말하자 이단양이 혀를 찼다. 애좀 태우려 했는데 글러먹은 것이다.

“쳇! 동생 분이 혼인한답니다.”

“뭐!”

관산호가 상체를 곧추 세우며 눈을 치켜떴다.

그의 반응에 이단양이 더 놀랐다.

그런 반응을 보이는 관산호를 본 적이 없었기 때문이다.

“예령이 혼인을 한다고…….”

관산호의 얼굴에는 당황한 기색이 역력했다.

이제는 황우령과 호연찬, 모용수란도 놀랐다.

철인(鐵人)이라 생각한 사람의 흐트러진 모습을 보게 될 줄 생각지도 못했던 것이다.

모용수란의 놀람은 다른 사람보다 더 했다.

그녀는 관산호의 출신이 어딘지 모르고 있었던 데다가 그처럼 차갑고 강인한 사람에게 가족이 있을 것이라고는 생각지도 못했기 때문이었다.

이단양은 얼떨떨해하며 말했다.

"얼마 전에 정만억이란 사람이 가능하면 참석해 달라는 서신을 가지고 직접 무연촌에 왔었답니다."

관산호의 눈빛이 아련해졌다.

정만억이라면 십오 세의 그를 무연촌까지 호위했던 무사다.

지난 팔 년간 그는 가까이 있는 개방장로 시경에게조차 철사보와 그의 가족에 대해 물어본 적이 없었다, 단 한 번도.

그것은 의도적인 것이었다. 소식을 듣는다면 그리움이 수련에 방해가 될 것이 불을 보듯 뻔했었기 때문이다.

관산호의 입가에 조금씩 미소가 어리더니 잠시 후 얼굴 전체로 번졌다. 그는 고개를 젖히고 웃음을 터뜨렸다. 가슴을 시원하게 하는 상쾌한 웃음소리였다.

"하하하하하, 그 꼬맹이가 혼인을 한단 말이지!"

그의 웃음소리에 모두 넋을 잃었다.

여기 있는 사람 중 아무도 그가 이처럼 소리 내어 웃는 것을 본 사람이 없는 것이다.

'대사형도… 사람이었구나…….'

황우령은 입 밖으로 말을 뱉지 못했지만 갑자기 관산호가 좀 더 가까워진 기분이 들었다.

그에게 있어 관산호는 기꺼이 목숨을 바칠 수 있는 충성의 대상이었지만 살갑다는 생각은 해본 적도 없을 만큼 두렵고 존경스러운 존재였다.

그런데 지금 평소 갖고 있던 그 생각이 깨지고 있었다.

길게 웃던 관산호의 웃음소리가 잦아들었다.

"하긴 그 녀석도 이제는 스물둘이야… 오히려 늦은 감이 있군."

그의 나이가 올해 스물셋. 강예령은 그보다 한 살 아래여서 스물둘이다. 그 나이면 노처녀다.

웃는 낯의 관산호가 이단양에게 물었다.

"언제라고 하던가?"

"사월 초라고 했으니 한 달이 조금 모자라게 남았습니다."

오늘은 삼월 오 일이었다.

"한 달이면, 시간 여유는 있군."

혼잣말로 중얼거리던 관산호는 들뜬 어조로 물었다.

"상대가 누구라고 하던가?"

방금 전까지 그처럼 진지하고 무겁던 분위기는 어디로 갔는지 흔적도 찾을 수 없었다. 방 안은 화기로 가득 찼다.

"당양(當陽)에 있는 덕인무관(德仁武館)이라는 곳의 자제라고 하던데요."

"덕인무관?"

관산호는 갸웃했다.

들어본 적이 없는 곳이었다.

당양이라면 의창에서 북서쪽으로 오십여 리 떨어진 현인데 그가 의창을 떠난 지 오래되긴 했어도 그곳에 있다는 무관을 들어본 적이 없으니 규모가 작은 곳인 듯했다.

"조금 서두르면 이십 일 후에는 예령의 혼인 전 모습을 볼 수 있겠군."

관산호는 빙긋 웃었다.

미친 사람처럼 혼자 빙글거리는 그를 보며 사람들은 귀주성으로 간다는 계획이 적어도 한 달 반 이상 연기되었다는 것을 알았다. 하지만 관산호에게 그에 대해 묻는 사람은 아무도 없었다.

관산호의 모습은 그가 동생에 대해 어떤 감정을 갖고 있는지를 적나라하게 보여주는 것이었다. 그처럼 아끼는 동생의 혼인식에 가겠다는 사람을 누가 말릴 수 있겠는가.

그리고 앞으로 그가 하고자 하는 일은 시간을 다툴 만큼 촉박한 것도 아니었고, 그렇게 서두른다고 해서 일사천리로 진행될 일도 아닌 것이다.

　사실 지금 황우령 등은 귀주성으로 가는 일정에 대해 질문해야 한다는 것 자체를 생각하지 못하고 있었다. 자신들이 코앞에서 보고 있는 관산호의 모습이 너무 비현실적이어서 머릿속이 공황 상태였던 것이다.

제11장

철사보(鐵獅堡)

鐵血無情路

두두두두두.

철사보의 정문을 지키던 네 명의 호위무사는 거친 말발굽 소리와 함께 무서운 속도로 달려오고 있는 여섯 필의 말을 보았다. 말이 지나간 길은 뿌연 흙먼지가 용권풍처럼 일어나고 있었다.

진시초의 여명이 밝아오는 이른 아침이었기에 망정이지, 해가 좀 더 높이 뜬 시각이었다면 행인들에게 크게 욕을 먹었을 거침없는 질주였다.

기마들의 목적지가 철사보임은 분명했다. 여섯 필의 기마, 거침없는 질주. 다른 때 같았으면 호위무사들은 긴장했을 것이다. 하지만 그들에게서는 긴장한 빛이 전혀 보이지 않았다. 요즘은 하루 종일 손님이 끊어지지 않았고, 이 시간에 찾아오는 손님도 드물지 않은 터였기 때문이다.

히히히힝!

눈 깜박할 사이에 정문에 도착한 여섯 필의 말은 약속이라도 한 것처럼 일시에 정지했다. 기수들의 기마술은 절정에 이르러 있었다.

새벽 정문 근무조 최고참인 이막소가 앞으로 나섰다.

흑의를 입은 장신의 청년 세 명과 절대 말을 섞고 싶은 생각이 들지 않는 추레한 몰골의 거지 한 명, 그리고 면사로 눈 아래를 가린 훤칠한 키에 백의와 흑의를 입은 황홀한 몸매의 여인 두 명.

모두 먼지를 푹 뒤집어쓰고 있는 것이 먼 길을 왔음을 어렵지 않게 짐작할 수 있는, 조금 특이한 이 여섯 명의 일행은 어느새 말에서 내린 채 앞으로 나서는 그를 바라보고 있었다.

사내들의 눈빛에 실린 힘이 범상치 않은 것임을 느낀 이막소는 조금 긴장한 얼굴이 되었다. 그는 세 명의 청년 중 한 걸음 앞에 나서 있는 무표정한 얼굴의 청년을 향해 물었다.

"어디에서 오신 분들이십니까?"

"보에 몸담은 지 얼마 안 된 분이구려."

관산호는 담담한 음성으로 이막소의 말을 받았다.

동문서답이었지만 그 대답을 들은 이막소는 정신이 번쩍

들었다.

정문에 배치되는 호위무사들은 대체로 눈치가 빠르다. 가장 먼저 손님을 맞는 사람들이니 그들이 실수하면 그 집단의 첫인상이 망가지게 되기 때문이다.

이막소도 그렇게 눈치가 빠른 호위무사에 속했다.

"철사보에 의탁한 게 육 년 전입니다만… 누구시라고 전해 드릴까요?"

그는 상대가 보에 대해 잘 아는 듯하고 심상치 않은 신분인 듯하자 예의 바르게 그리고 돌려 말하고 있었다. 하지만 그가 한 질문의 골자는 정체를 밝히라는 것이다.

관산호의 눈빛이 부드러워졌다.

호위무사에게 신비로운 척할 이유가 없었다. 더구나 이곳은 다른 곳도 아닌 그의 집이다.

"강산호라고 하오. 철사자단을 맡고 계신 분이 아버님이시오."

"헉!"

이막소의 안색이 홱 변했다.

그가 철사보에 입문할 때 강씨 가문의 아들들은 모두 보를 떠난 뒤였다. 하지만 철사보 최고의 무력집단인 철사자단을 이끄는 강풍양의 아들들이다. 호위무사인 그가 그들 중 한 명인 강산호의 이름을 모른다면 말이 안 된다.

"결례했습니다. 안으로 드시죠."

“왔구나.”

보고를 받고 강씨 가문의 집 앞마당에서 관산호를 맞이한 강풍양의 첫 말이었다. 마치 잠시 여행이라도 다녀온 아들을 맞이하는 듯 담담한 어조였다.

“예.”

“씻고 쉬어라. 보주님께 인사드리는 것은 급하지 않다.”

“알겠습니다.”

관산호는 강풍양에게 간단하게 목례를 한 후 집 안으로 들어갔다.

그 또한 오랜 시간 집을 떠났다가 돌아온 사람이라고는 생각할 수 없을 만큼 무덤덤한 태도였다. 그러나 강풍양의 희어진 귀밑머리와 굵은 주름이 여러 개 잡힌 넓은 이마를 보는 관산호의 눈빛만은 무덤덤하지 않았다.

그가 없는 동안 세월은 강풍양을 비켜가지 않았다. 그는 늙어가는 의부를 모시지 못했던 그 세월이 가슴 아팠다. 그리고 앞으로도 모실 수 없으리라고 생각했기에 더욱 죄스러웠다. 그러나 그런 감정은 말로 표현될 수 있는 것이 아니었고, 말로 표현할 필요도 없었다.

말이 없어도 서로의 마음을 누구보다 더 분명하게 느끼는 사이, 그들은 하늘의 인연으로 묶인 부자지간인 것이다.

강예령은 그들의 대화에 등장하지 못했다. 하지만 그들 중

누구도 그에 대해 이상하게 생각하지 않는 듯했다. 오히려 그
들의 대화를 이상하게 생각한 사람들은 관산호의 뒤를 따르
던 모용수란 등이었다.

관산호를 따라 강풍양에게 인사를 한 후 집으로 들어서던
모용수란 등은 내심 거의 동시에 고개를 끄덕이고 있었다. 관
산호의 차가워 보일 만큼 무뚝뚝한 성격이 누구의 영향을 받
은 것인지 알 수 있었기 때문이다. 하지만 아무리 보아도 강
풍양이 관산호보다는 좀 더 부드럽고 온화했다.

청출어람이라!

아버지보다 더 무뚝뚝한 아들이었다.

이십여 일 동안 정신없이 달려오며 쌓인 피로를 닦아내고
방에 돌아온 관산호는 편안한 표정으로 의자에 등을 기대며
앉았다. 팔 년이라는 시간을 뛰어넘어 앉은 의자였지만 열다
섯 살에 앉았던 것과 다름없는 익숙함이 그의 마음을 따뜻하
게 했다.

그의 방은 떠나던 날과 하나도 바뀐 것이 없었다.

먼지 하나 보이지 않는 방 안, 단출한 침상, 탁자와 의자,
그리고 구석에 쌓여 있는 수십 권의 손때가 잔뜩 묻은 책들.

이 방을 보존한 사람들이 얼마나 정성을 쏟았는지 보지 않
아도 알 수 있었고, 그것은 그를 기다린 강풍양과 강예령의
마음을 그대로 드러내는 것이었다.

그가 방 안을 돌아보고 있을 때였다.

쿵쾅쿵쾅쿵쾅!

누군가 힘차게 복도를 뛰어오는 소리가 나더니 그의 방문이 왈칵 열렸다.

"오빠!"

문을 열고 들어선 여인은 격한 외침과 함께 관산호의 품으로 날아들었다.

"휴우… 며칠 후 결혼할 사람이 맞기는 맞는 거냐? 어떻게 열네 살 때랑 변한 게 하나도 없냐!"

관산호는 자신을 꽉 끌어안은 채 눈물이 그렁그렁한 눈으로 올려다보는 강예령의 머리를 부드럽게 쓸며 말했다.

팔 년 동안 강예령은 화사한 미인으로 성장해 있었다. 키도 커서 그의 입술에 닿을 정도였고, 무공으로 단련된 몸매는 군살이 없고 탄력이 넘쳤다. 이제는 소녀가 아닌 여인이다.

강예령의 물기 젖은 눈을 똑바로 응시하며 관산호는 힘을 주어 강예령을 안았다.

"나 보고 싶지 않았어, 오빠? 사람이 어떻게 그리 무심해! 서신 한 번 안 주고……."

"바빴다."

자신을 떼어놓으며 말하는 관산호의 무덤덤한 어투가 마음에 들지 않은 그녀는 소매를 들어 눈을 훔치며 그를 노려보더니 발꿈치로 그의 왼발 등을 세차게 내리찍었다.

“어이쿠!”

관산호가 인상을 잔뜩 찡그리며 허리를 숙여 발등을 부여 잡았다.

강예령이 때리면 아픈 척해야 한다. 그렇지 않으면 정말 아플 때까지 계속 때리기 때문이다. 세 살 버릇 여든까지 간다는 속담처럼 습관은 무서웠다. 팔 년이 지났는데도 반사적으로 어린 시절과 같은 반응이 나오는 것이다.

“서신 한 장 쓸 시간도 없을 만큼 바쁘다는 게 말이 돼! 하루 이틀도 아니고 무려 팔 년 동안씩이나!”

강예령이 씩씩거리며 소리쳤다. 서운함이 한껏 담긴 음성이었다.

관산호는 멋쩍게 웃으며 이마를 긁었다. 어색할 때면 언제나 나오는 그의 습관이다.

“내색은 하지 않으셨지만 아빠도 정말 오빠 소식 많이 기다리셨단 말이야.”

“할 말 없다.”

관산호는 강예령의 어깨를 다독였다.

할 말도 없을 뿐만 아니라 그것 외에는 당장 그가 강예령에게 해줄 수 있는 것이 아무것도 없었다.

가만히 강예령을 바라보던 관산호가 불쑥 물었다.

“그런데 어떤 놈이냐?”

“응?”

“우리 공주님 업고 튀려는 놈.”

“환 가가?”

“환? 성이 환씨냐?”

그의 반문에 강예령의 아미가 하늘로 치솟았다.

“그럼 오빠는 내 남편이 누군지 이름도 몰랐단 말이야?”

“소식받고 정신없이 달리느라 알아볼 틈이 없었다.”

치솟았던 눈썹이 내려가며 대신 한숨이 강예령의 입술 사이에서 흘러나왔다. 짧은 시간이었지만 그녀는 팔 년 전이나 지금이나 관산호의 성격이 변한 게 없다는 것을 안 상태였다. 그렇다면 빈말하지 않는 것도 변하지 않았을 터였다.

“환진우야. 나이는 나와 동갑이고. 아마 오빠도 보면 누군지 알 수 있을 거야.”

“내가?”

“예전에 내가 보 밖으로 나가면 멀찌감치서 따라오곤 하던 그 수줍어하던 소년 기억나?”

관산호는 고개를 끄덕였다.

그의 뇌리에 한 소년의 모습이 떠올랐다.

단정한 외모에 눈이 크고 얼굴빛이 희어서 겁이 많아 보이는 소년이었는데 강예령이 보를 벗어나면 두 번에 한 번은 어떻게 알았는지 꼭 그들 근처에 모습을 드러내곤 했었다.

관산호는 그 소년이 일 년이 넘게 강예령의 뒤를 쫓아다니면서도 말 한마디도 못 걸고, 강예령과 눈만 마주치면 얼굴을 홍시처럼 붉히는 게 안 되어 보여서 강예령에게 한 번 말이나 걸어주라고 말했다가 옆구리에 멍이 들도록 꼬집힌 기억을 갖고 있었다.

"그 흰둥이?"

"흰둥이가 뭐야! 며칠 뒤에는 매제가 될 사람인데."

강예령이 곱게 눈을 흘기며 투덜거렸다.

흰둥이는 관산호가 환진우의 피부가 여자처럼 하얀 것을 보고 부른 별칭이었다.

그녀의 대답에 싱긋 웃은 관산호는 강예령과 함께 의자에 마주 앉았다.

환진우는 당양에 있는 덕인무관주 환정무의 차남이었다. 강예령의 말로는 그와 강천기가 철사보를 떠난 후에도 환진우는 정성스럽게 강예령을 쫓아다녔고, 친인들이 떠나 마음이 허전하던 강예령과 조금씩 친해졌던 모양이었다.

환진우가 강예령을 위하는 마음은 아주 끔찍하게 정성스러워서 강예령이 돌부처 같은 마음을 갖고 있었더라도 그것을 움직일 만한 힘이었고, 익히 그의 진심을 잘 아는 데다 이미 그를 사랑하고 있는 강예령이었기에 반년 전 그가 혼인을 하자고 했을 때 별 고민 없이 허락을 하게 된 것이다.

하지만 그들이 혼인식 날짜를 정할 때까지 우여곡절이 없었던 것은 아니다.

가장 크게 걸림돌이 되었던 것은 환진우의 가문이었다. 그의 부친 환정무는 소림의 속가제자였지만 기명도 아닌 무기명 제자인 데다 배운 것은 세간에 모르는 사람이 없다는 나한권과 그 수준의 몇 가지 권법뿐이었다. 당연히 그가 운영하는 덕인무관은 말이 좋아 무관이지, 동네 아이들 기십 명을 하루 한두 시진 가르치고 수업료를 받는 작은 곳이었다.

그에 비해 강예령의 부친 강풍양은 호북 남부무림의 중심이라는 철사보 제이의 고수였고, 누구나가 인정하는 일대의 대협의 풍모를 가진 인물이다.

게다가 그는 철사보주의 의형제였으며 철사보를 창건한 철협 단중렴의 유언에 따라 철사보가 보유한 재물의 십분지 일을 실질적으로 소유하고 있는 거부였다. 철사보의 부는 단가에서 십분지 오, 나머지 다섯 의형제가 그 나머지를 공평하게 소유하도록 되어 있었고, 삼대후예인 단규천의 대에 와서도 그것은 변하지 않았다.

누가 보더라도 강풍양의 딸인 강예령과 환정무의 아들인 환진우는 도저히 어울리지 않았다. 의창 사람들은 강풍양이 넓은 포용력을 가진 사람이지만 환씨 가문과 사돈을 맺지는 않으리라고 생각했다. 그것이 그들이 가진 상식이었다.

하지만 혼인에 대한 이야기가 진행되면서 정작 그들의 혼인을 반대한 사람은 강풍양이 아니라 철사보주 단규천이었다. 단규천은 강예령을 친딸인 단유화만큼이나 아끼던 사람이라 더 훌륭한 혼처를 구해주고 싶어했던 것이다. 그리고 혼인을 반대하는 단규천을 설득한 사람은 재미있게도 사람들이 결혼을 반대할 것이라 예상했던 당사자, 강풍양이었다.

그는 살아오며 지위와 재산에 따라 사람을 차별했던 적이 없는 사람이었다. 환진우가 조금 심약해 보이는 것이 마음에 들지는 않았지만 선하고 성실한 데다 무엇보다도 강예령을 끔찍하게 위하는 것을 알고 혼인을 허락했다.

게다가 환진우의 부친 환정무는 무공이 약할 뿐, 의지가 견정하고 인품이 고아해서 비록 작은 지역일망정 당양에서는 사람들에게 상당한 존경을 받는 이였다. 그가 가진 것이 적고 무공이 보잘것없다는 이유로 무시받을 이유는 없었다.

'귀한 것은 사람이지, 그가 갖고 있는 것이 아니다' 라는 강풍양의 지론은 오십이 넘은 지금까지 단 한 번도 흔들리지 않았다. 그에게 세인들이 중요하다고 말하는 명성이나, 가문, 그리고 재산 같은 것은 일고의 가치도 없었던 것이다.

강풍양이 간곡하게 허락을 청하는데 단규천이 끝까지 고집을 부리는 것은 경우가 아니었다. 결국 단규천도 고집을 꺾었고, 강예령과 환진우의 혼인식 날짜가 잡혔다.

그 뒤는 순풍을 받은 배처럼 아무런 문제가 없었다는 것이 강예령의 얘기였다.

환진우의 이름을 말할 때마다 옅게 홍조가 떠오르는 강예령을 보던 관산호가 말문을 열었다.

"좋은 놈인 듯하구나."

"응, 좋은 사람이야."

꿈꾸는 듯한 어조로 관산호의 말을 받던 강예령의 눈썹이 다시 위로 치솟았다.

"오빠! 자꾸 환 가가한테 놈놈 할 거야?"

"내가 없는 동안 동생을 낚아채 간 도둑놈인데 당분간은 유지해야지."

"흥! 뭘 유지하겠다고? 우리 너무 오랫동안 못 만난 거 같아. 그동안 내 성질을 다 잊어버린 걸 보면 말이야."

강예령이 쌍심지를 켜며 으름장을 놓았다. 귀엽다고 하기에는 이미 너무 나이가 든 강예령이었지만 관산호에게는 마냥 어리게만 보이는 듯 그는 담담하게 웃었다.

웃는 그의 얼굴을 신기하다는 표정으로 요모조모 살피던 강예령이 손으로 턱을 괴며 말문을 열었다.

"그런데, 오빠 조금 변했어."

"뭐가?"

"예전보다 많이 웃네. 표정도 부드러워졌고."

관산호의 얼굴에 어리둥절한 빛이 떠올랐다. 자신이 변했다는 생각은 해본 적이 없었기 때문이다.

하지만 그가 생각에 잠길 시간은 없었다. 강예령의 말이 이어진 것이다.

"같이 온 사람 중에 여자들이 있던데 혹시……."

"쓸데없는 생각하지 마라. 그런 관계 아니다."

그녀가 어떤 생각을 하는지 짐작한 관산호가 잘라 말했다. 하지만 그런다고 말을 하지 않을 강예령이 아니다.

"아무래도 수상해. 여자를 사귀면 남자들은 다 조금씩 변한다던데, 그게 아니면 그런 변화의 원인이 뭐야?"

"……."

모르는 것을 대답할 수 있을 리가 없다. 꿀 먹은 벙어리가 된 관산호를 보며 강예령은 재미있다는 듯 깔깔거리며 웃었다. 산악처럼 묵직한 분위기의 관산호를 놀리는 재미가 각별했던 것이다.

그렇게 강예령과 대화를 나두던 관산호의 얼굴이 갑자기 진중해졌다. 그리고 자리에서 일어났다.

"오셨습니까."

그가 일어서자 일순간 어리둥절했던 강예령도 따라서 일어섰다. 문 앞에 강풍양이 서서 온화한 눈으로 그들을 보고 있었던 것이다.

"보주님께서 보고 싶어하신다."

"예."

강예령과 눈인사를 한 관산호는 강풍양을 따라나섰다.

"허허허, 녀석, 대장부가 되었구나!"

집무실 태사의에 앉아 앞에 앉은 여인과 대화를 하고 있던 단규천은 대견하다는 눈으로 관산호를 맞았다.

"건강하신 모습을 뵈니 기쁩니다, 대백부(大伯父)님."

그들이 대화를 나눌 때 단규천의 앞에 앉아 등을 보이고 있던 여인이 자리에서 일어나 관산호를 향해 몸을 돌렸다. 관산호의 눈이 커졌다. 여인은 보기 드문 미인이었지만 그녀의 아름다움이 그를 놀라게 한 것은 아니었다.

그는 가볍게 여인을 향해 목례를 하며 말문을 열었다.

"산호가 누님을 뵙습니다."

단유화는 아름다운 눈에 반가운 기색을 가득 담으며 붉은 입술을 뗐다.

"아버님 말씀처럼 장부가 되었네. 밖에서 보았다면 몰라보겠어."

관산호는 말없이 웃기만 했다. 빈말임을 알기 때문이다. 그는 키가 조금 더 크고 골격이 굵어졌을 뿐, 팔 년 전에 비해 변한 것이 거의 없었다. 어린 시절에 그를 한 번이라도 본 적이 있는 사람이라면 어디에서든 그를 한눈에 알아볼 것이다. 그게 진실이었다.

"네 소식은 간간이 들었다. 왜구들이 너를 사신마도라고 부르며 벌벌 떤다지?"

의자에 앉은 관산호를 보며 단규천이 물었다.

관산호의 가슴이 무거워졌다.

강풍양은 물론이고 단규천 또한 그에 대한 관심을 거둔 적이 없다는 것을 방금 전의 말로 알 수 있었기 때문이다. 그의 외호는 남해 해안가를 벗어나면 강호초출만큼이나 아는 사람이 적다. 혈전단이 차지하고 있는 무림에서의 특이한 위치로 인해 발생하는 현상이다.

그는 가볍게 고개를 숙이며 답했다.

"허명일 뿐입니다."

"껄껄껄, 겸손도 지나치면 허물이 된다. 상 노사의 고제자가 얻은 명성을 누가 헛된 것이라고 하겠느냐!"

웃음을 거둔 단규천이 물었다.

"상 노사의 가르침은 끝났느냐?"

"평생을 배워도 모자란 것이 스승님이 이루신 경지입니다. 감히 그 가르치심에 끝이 있다는 생각을 해보지 못했습니다."

"그럼 령아의 혼인식이 끝나면 다시 무연촌으로 돌아가야 하는 게로구나."

단규천의 음성에는 미미한 실망과 더불어 일말의 기대가 실려 있었다.

"그렇지는 않습니다만, 해야 할 일이 있습니다. 죄송합니다, 대백부님."

"험……."

단규천은 아쉬움에 헛기침을 했다.

상익청의 가르침을 받은 관산호가 강풍양을 도우면 철사

보의 힘은 많이 강해질 터였다. 그래서 그는 관산호가 무연촌으로 돌아가지 않아도 되면 철사보에 남으라는 말을 하려 했는데 그의 의도를 읽은 관산호가 선수를 쳐서 거절한 것이다.

"아쉬운 걸."

단유화가 안타까운 음성으로 끼어들었다.

"이제는 너를 자주 볼 수 있으리라 생각했는데……."

"죄송합니다."

관산호가 어색한 표정이 되는 것을 본 강풍양이 단규천을 향해 말했다.

"대형, 호아는 가서 쉬어야 합니다."

거두절미하고 본론만 말한다. 하지만 그의 말투에 거부감을 느낄 사람은 이 자리에 아무도 없었다.

"알았네."

단규천이 고개를 끄덕이자 강풍양은 관산호에게 눈짓을 했다. 관산호가 인사를 하고 집무실을 나선 후 단규천이 탄식하며 말문을 열었다.

"자네 닮은 고집이니 아예 꺾을 생각조차 들지 않네그려. 하지만 아쉬워. 저 녀석이 보에 남는다면 큰 힘이 될 터인데……."

"할 일이 있는 녀석입니다. 잡을 수는 없습니다."

강풍양이 미안해하며 말하자 단규천이 손을 내저었다.

"자네가 미안해할 일이 아니잖은가. 비연채의 심상치 않은 움직임에 과민해진 내 탓이지. 그건 그렇고 천기는 오지 않는 건가?”

“연락은 했습니다. 시간이 있으면 오겠지요.”

옆에서 그의 답변을 듣고 있던 단유화가 실망스러운 빛을 감추지 못한 채 고개를 숙였다.

그녀의 이마를 물끄러미 바라보던 단규천이 혀를 차며 말했다.

“아무래도 내가 사위를 잘못 얻는 건 아닌가 불안해. 강씨 가문에서 그놈만큼은 유정(有情)하다고 보았는데 그놈도 제 아비를 닮아 무심한 거 같거든. 이번에 안 오면 물러 버릴까…….”

“아버지!”

단규천의 말에 놀란 단유화가 고개를 번쩍 들며 소리쳤다. 그녀의 두 뺨은 홍시처럼 새빨갛게 물들어 있었다.

“껄껄껄껄, 형님이 그러고 싶으셔도 뜻대로는 안 될 것 같습니다.”

단유화의 반응에 입맛을 다시는 단규천을 보며 강풍양은 유쾌한 듯 크게 웃었다.

단규천도 따라 웃고 단유화는 더욱 붉어진 얼굴로 고개를 숙였다. 집무실 안의 공기가 그들 사이에 흐르는 정으로 훈훈해졌다.

*   *   *

관산호는 철사보에 도착한 후 며칠 동안 자신이 돌아온 것은 잘못한 일이 아닐까 하는 후회를 해야 했다. 아름다운 여동생이 있다는 걸 가르쳐 주지 않은 것은 사기라는 황우령의 그치지 않는 투덜거림 때문이었다.

그런 관산호의 잡념을 말끔히 날려 버리게 만든 사람들이 철사보에 도착한 것은 강예령의 혼인식이 이틀밖에 남지 않았을 때였다.

그들은 팔남일녀였는데 하녀의 연락을 받고 강예령과 함께 정문까지 달려간 관산호가 여덟 명의 사내 중 유일한 이십대 중반의 사내를 보고 가장 먼저 한 일은 그 사내의 양 팔뚝을 굳게 움켜잡는 것이었다.

"형님!"

관산호의 얼굴에 격정이 떠올랐다.

"산호야!"

강천기는 손에 힘을 주었다. 그는 못 본 사이 자신보다 한 뼘은 더 큰 관산호의 눈을 보고 웃으며 말했다.

"혈전단 생활이 무척 힘들다고 들었는데 네 체질에 맞는 일이었는가 보군. 이제는 올려다봐야겠다."

그는 관산호가 기억하고 있는 소년 시절의 모습과 많이 달라졌다. 여전히 호리호리한 체격과 관산호의 코에 닿을 키는 크게 변하지 않았지만 분위기는 예전과 천양지차였다. 무엇보다도 유현하고 어딘지 신비롭기까지 한 두 눈이 그의 변화를 더욱 강하게 느끼도록 만들었다.

관산호도 싱긋 웃으며 강천기의 말을 받았다.

"아버님도 기대를 않고 계시기에 형님을 뵐 수 있을 것이라고는 생각 못했습니다."

"어렵게 사부님의 허락을 얻었다."

말을 하던 그가 자신과 함께 왔지만 그들의 대화에서 소외된 채 멀뚱히 옆에 서 있던 여인을 보며 말을 이었다.

"오던 중에 서문 소저를 만났다. 서문 소저도 철사보로 오는 길이라서 동행했다. 오는 길에 듣기로는 이 년쯤 전에 만난 적이 있었다면서?"

"예. 그런 적이 있었죠."

관산호의 음성은 어느새 특유의 무심한 음성으로 돌아가 있었다.

"강 공자님은 제가 별로 반갑지 않으신 듯하네요. 예전 일은 잠시 접어두시죠. 오늘은 공자님께 일이 있어 온 것이 아니라 하객으로 온 것이니까요."

서문하경은 가볍게 웃으며 말했다.

"본인의 가문에 손님을 박대하는 법도는 없소. 하객의 신분이라고 하였으니 그 신분을 계속 유지하기를 바라오. 본가에는 손님이 아닌 사람에 대한 박대를 막지는 않으니까."

서로는 바라보는 눈빛이 차갑고, 오고 가는 말 또한 곱지 않다.

사연을 모르는 강천기는 관산호와 서문하경을 번갈아 보며 어리둥절한 얼굴로 서 있었다. 왠지 끼어들기 어려운 분위기인 것이다. 그때 뜻밖의 사람이 난처한 그의 입장을 구해주었다.

"사형, 오셨군요."

반가운 음성과 함께 나타난 사람은 모용수란이었다. 면사를 벗은 그녀의 얼굴에는 웃음이 가득했다.

갑자기 등장한 모용수란의 말에 놀란 관산호가 그녀를 향해 고개를 돌렸을 때 서편으로 기울어 가던 햇빛이 그녀의 단아한 이마에 내려앉았다.

관산호는 눈을 깜박거렸다.

여인치고는 큰 편인 키에 소매가 길고 품이 넓은 백의를 입은 그녀의 모습이 왠지 낯설었기 때문이다. 하지만 그 느낌의 원인이 무엇인지를 생각하기 이전에 그녀가 한 말의 의미가 먼저 그의 뇌리를 뒤흔들었다.

"사형? 형님, 모용 소저와 같은 사문이십니까?"

"어! 몰랐냐?"

강천기가 눈을 동그랗게 뜨며 되물었다. 그가 말을 이었다.

"사매가 이 년 전에 집을 다녀온 후 네 얘기를 여러 번 하

고, 또 얼마 전에는 사부님 슬하를 떠나며 혈전단에 간다고
해서 사매가 이미 내 얘기를 한 줄 알았는데?"

강천기의 말을 들으며 관산호는 등룡방을 공격하기 직전
모용수란이 그에게 했던 말이 생각났다. 그는 어이없는 눈빛
으로 모용수란을 보았다. 하지만 모용수란은 웃기만 할 뿐,
말이 없었다. 그녀의 미소를 본 관산호도 내심 헛웃음을 흘릴
수밖에 없었다. 그녀는 아마도 그를 놀라게 하고 싶었던 듯했
다. 그리고 그런 그녀의 의도는 보기 좋게 성공했다, 그는 분
명 많이 놀랐으니까.

그가 강천기가 마주잡았던 손을 놓으며 보 안으로 걸음을
옮길 때 모용수란은 서문하경에게 인사를 하고 있었다.

"언니, 오랜만이에요. 반가워요."

"이곳에서 란매를 보게 될 줄은 몰랐어. 언제 온 거야? 그
리고 강 공자와는 어떤 사이야?"

서문하경은 궁금해하는 빛이 완연한 눈으로 걸어가는 관
산호의 등을 보며 모용수란에게 물었다.

그녀와 모용수란은 그리 친하지는 않았지만 여러 번 만난
적이 있었다. 그녀들의 가문은 같은 중원무련에 속해 있어서
상호 왕래가 빈번하다.

"사정이 있어서 강 공자와는 두어 달 전부터 동행하고 있
어요."

모용수란은 모호한 투로 답변을 하고는 서문하경에게 간

단한 목례를 한 후 관산호의 뒤를 따랐다. 고개를 갸웃하던 서문하경도 그녀의 뒤를 따라 걸음을 옮겼다.

양천록이 관산호를 찾아온 것은 강천기가 도착한 다음날인 강예령의 혼인식 전날이었다. 그는 정문의 호위무사를 통해 조용히 관산호에게 안내되었다.

뜻밖의 그의 방문에 놀란 관산호가 문 밖으로 튀어나오며 그를 맞았다.

"아저씨!"

"이놈, 왔으면 양가장에 들러야지 내가 직접 찾아오게 만들어!"

큰 걸음으로 마당에 들어서던 양천록이 각이 진 큰 눈을 부릅뜨며 소리쳤다.

관산호보다 반 자 이상 큰 키와 가뜩이나 크고 선이 뚜렷한 이목구비에 예전에는 보지 못했던 구레나룻까지 기른 그가 눈을 부릅뜨자 노한 사천왕상을 연상시켰다. 하지만 곧 그의 얼굴은 웃음으로 뒤덮였다.

그가 관산호를 와락 껴안으며 말했다.

"내 예상보다 훌륭한 청년이 되었다."

"수염은 왜 기르셨어요? 영락없는 산적입니다."

관산호는 징그럽다는 얼굴로 양천록을 밀어내며 말했다. 그런 그의 눈가에 찰나간 기이한 빛이 스쳐 지나갔다. 하지만 그의 얼굴은 곧 웃는 얼굴이 되었다.

양천록이 껄껄 웃으며 관산호의 어깨를 힘차게 두드렸다.

"내 나이도 오십이 넘어 가는데 멋 좀 부릴 때도 되었지."

어린 시절의 관산호는 그 손짓 한 번이면 언제나 비틀거렸었다. 그때와 다름없는 억센 힘이 담긴 손짓이었다. 하지만 이제는 그 정도의 힘에 비틀거릴 관산호가 아니다. 싱긋 웃은 관산호가 양천록의 말을 받았다.

"멋이요? 이제 오십 넘은 지 얼마나 되셨다고요. 혹시 노망 드신 거 아닙니까?"

양천록의 나이는 이제 오십하나다.

"노망이라구! 아령이 들으면 네 신세 처량해질걸? 흐흐흐."

말을 하던 양천록이 괴소를 흘렸다. 장연령의 이름을 들은 관산호의 이마에 땀이 배어 나오는 것을 보았던 것이다.

양천록에 관한 일이라면 장연령은 황제의 뺨이라도 사정없이 때릴 여자였다. 그녀에게 관산호의 뺨에 불이 나게 하는 정도는 일도 아니다.

"그사이 고자질쟁이까지 되신 겁니까?"

"흐흐흐, 이제는 네가 늙은 나보다 힘이 더 강할 것이 분명한 데 지원을 요청하는 거야 당연한 일 아니겠냐!"

양천록의 목소리가 워낙 커서 집 안에 있던 사람들은 모두 밖으로 나와 그들이 만나는 장면을 보고 있었다. 그중에는 물론 황우령과 호연찬, 모용수란도 있었는데 이제는 그들도 관산호의 웃는 얼굴에 아무렇지도 않은 듯했다.

철사보에 온 후 관산호에게서 볼 수 있을 것이라고 상상도 못했던 모습들을 원체 많이 본 터라 그들도 만성이 된 것이다.

관산호는 피식 웃으며 양천록의 말을 받았다.

"찾아뵙지 못한 건 죄송합니다. 몸을 빼기가 어려웠습니다."

그가 양가장을 찾을 생각을 하지 않았던 것은 아니었다. 하지만 그것은 가능하지 않았다. 혼인식을 얼마 남기지 않은 강예령이 한시도 그를 놓아주지 않았던 것이다. 하지만 그 사정을 말하면 양천록은 당장 그의 다리를 걷어찰 것이 뻔했다.

"아저씨, 들어가시죠. 드릴 말씀이 있습니다."

그가 양천록에게 권했다. 하지만 양천록은 고개를 저었다.

"내가 온 것은 너를 보고 싶기도 했지만 네 동생의 혼인식을 그냥 지나칠 수 없었기 때문이다. 알지 않느냐? 내가 이곳에 오래 있으면 철사보의 입장이 난처해진다. 이거나 네 동생에게 전해주어라. 아령이 준비한 것이다."

양천록은 품에서 작은 상자 하나를 꺼내어 관산호에게 건넸다. 관산호는 쓴웃음을 지으며 선물을 받아들었다.

양천록의 말이 맞았다. 그는 의창에서 모르는 사람이 없는 흑사회의 거물이다. 그런 그가 아무리 하객의 신분이라도 의

창제일의 정도문파인 철사보에 오래 머무는 것은 모양새가
정말 좋지 않은 일이었다.

"알겠습니다. 철사보를 떠나기 전에 제가 찾아뵙겠습니
다."

"기다리마. 나는 가겠다."

양천록은 고개를 끄덕이며 다시 관산호의 어깨를 한 번 더
두드리고는 신형을 돌렸다.

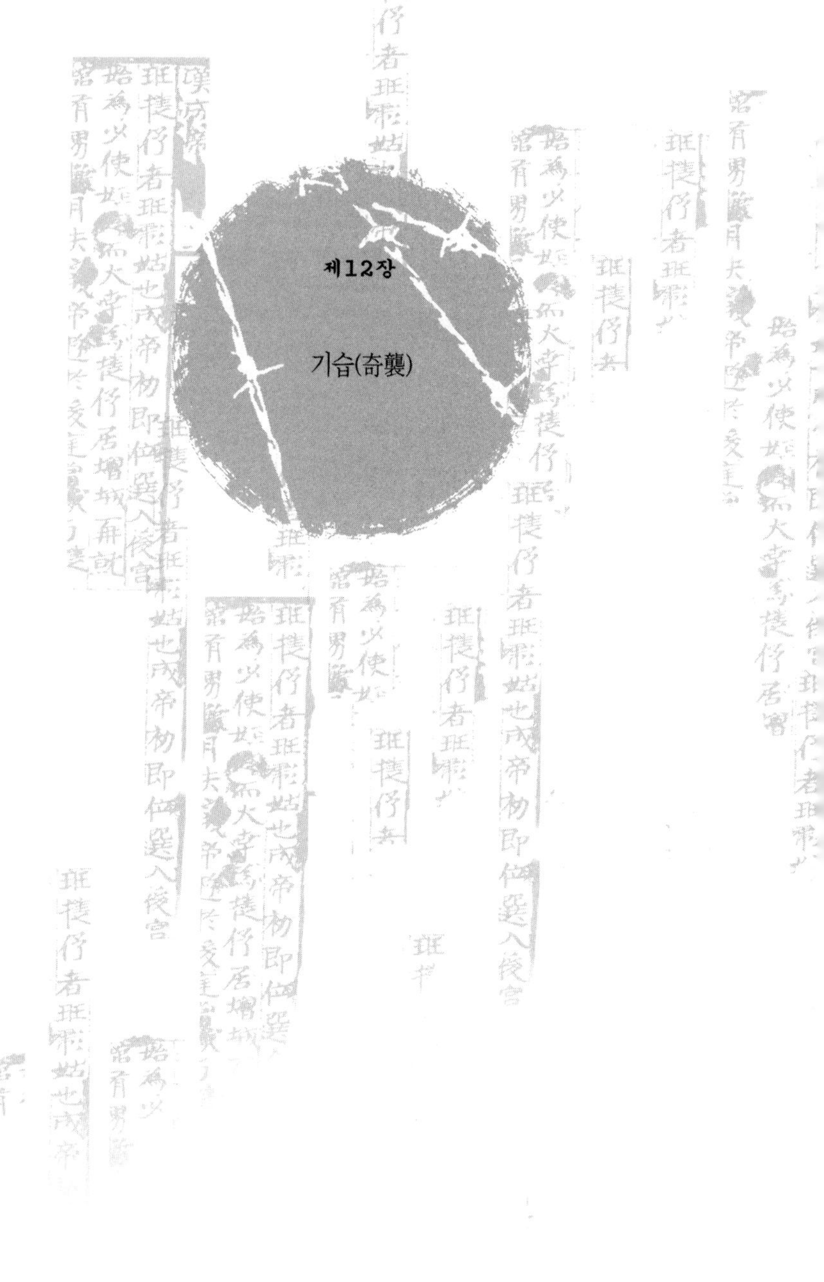

제12장

기습(奇襲)

鐵血無情路

강예령의 혼인식 장소는 철사보였다.

관례에 어긋나는 것이었지만 단규천이 이것만은 양보할 수 없다며 고집을 부렸고, 장소에 대해선 환진우의 부친 환정무도 크게 문제 삼지 않았기에 이루어진 일이었다.

혼인식은 호북성 남부무림의 무인들을 비롯해 각지의 무인들과 상인들, 그리고 인근의 주민들까지 가히 수천 명이 하객으로 온 터라 근래에 보기 드문 성대한 잔치가 되었다.

철사보의 정문.

관산호와 강천기는 말없이 강풍양의 넓은 등을 바라보며

서 있었다. 언제나 산처럼 안정되어 있던 강풍양의 전신에서는 무언가 소중한 것을 잃어버린 사람처럼 텅 빈 듯한 느낌이 흘러나오고 있었다.

강풍양의 머리 위에 떠 있는 태양빛이 조금씩 뜨거워졌다.

강예령과 환진우를 태운 마차가 시야에서 사라진 지도 일각이 지났다. 하지만 강풍양은 마차가 사라진 지점에 고정된 시선을 거두려 하지 않았고, 강천기와 관산호는 그런 강풍양을 방해하지 못했다. 딸을 보낸 아버지의 심정이 손에 잡힐 듯했기 때문이다. 더구나 그들은 곧 다시 떠나야 될 사람들. 강풍양을 어떻게 위로해야 할지 엄두가 나지 않는 것이 그들의 솔직한 심정이었다.

얼마나 시간이 흘렀을까.

"허허… 가버렸군."

강풍양이 허탈한 음성으로 중얼거렸다.

"매제는 좋은 사람이니 령아는 행복할 겁니다, 아버지 걱정하지 마세요."

강천기가 강풍양에게 한 걸음 다가서며 말했다.

"흠, 알고 있다."

강풍양은 자신의 아쉬워하는 기색을 아들들에게 들킨 것이 면구스러운 듯 가볍게 헛기침을 했다.

"내년이면 손주를 보실 수 있을 겁니다. 기다리는 재미를 생각하시면 좀 더 마음이 편해지실 겁니다."

"그렇구나. 생각을 못하고 있었다. 그러고 보니 내년에는 우리 집도 조금 시끄러워지겠구나, 껄껄껄."

강천기의 말에 강풍양의 얼굴이 환해지며 웃음을 터뜨렸다.

"매제에게 자주 들러달라고 부탁해 놓았습니다, 아버지."

강풍양의 웃음을 본 강천기도 환한 얼굴이 되었다.

"너희들은 바로 떠날 생각이냐?"

"……."

강풍양의 갑작스런 질문에 관산호와 강천기는 잠시 대답을 하지 못했다. 그런 그들을 번갈아 보던 강풍양이 말했다.

"중요한 거래가 있어서 무한에 다녀와야 한다. 경사 때문에 미뤘지만 더 이상은 미룰 수 없는 일이다. 대엿새 정도 걸릴 거야. 다녀올 때까지 보에 더 머물거라. 한 번 가면 몇 년씩 소식도 안 줄 놈들이니 며칠 더 봐야겠다."

대나무가 부러지는 듯 단호한 음성이다.

"…알겠습니다."

관산호와 강천기는 감히 그 말을 어기지 못했다.

"제가 모시겠습니다."

관산호가 조심스럽게 말했지만 강풍양은 간단하게 고개를 저어 거절했다.

"아직 아들 놈 시봉받을 나이 아니다. 먼 곳도 아니고."

무한은 호북성의 성도로 의창에서 빠른 배를 타면 이틀이 채 걸리지 않는다.

*　　　　　*　　　　　*

관산호는 강풍양이 철사자단의 수하 이십 명과 함께 보를 떠난 이틀 후 양가장을 찾았다. 그는 혼자였지만 간단한 짐을 들고 있었다. 혼인식이 끝난 후에도 철사보를 떠나지 않고 그의 주위를 맴도는 서문하경이 귀찮아 강풍양의 귀보할 때까지 양가장에 머물 생각이었기 때문이다.

서문하경은 여러 차례 그와의 만남을 시도했지만 관산호는 그녀의 방문이나 초청을 한 번도 받아들이지 않았다. 무슨 말을 하려는지 짐작할 수 있었고, 얘기를 해봐야 답이 나오지 않을 일이었는데 굳이 불편한 자리를 만들 이유가 없었던 것이다.

양가장에서 머물겠다는 그를 황우령과 호연찬이 그를 따르려 했지만 그는 허락하지 않았다.

반 폐가라고 할 수 있는 양가장은 여러 사람이 머물기에 적합한 장소가 아니었고, 그 주인 양천록은 번거로운 것을 좋아하지 않는 사람이다. 무엇보다도 그는 양천록과 단둘이서만 해야 할 얘기가 있었다.

그가 중천에 뜬 태양빛을 받으며 양가장에 도착했을 때 양천록은 장연령과 함께 그를 맞았다. 기다리고 있었던 듯 그들은 관산호의 방문을 자연스럽게 받아들였다.

"제가 올 줄 알고 계셨습니까?"

관산호는 장연령에게 목례를 한 후 의자에 앉으며 물었다.

"의창 바닥에서 내 눈을 피할 사람은 없어, 임마!"

"은퇴 준비를 하시는 게 아니라 그사이 세력을 더 키우신 겁니까?"

관산호가 인상을 찡그렸다.

"멀었어. 아직 팔팔하다."

양천록의 말을 들은 관산호가 장연령에게 고개를 돌렸다.

"아주머니가 아저씨 은퇴시키고 오순도순 살고 계실 거라 생각했는데 실패하셨나 봐요."

"나이가 들수록 더 말을 듣지 않는 걸 낸들 어쩌겠니."

장연령은 부드럽게 웃으며 관산호의 말을 받았다. 그녀는 대견한 듯 관산호를 보며 말을 이었다.

"아쉽구나."

"뭐가요?"

"내 나이가 이십 년만 어렸어도 너를 죽어라 쫓아다녔을 텐데, 너보다 조금 일찍 태어나서 이런 산적 같은 사람을 만났으니 내 팔자가 기구하다."

장연령의 말에 양천록은 도끼눈이 되었고, 관산호는 싱긋 웃었다. 그렇게 웃던 그의 얼굴이 진중해졌다. 그의 기색이 변하는 것을 본 양천록과 장연령도 진지한 얼굴이 되었다.

양천록을 똑바로 응시하던 관산호가 무겁게 입술을 뗐다.

"아저씨는 누구십니까?"

양천록의 눈에 미소가 떠올랐다. 그의 눈에는 기꺼운 빛이 가득 했다. 그가 툭 던지듯 말했다.

"미친놈. 양천록이지 누구겠느냐!"

"아저씨, 세월이 흘렀습니다. 예전에 아저씨의 능력을 보지 못했다고 지금도 보지 못하지는 않습니다."

"뭘 보았느냐?"

"승천을 앞두고 호수에 엎드려 있는 용과 같이 때를 만나지 못해 억눌려 있는 무서운 힘을 봤습니다."

"용이라… 거창하구나. 과분한 평가다."

"과분하지 않습니다. 그리고 의창의 뒷골목에서 잡스러운 파락호들 따위와 주먹다짐을 하며 사는 분에게 볼 수 있는 힘이 아니란 것도 분명합니다."

관산호의 눈빛은 강했다.

그리고 그가 보고 있는 동안 양천록의 분위기가 서서히 변하기 시작했다.

평범하기만 하던 그의 전신에서 태산이라도 움츠러들 것만 같은 막강한 기세가 흘러나왔던 것이다. 하지만 그의 눈에 드리워진 미소는 변하지 않았다. 오히려 더욱 짙어졌다.

"권마의 절학은 찾았느냐?"

묻는 양천록의 분위기는 방금 전과 동일인이라고 생각할

수 없을 만큼 판이하게 달랐고, 화제도 바뀌었다. 그러나 양천록을 바라보는 관산호의 눈빛에는 여전히 신뢰가 가득 했다.

어떤 상황에서도 진심은 전해지는 법이다. 그는 양천록이 자신을 진심으로 아낀다는 것을 잘 알고 있었다.

"찾았습니다."

"쓸만은 하더냐?"

"아저씨가 먼저 찾으신 거 아니었습니까?"

"찾기야 찾았었지. 하지만 호기심에 한 번 슬쩍 훑어보았을 뿐이라서 그 내용을 자세히 알지는 못한다. 익힐 필요를 느끼지도 못했었고."

관산호의 눈에 섬광이 번뜩였다. 그는 놀라고 있었다.

양천록의 말은 광오함 그 자체였다. 하지만 그는 양천록이 그런 말을 할 충분한 자격과 능력을 갖고 있음을 인정하고 있었다.

그가 느낀 양천록의 잠재력은 추정이 불가능할 만큼 막대한 것이었다. 현재의 그가 갖고 있는 능력으로도 양천록을 상대할 수 있다고 자신할 수 없을 만큼 그 잠재력은 무서웠다. 그리고 양천록의 말에는 그가 지닌 능력이 권마의 절학을 토대로 한 것이 아니라는 뜻을 담고 있었다. 놀라지 않을 수 없는 일이었다.

"아저씨가 어떤 분인지 더 궁금해집니다."

“네가 알고 있는 내가 나다. 너에게 바라는 것이 있다는 것과 내 신분을 밝히지는 않았지만 그것을 제외한다면 나는 언제나 너에게 솔직했다. 내 신분이 그렇게 중요한 것이냐?”

“중요하다고 말씀드리면 알려주실 겁니까?”

“아직은 안 돼. 네 능력이 나를 만족시킬 정도라면 모를까.”

“한 판 붙어보실래요?”

“싫다, 임마.”

“안 붙어보면 제 능력이 어느 정도인지 어떻게 아십니까? 오랜만에 한 판 붙죠!”

관산호가 고집을 부리자 양천록은 피식 웃으며 고개를 저었다.

“이 나이에 젊은 놈하고 붙어서 깨지면 개망신이다. 아직 난 은퇴하고 싶은 생각도 없어. 이겨야 본전인데 그런 짓을 왜 하냐!”

그가 말을 이었다.

“네게서 전해지는 기세만으로도 네가 얼마나 강해졌는지 알 수 있다. 굳이 손을 섞을 필요도 없어. 지금 너와 싸우면 나는 네게 질 수도 있을 것이다. 인정하기는 싫지만 너는 나보다 자질과 실전 감각이 꽤 좋다.”

그가 숯검정처럼 진한 눈썹을 잔뜩 찡그렸다.

“말하고 나니까 질투가 나는구만. 어쨌든 팔 년 전에 내공

이 실리지 않은 간단한 권각술만으로 나를 놀라게 했던 너였
는데 거기에 권마의 무학이 더해졌으니 나도 너를 이긴다고
장담할 수는 없지. 하지만 우리의 승부는 결코 쉽게 끝나지
않을 것이다. 너는 강하지만 나보다 월등하게 강하지는 못해.
그래서 나에 대한 모든 것을 너에게 말할 수 없다. 적어도 네
가 나를 삼초 이내에 꺾을 만한 초강자가 되어야만 나는 네게
모든 것을 말할 수 있어.”

"삼초요?"

관산호의 이마에 내천자가 생겼다.

고수는 고수를 알아본다. 기세를 숨겼을 때도 그것은 가능
하다. 그리고 기세를 숨기지 않는다면 상대의 수준을 거의 정
확하게 읽어낼 수 있다. 그것이 고수다.

그가 철사보에서 만났던 양천록은 기세를 숨기고 있었다.
하지만 지금 그의 앞에 있는 양천록은 자신의 기세를 모두 개
방한 상태다. 물론 그 기세는 대청을 벗어나지 않도록 통제되
고 있었다. 그렇지 않았다면 외부에서도 그 기세를 느끼는 사
람이 있을 테니까. 그만큼 양천록의 기세는 막강한 것이었다.

양천록의 기세를 본 관산호는 양천록과 싸운다면 필승을
장담할 수 없다는 것을 내심 인정하고 있었다. 그런 상대를
삼초 안에 꺾는다는 것은 현재 그가 가진 능력으로는 가능하
지 않았다.

진정한 고수와의 싸움에서는 요행이 통하지 않는다. 오직

진재실력만이 승부의 추를 움직일 수 있다.

"아저씨, 요구 사항이 너무 무리하다는 생각이 들지 않으십니까?"

"안 들어. 네가 그 정도의 고수가 되지 못한다면 내 신분을 알아서 네게 득이 될 게 하나도 없다. 오히려 생명의 위협을 받게 될 가능성만 커질 뿐이지."

양천록의 말은 의문투성이였다. 하지만 말을 해주지 않겠다고 고집을 부리니 그 의문을 풀 방법이 없다.

관산호는 고개를 저었다.

"의문을 풀기 위해서라도 최대한 빠르게 아저씨가 바라는 만큼 강해지겠습니다."

"흐흐흐, 세상사가 마음먹은 대로 다 이루어진다면야 그처럼 쉬운 삶이 어디 있겠느냐……."

양천록은 무슨 생각을 하는지 쓰게 웃으며 말했다. 그렇게 웃던 그가 물었다.

"천외금강벽과 대적천류보의 성취가 어느 정도냐?"

"구성을 넘어 십성에 근접하고 있습니다."

"호오!"

나직한 감탄성을 터뜨린 양천록이 갑자기 관산호의 팔뚝을 움켜잡았다. 그리고는 장연령을 보며 말했다.

"아령! 잘 봐두라구. 아마도 무림사에 이런 팔을 눈앞에서 본 사람 몇 안 될 거야. 칼이 안 박히는 무쇠팔이라구. 흐

“흐흐.”

“호호호호.”

장연령이 소매로 입을 가리며 웃었고, 관산호는 얼굴이 붉어졌다. 관산호가 눈을 치켜뜨며 팔을 빼자 양천록이 입맛을 다셨다. 어느새 그의 전신에서 흘러나오던 기세는 사라지고 느껴지지 않았다. 평소 볼 수 있었던 호탕하고 장난스럽던 중년인으로 돌아간 것이다.

“자식, 성질 머리하고는! 알았다, 알았어! 놀리지 않으마.”

“아저씨, 나잇값 좀 하세요. 누가 볼까 무섭습니다.”

“어, 자식, 까다롭기는. 보긴 누가 본다고 그래? 여기 아령 밖에 더 있냐구. 그건 그렇고 염왕진혼박은 성취가 좀 있었냐?”

“칠성 정도입니다. 꽤 난해해서 진전이 느립니다.”

양천록의 얼굴에 미미한 경악의 빛이 떠올랐다.

“겸손이 지나치면 듣는 사람이 열받는다. 칠성이면 결코 진전이 느린 게 아니야. 권마가 말년에 자신의 심득을 집대성했던 것이 염왕진혼박이다. 네 나이에 칠성의 성취를 이뤘다는 걸 그가 안다면 무덤에서 벌떡 일어날 게다.”

그의 음성에는 숨길 수 없는 경탄의 빛이 어려 있었다.

“하지만 자만은 하지 마라. 중원은 넓고 기인이사는 모래알처럼 많다. 자신의 능력을 과소평가할 필요는 없지만 지나친 자만은 위험한 것이니까.”

"알고 있습니다. 그런 분이 바로 눈앞에 있지 않습니까!"

관산호가 빙긋 웃으며 말하자 양천록은 멋쩍은 얼굴이 되었다.

사흘이 지났다.

양가장에서의 생활은 단조로웠다. 하지만 그 생활 속에서 관산호가 얻은 것은 실로 그 가치를 헤아릴 수 없는 것이었다. 관산호는 시간이 날 때마다 양천록과 가벼운 비무를 했다. 진지한 비무는 아니었지만 그것만으로도 그는 큰 도움을 얻었다.

양천록의 잠능(潛能)은 경이로운 것이어서 그와의 비무는 종초기 수준의 고수와 실제 격투를 하는 것보다 더 많은 깨달음을 얻게 해주었던 것이다.

대청 안은 쉴 새 없이 터져 나오는 진각으로 인해 뿌연 먼지가 안개처럼 피어오르고 있었다.

탁탁탁탁탁!

주먹과 발이 어지럽게 교차하고 구궁을 밟아나가는 발걸음은 혹은 태산과 같고 혹은 바람과 같아서 내공이 실리지 않은 운신임에도 불구하고 사람의 형상을 똑바로 잡아내기가 어려웠다.

그렇게 움직이던 사람의 그림자가 어느 순간 우뚝 정지했다.

"이제 그만하자. 땀난다."

양천록이 손사래를 쳤다.

"더 하시죠. 이제 몸이 좀 풀리려고 하는 중입니다."

관산호가 아쉬워하며 말했지만 양천록은 들은 척도 하지
않았다.

"쇳덩어리를 치는 내 팔다리가 주인 잘못 만났다고 아우성
이다. 더 하면 내 말도 안 들을 거야."

그는 기괴한 미소를 지으며 말했다.

관산호도 어쩔 수 없는 일이어서 웃고 말았다.

그때였다.

두 사람의 시선에 어리둥절한 빛이 떠오르더니 대청의 문
을 향했다. 그들의 귀에 누군가가 양가장에 들어서는 기척이
느껴졌던 것이다. 그리고 그 기척은 무단으로 침입하면서도
주인의 양해를 구할 생각 같은 것은 염두에 두지 않은 사람의
것이었다.

쉬이잇!

잠시 후 문 안으로 얼굴이 시퍼렇게 변한 황우령과 호연찬
이 무서운 속도로 뛰어들어 왔다. 황우령은 대청에 들어서자
마자 관산호를 보며 소리쳤다.

"대사형!"

다급한 음성이다.

비무의 여운으로 조금 나른해 보이던 관산호의 얼굴이 굳

어졌다.

황우령은 느긋한 성격이어서 어지간한 일로는 당황하지 않는다. 그런데 퍼렇게 질린 얼굴에 눈빛이 흐트러진 그의 모습은 마치 마른하늘에 날벼락이라도 맞은 사람과 같았다.

"무슨 일이냐?"

"강 어르신께서 수로연맹의 기습을 받으셨답니다."

안색이 변한 관산호가 벌떡 일어섰다.

"상세히!"

"무한에서 일을 마치고 돌아오시다가 석수(石首)를 지날 즈음 수로연맹의 습격이 있었답니다. 철사보의 사람들은 그곳에서 전멸했고, 어르신도 큰 부상을 입으신 상태로 정만억이라는 위사와 함께 간신히 그곳을 탈출했지만 계속 추적을 당하고 계시다고 개방에서 전해왔습니다."

석수라면 의창에서 이백여 리 떨어진 곳으로 장강의 흐름이 구절양장으로 꺾이는 곳이어서 노련한 뱃사공들도 지날 때 언제나 긴장하는 곳이다.

안색이 돌처럼 변한 관산호가 입술을 뗐다.

"간다!"

"예!"

황우령 등의 대답이 미처 끝나기 전에 관산호는 양천록에게 인사를 하고 있었다.

"아저씨, 가겠습니다."

무섭게 긴장한 음성이다.

"알았다."

양천록이 고개를 끄덕였을 때 관산호와 황우령 등의 모습은 이미 대청에서 보이지 않았다.

열린 문 밖으로 하늘을 바라보던 양천록이 장연령에게 고개를 돌렸다. 그는 싱긋 웃으며 중얼거리듯 말했다.

"장강의 정신 나간 놈들이 조용히 스쳐 지나갈 바람을 태풍으로 만들어놓았군."

하지만 장연령의 안색에는 근심의 빛이 떠올라 있었다.

"장강교룡(長江蛟龍)은 등장한 지 불과 오 년 만에 장강수로십팔타를 통일하고 수로연맹을 예전의 수룡왕 시절보다 더한 세력을 만들 만큼 무섭고 신비로운 능력자라고 들었어요. 아직 미숙한 호아가 상대하기엔 벅차지 않을까요?"

"호호호, 당신은 산호를 제대로 보지 못했군. 교룡은 승천하지 못한 이무기. 아마도 영원히 승천하지 못할 거야."

양천록의 입가에 드리워진 미소가 짙어지고 있었다. 확신에 찬 미소였다.

『철혈무정로』 4권에 계속

무한 상상 · 공상 세계, 청어람 신무협&판타지

「표사」,「소환전기」를 뛰어넘는
참신한 재미와 쾌감을 선사한다!

청바지와 박스티 같은 무협 소설!
쉽고 재미있는, 편한 무협을 즐겨라!

『잠룡전설』
(潛龍傳說)

잠룡전설(潛龍傳說) / 황규영 지음

"주유성?
영웅이지. 하늘이 내린 사람이야.
그 사람 게으르다고?
에이, 난 그런 소문 안 믿어.
게으름뱅이가 어떻게 그런 엄청난 일들을 해?"

강호에 내린 희대의 겁난.
하늘은 엄청 센 놈을 영웅이랍시고 내린다.
하지만…….
젠장! 엄청난 게으름뱅이다!!

무한 상상 · 공상 세계, 청어람 신무협&판타지

설봉 新무협 판타지 소설!
절대로 놓칠 수 없는 2006년 최고의 걸작!!

마야(魔爺) / 설봉 지음

강렬하다……!
절대적 무협 지존!
『마야』
(魔爺)

소사(小事)로 시작되어 천하대란(天下大亂)으로 이어지는 끝없는 피의 역사…

북검문(北劍門)과 남도문(南刀門)의 탄생이었다.

두 세력은 장강을 경계 삼아 전쟁을 방불케 하는 싸움을 벌이고 있다.
삼십 년…… 삼십 년 동안이나…….

그리고 절대 죽을 것 같지 않던 그가 죽었다.

**"나를 죽인 건…… 큰 실수야.
나보다 훨씬 무서운… 곧… 곧 너희를……."**

초등학생이 반드시 읽어야 할 좋은 책 49권

각 학년별로 초등학생이 반드시 읽어야할 좋은 책을 선정하여 통합논술의 기본이 되는 '올바른 독서법'을 일깨워 줍니다.

교과서와 함께하는 초등학교 통합논술

초등1학년 | 값 12,000원 / 초등2학년 | 값 9,500원 / 초등3학년 | 값 11,000원 / 초등4학년 | 값 9,500원 / 초등5학년 | 값 9,500원 / 초등6학년 | 값 11,000원

♣ 혼자 할 수 있어요.

엄마가 책 읽는 방법을 가르쳐 주어도 좋아요.
독서지도하는 선생님이 가르쳐 주어도 좋답니다.
"초등 교과서와 함께하는 **통합논술 시리즈**"는
아이 스스로 독서할 수 있도록 꾸며진 책이에요.
엄마와 선생님은 요령만 가르쳐 주시면 된답니다.

♣ 교과서의 중요한 내용이 총정리되어 있어요.

각 학년별로 중요한 교과 내용이 함께 수록되어 있어요.
초등학생은 교과서 내용을 충실하게 공부해야 합니다.
아울러 그와 병행한 독서가 대단히 중요하지요.
"초등 교과서와 함께하는 **통합논술 시리즈**"는
두가지 방법 모두 알려준답니다.

♣ 이 책은 훌륭하신 선생님들이 함께 쓰신 책이랍니다.

동화작가 선생님들이 쓰셨어요. 소설가 선생님도 쓰셨답니다.
국어 논술독서지도 선생님들도 함께 쓰셨지요.
"초등 교과서와 함께하는 **통합논술 시리즈**"는
엄마의 마음으로 모든 선생님들이 함께 꾸민 책이랍니다.

'다세포 소녀'는 인터넷에서 300만 명의 '다세포 페인'을 양산한 인기만화다. '무쓸모 고등학교'를 배경으로 '뽀샤시한' 순정만화 주인공 같은 외모의 남녀 고교생들이 펼치는 엽기적이고 황당한 내용과 성(性)에 관한 발칙한 상상력을 보여주면서 네티즌들로부터 폭발적인 반응을 얻고 있다.

"제 또래들과 함께 나누고 싶은 성, 사회 문제 등을 짚어보고 싶었다"는 작가의 변에서 볼 수 있듯 만화 속 이야기의 절반가량은 주변에서 전해 들은 '실화'를 참고했다. 작품에서 보여지는 비꼬는 패러디와 냉소적인 유머에서 삶에 대한 진지한 성찰이 엿보이는 것은 그 때문이 아닐까!

외눈박이의 일기

오늘 영어 선생님이 성병으로 결근하셔서 담임 선생님이 대신 수업을 하셨다. 담임 선생님은 "뭐, 원조교제 하다 보면 그럴 수도 있으니 이해하라"고 말씀하시더니 여자 반장한테도 병원에 가보라고 하셨다. 반장은 눈물을 글썽이며 외쳤다. "너무해요! 선생님! 전 원조교제 같은 건 안 했어요!" 그러나 매독이라는 담임 선생님의 말을 듣곤 벌떡 일어나 후다닥 짐을 챙겼다. 그러더니 남자 부반장 면상에 욕과 함께 주먹을 날렸다. 부반장은 "습진인 줄 알았다"고 변명했다. 그걸 본 다른 아이들도 병원에 간다며 서둘러 교실 밖으로 나갔다. 결국 교실엔… "제… 제길! 나만 남았다. 그래, 나만 숫총각이다. 제기랄!" 담임 선생님은 자책하지 말라며 "세상은 용모로 살아가는 게 아니잖아"라며 화를 돋우셨다. "뭐라구요? 지금 놀리시는 겁니까? 선생님! 그래! 나 외눈박이다! 그래서 한번도 못해봤다! 크아악!!"